庫

ノーサイド・ゲーム

池井戸 潤

講談社

目次

第一部

ファースト・ハーフ

第二部

第三部　セカンド・ハーフ

ラグビー(15人制)のポジションと背番号

1チーム15人、各ポジションにはそれぞれ呼称があり、
フォワード8人とバックス7人で構成されている。
試合に出場する選手は、ポジションに従って
それぞれ1番から15番の背番号をつける。

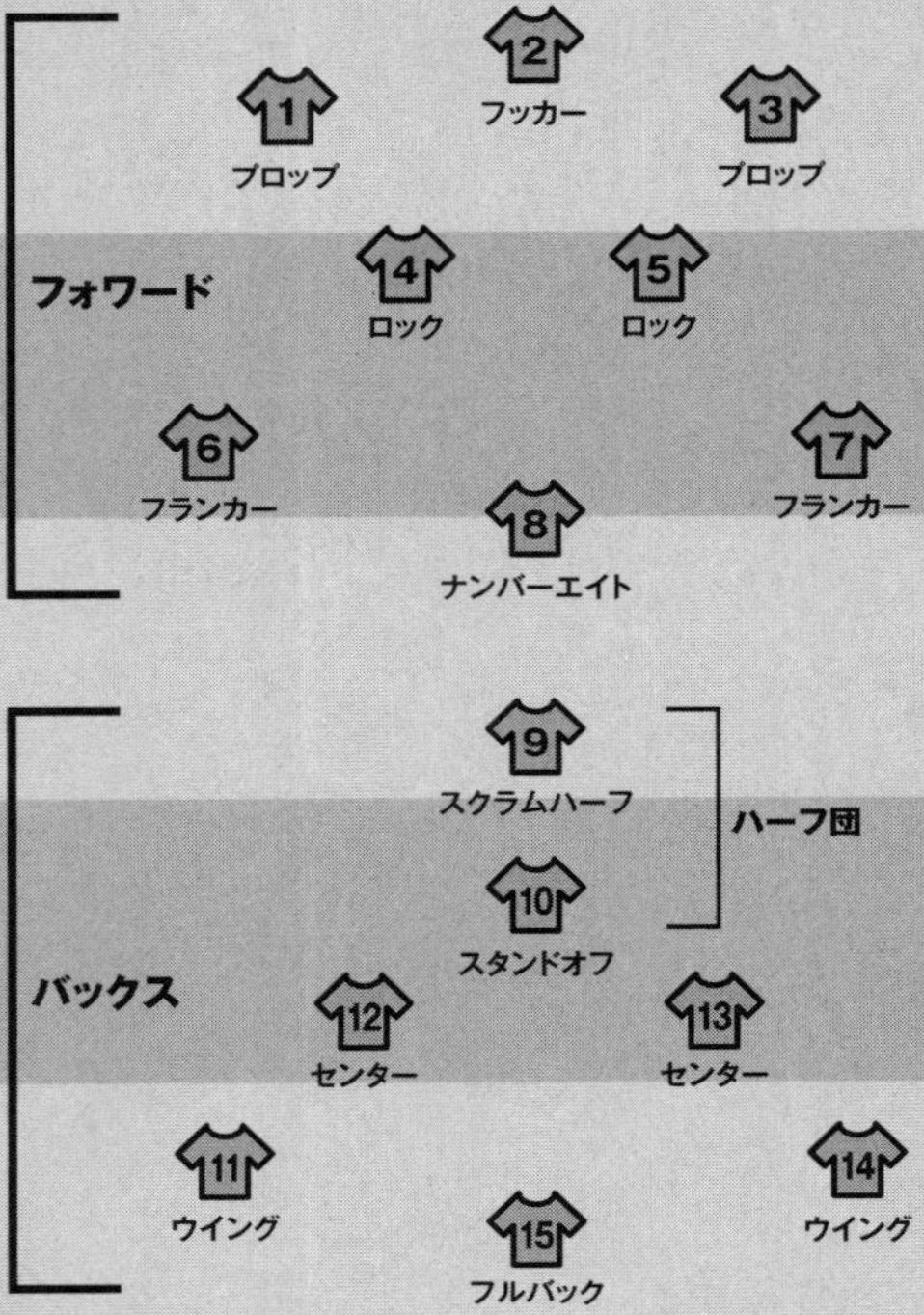

*背番号10はフライハーフともいう

ノーサイド・ゲーム

主な登場人物

君嶋　隼人　トキワ自動車アストロズ・ゼネラルマネージャー
島本　博　トキワ自動車社長
滝川　桂一郎　営業本部長
脇坂　賢治　経営戦略室長
藤島　レナ　海外事業部員
柴門　琢磨　アストロズ監督
佐倉　多英　アナリスト
岸和田　徹　キャプテン（ナンバーエイト）
浜畑　譲　選手（スタンドオフ）
七尾　圭太　選手（スタンドオフ）
里村　亮太　選手（スクラムハーフ）
佐々　一　選手（スクラムハーフ）
友部　祐規　選手（プロップ）
岬　洋　選手（フルバック）

津田　三郎　日本モータース・サイクロンズ監督

富永　重信　日本蹴球協会会長
木戸　祥助　同専務理事

第一部

ファースト・ハーフ

プロローグ

君嶋《きみしま》隼人《はやと》にとって、その男は天敵だった。

いま——。滝川《たきがわ》桂一郎《けいいちろう》は、テーブルを挟んだ向こう側から怒りに燃えさかる眼差しを君嶋に向けてきている。

ギリギリと音がするほど奥歯を嚙みしめつつ、両手で握り締めているのは、昨日経営戦略室が提出した大型買収案件に対する「意見書」だ。次長の君嶋は、その取りまとめ責任者である。

「よくもまあ、こんなふざけた意見書を書いてくれたな」

滝川から煮えたぎった言葉が吐き出されたかと思うと、手の中の書類が力任せにテーブルに叩き付けられた。「書き直せ」

廊下にまで聞こえそうな大声で、滝川が吠える。滝川の役職は、常務取締役営業本部長。このトキワ自動車の屋台骨を背負っているといわれている男であった。「多少、買収価格が高いことぐらいわかってる。そこを敢《あ》えて勝負に出ようといってるんだ」

「一千億円ですよ、滝川さん。多少ではありません」

君嶋はあくまで冷静な口調だ。「のれん代を高く見積もったとしても、あまりに高額すぎます。この会社の適正価格は、せいぜい八百億円。いや、それでも高いでしょう」

〝のれん〟とは、いわばブランド料のことだ。

会社が売り買いされるとき、もっとも重要なのは、その値段である。

どれだけの売り上げ、そして利益があるのか。いくら資産があるのか。財務内容、成長性、従業員や取引先の質はどうか――。そんな様々な観点から会社の価値は測られ、最終的に値段が決まる。〝のれん〟もそうした観点のひとつだ。

総合的に考えてカザマ商事買収に一千億円は高すぎる――というのが君嶋ら経営戦略室の判断であった。

「そもそも金額の問題じゃないんだよ」

滝川が頬を震わせた。「カザマ商事を買収すれば、自動車メーカーとしてのウチの事業と関連して、大きく収益に寄与する。その相乗効果が読めないのか。この買収には将来があるんだよ。なに考えてんだ」

右の拳《こぶし》が動いたかと思うと、力任せに椅子《いす》に振り下ろされた。

君嶋の隣では、経営戦略室長の脇坂賢治《わきさかけんじ》が難しい顔で押し黙っていた。

滝川と脇坂は同期入社だが、性格は真逆だ。片や将来の社長候補と目される辣腕《らつわん》、片や〝内務官僚〟と揶揄《やゆ》されるほどの理論派である。どちらも取締役ではあるが、席次でいうと、営業部門を率いている滝川の方が上であった。滝川は常務取締役として出世街道を驀進《ばくしん》中だが、脇坂はただのヒラ取に甘んじている。

滝川に対する対抗意識は相当なもので、この際、堂々と渡り合ってよさそうなものなのに、どうにも解せない沈黙である。とはいえ、〝策士〟を自認する脇坂は、何を考えているのかわからないところがある。腹に一物背中に荷物、所詮《しょせん》世渡りの上手い風見鶏――脇坂とはそういう男だ。

「相乗効果を評価していないわけではありません」

無反応の脇坂に業を煮やしつつ、君嶋は続けた。「カザマ商事の扱うバンカーオイルが中堅海運会社でシェアが高いのは事実です。ウチが製造するクルマや、販売網で扱うエンジンオイルの供給元としての役割を果たすという理屈もわからんではありません。ですが、さすがに営業部の見積もりは甘過ぎますよ、滝川さん。余程の幸運が重ならない限り、こんな見通しが実現するとは思えません。数字、かなり盛ってますよね」

「我々を愚弄《ぐろう》するのか、君は」

するどく滝川が切り返した。「実現するかどうかは、今後の取り組み次第だ。カザマ商事のバンカーオイルは大手商船でも使われはじめてるんだぞ」

「白水《はくすい》商船との取引ですか」

君嶋の調査には抜かりがなかった。「それは継続的な取引にはなっていません。将来の実績予測に組み込むのは時期尚早でしょう」

「組み込むべきだ」

滝川は言下に断じた。「君たち経営戦略室は想像力が欠如してる。カザマ商事は近い将来、大手海運にまで取引を広げるし、取り扱い品目には、軽油や機械オイルもあってウチの製品との親和性も高い。ウチの製品が売れればカザマ商事の燃料やオイルも売れるんだ」

「既存の取引先との関係はどうされるんです。その分野にはウチの出資先だってある。無視できません。とても営業部が試算したほどの規模にはならないでしょう」

滝川は怫然《ふつぜん》とした眼差しを向けてきた。

「君は、勝手に可能性を狭《せば》めているだけなんじゃないか」

たしかに、将来には様々な可能性がある。滝川がいうように、大ブレークするかも知れない。しかし、現時点でそれは単に可能性のひとつに過ぎない。しかも、極めて低い可能性だ。それに大金を払うのかどうか、という議論である。

「営業部の見解は、あくまで希望的観測に過ぎません」

君嶋の論陣は揺るぎなかった。「明確な根拠がなければ評価はできませんし、根拠もなしに評価すれば我々経営戦略室の存在意義が問われることになります」

「存在意義だと？」

滝川の目の奥が、昏《くら》く澱《よど》んだ。「君らが存在できるのは、我々営業部が稼いでいるからだろうが。なのに理屈ばかりこねくり回して、事業拡大の邪魔ばかりしている。いいか。この買収は将来、必ずウチの業績に寄与する。君らにはわからなくても、私にはわかるんだよ。こんなふざけた意見書は一議に及ばずだ。再評価の上、書き直してこい」

滝川は有無をいわさぬ口調で言い放ち、君嶋と隣の脇坂のふたりを睨み付けた。

「話はわかった」

君嶋が反論を口にしかけたとき、脇坂が予想外の反応を見せた。「いま指摘された点について、もう一度検討させてもらう。それでいいか」

唖然《あぜん》とするひと言である。

「結論はどうするんだ、結論は」

滝川が詰問した。「再検討はいいが、きちんとした賛成意見にするんだろうな」

滝川の硬論《こうろん》にさすがの脇坂も唇を噛んで考えていたが、やがて大きなため息とともに顔を上げた。

「まあ、わかった。営業部の意向に添うよう再検討してみよう」

あっさり白旗を掲げたのである。

冗談じゃない——君嶋は慌《あわ》てた。

「ちょっと待ってください。根拠もなく賛成意見は書けません」

こんな暴論に屈しては、自らの存在を否定するのと同じである。「社内政治で結論が変わるような意見書なら、経営戦略室の審査などない方がマシですよ。この意見書のまま、出させてください。反対意見があるのでしたら、取締役会で正々堂々、論陣を張ればいいことです」

「お前は相変わらず、頑固だな」

君嶋に針のような視線を向けたまま、滝川の低い声が吐き出された。「ついでにいうと、偏屈だ。そんな態度だと、いずれ足元を掬《すく》われることになるぞ」

「都合で理屈をねじ曲げるんですか」

君嶋も滝川を見据《みす》える。「そんなことで正しい与信《よしん》判断は出来ないでしょう。それでいいんですか、滝川さん」

君嶋の隣で、脇坂が舌打ちとともに天井を仰ぐのがわかった。

「脇坂。この件から、この男を外せ。話にならん」

滝川が断じた。「この案件は、君たちがどうこういえる類《たぐ》いのものじゃない。いってみれば営業部マターだ。私が経営戦略室にこの案件の審査を持ち込んだのは、単にそれが社内手続きだからに過ぎない。君嶋、自分の力を勘違いするな。もっと利口になれ」

滝川が吐き出したとき、ノックとともに顔を出した秘書が来客を告げて、話はそこで打ち切りになった。

これがカザマ商事買収に関する、やりとりの全てだ。そして――。

滝川がメンツをかけて臨んだ取締役会でカザマ商事買収案が退けられたのは、その翌週のことである。

「もの凄い形相で私のことを睨んできたよ」

取締役会から戻った脇坂は、にんまりとしていった。「だが気をつけろよ、君嶋。あいつは根に持つタイプだからな。なにをしてくるかわからん」

「意見書は説得力のあるロジックに基づいています。正しい意見をいったからといって飛ばす会社がありますか」

トキワ自動車はそんな会社ではない。

そう君嶋は信じていた。少なくともそのときまでは。ところが――。

君嶋が人事部から呼び出されたのは、それから三ヵ月ほど後《のち》のことであった。

異動の内示である。

それ自体は驚くに値しない。なにしろ、経営戦略室にはもう七年も在籍していて、そろそろ部署を替わってもおかしくないタイミングだったからだ。問題はその異動先である。

君嶋は、長く経営管理や企画畑を歩んできた。次も当然、そのキャリアの生きる本社部門に異動するだろうと思っていたが、人事部長が告げたのは予想外のひと言だったのだ。

「横浜工場にいってくれないか」

君嶋は言葉が出なかった。「横浜工場総務部長だ」

「総務部長……」

それは明らかな左遷人事であった。

第一章　ゼネラルマネージャー

1

君嶋は、横浜駅から乗り込んだタクシーの後部座席から、道の両側に流れる郊外の風景をぼんやりと眺めていた。

浮かんできたのは、「何でオレは、こんなところにいるのだろうか」、といういささか現実離れした感慨である。

大学卒業後、トキワ自動車に入社して三年間は営業部に配属され、靴底をすり減らして顧客回りをする日々であった。そこでの新人離れした成績と創意工夫が買われて本社に異動になり、以来、二十二年の長きにわたり、本社の一社員として恪勤《かっきん》してきた。

企画部に七年、営業推進本部に八年。業績の飛躍的向上を命題として新設された経営戦略室に七年――。

　家族は、妻と子供ふたりの四人。子供はふたりとも男の子だ。上が小学校四年生で、下が二年生。二十五年のローンを組んで東急東横《とうきゅうとうよこ》線沿線のマンションに住み、毎朝七時半に家を出、大手町にあるトキワ自動車本社ビルには誰よりも早く着いて、日計の経営資料に目を通す。問題点があれば関係部署に問い合わせ、直属の上司である脇坂賢治の質問に備えるのだ。

　この間、君嶋が身を置いてきた通勤の眺めは、いつも殺風景だった。

　視界を埋める住宅街。それが都心に近づくにつれて商業ビルに代わり、地下鉄に乗り換えれば、ガラスの窓に映るストレスを溜めた自分の顔に変わる。

　だが君嶋は、それを不快だとは思わなかった。

　そう思うだけの感性はとっくにすり減ってしまい、慣れてしまっただけかもしれない。

　君嶋にとっての通勤は、公私を切り替える通過儀礼のようなものだ。ところが――。

　いま、君嶋が目を向けている車窓には不機嫌に押し黙る通勤客も都心の光景もない。あるのは淡く柔らかに降り注ぐ冬の日射しと、のんびりとした郊外の光景ばかりであった。

タクシーの前方に、小さく工場の屋根が見えた。

トキワ自動車の横浜工場だ。

小型エンジンの製造をルーツとし、自動車、オートバイ、作業用軽車両、さらにモーターボートやクルーザーといった船舶まで、トキワ自動車の守備範囲は広い。横浜工場は、事業の祖ともいえる小型エンジン全般の製造を一手に引き受ける主力工場であった。

工場長の執務室は、事務管理棟の一階にある。

正面玄関から左右に延びる廊下の右手、その最奥の一室だ。ブラインドが上がっている部屋は広く明るく、窓からはゲートを出入りする車や人がよく見える。

窓際に両袖のついたデスクとゆったりとした椅子が置かれ、手前には十人以上も余裕で座れるだろう応接セットがあった。入って左の壁際には、工場長の趣味なのか、熱帯魚の水槽が置いてある。本社では決して見られない光景だ。

「すぐに工場長を呼んで来ます。お掛けになってお待ちください」

受付から部屋に案内してくれた女性社員はそういうと一礼して去っていった。二十代半ばのキリッとした雰囲気の女性で、首からプラスチックケースに入った社員証を下げていた。

「佐倉多英《さくらたえ》さん、か」

つぶやいた君嶋は勧められた椅子に掛け、ぼんやりと壁際の水槽を眺めやる。ほんの数分も待っただろうか、ノックとともに現れたのは、ずんぐりした体型の、五十代半ばの男だ。

工場長の新堂智也《しんどうともや》である。ふくよかな丸顔は春風駘蕩《しゅんぷうたいとう》、いかにも温厚そうに見える。本社での評判は、事なかれ主義の保守穏健派。新しいことには向かないが、トキワ自動車創業の地に建つ主力工場の長としてはぴったりの人材といったところか。

「本日、着任いたしました、君嶋です。よろしくお願いします」

立ち上がって腰を折った君嶋に、

「楽しみにお待ちしてましたよ、どうぞ」

にこやかな笑みを浮かべた新堂は君嶋に椅子を勧め、自分は反対側の肘掛け椅子にかけた。「ウチの総務部長というのは、君の意に沿わない仕事かも知れないが、我々はサラリーマンだからね」

君嶋がここに来るまでの事情は、新堂の耳にも入っているに違いない。

「与えられた仕事に全力を尽くすだけです」

新堂は、そんなふうに応じた君嶋に少し気の毒そうな目をやった。「まあ、滝川さんでは相手が悪かった」

——そんな態度だと、いずれ足元を掬《すく》われることになるぞ。

あのときの滝川のひと言が脳裏に蘇《よみがえ》ると、苦々しいものが胸に溢れてくる。

滝川が仕組んだ左遷人事に脇坂はかなり抵抗してくれたとのことだが、結局覆《くつがえ》らなかった。

力及ばず、申し訳ない——辞令が出たとき脇坂はそういって頭を下げたが、謝られるとかえってみじめさが増すものだ。

「本社から出たのは、何年ぶりかね、君嶋くん」

新堂にきかれ、

「二十二年ぶりです」

君嶋はこたえた。そしてもう二度と本社に戻ることもあるまい。

君嶋がそんなことを思ったとき、ノックとともに作業服の上着を着込んだ男が顔を出した。

「吉原《よしはら》です。よろしくお願いします。楽しみにお待ちしてました」

人の好《よ》さそうな笑みを浮かべたのは、吉原欣二《きんじ》。前任の総務部長である。

「こちらこそ。引き継ぎ、よろしくお願いします」

立ちあがって挨拶した君嶋は、吉原のことも事前に調べていた。本社の総務畑を歩み、この横浜工場の総務部長に転任したのはいまから八年前。面倒見がよく、工場の社員たちには人気があるという。退任後は、同じ横浜市内にあるトキワ自動車の子会社への出向が決まっていた。

「ところで、君嶋さんはラグビーはお好きですか」

着座するなり、吉原がきいた。

「まあ好きといえるかどうか」

質問の意図はわかっている。横浜工場の総務部長には、実はもうひとつの顔があるからだ。

「人事部から聞いてらっしゃいますよね。横浜工場の総務部長は『トキワ自動車アストロズ』のゼネラルマネージャーを兼務することになってるんです」

アストロズとは、トキワ自動車のラグビー部の名称だ。日本蹴《しゅう》球《きゅう》協会傘下の社会人リーグ、プラチナリーグに所属する〝古豪《こごう》〟である。

そのゼネラルマネージャーを、君嶋にやれというわけだ。

人事部によると、社会人リーグ全体を見回してもゼネラルマネージャーにシロウトが就任することは皆無らしい。

異例中の異例ともいえる人事だが、これも滝川の嫌がらせのうちではないかと君嶋は疑った。

「一応、社長にも会って激励されたんですよね」

と吉原。そんなことまで情報が入っているとは、驚きである。

社長の島本博《しまもとひろし》に呼ばれたのは、辞令を受け取った翌日のことだ。

「もし手が空いているようでしたら話したいと、社長がおっしゃっていますが」

社長秘書からの電話は、仕事の引き継ぎ資料の作成に忙殺されていた午後二時過ぎにかかってきた。

「手は空いてませんが、すぐに参ります」

役員フロアに上がり、最奥にある社長室に入ると、島本博は満面の笑みで君嶋を迎え、「まあ、座れ」、と室内にある応接セットのソファを勧めた。

経営戦略室は社長直轄の組織なので、島本と話すこと自体は珍しくはない。

「今度、君が横浜工場の総務部長になるんだってな。アストロズのゼネラルマネージャーだ。しっかり頼むぞ」

はい、とかしこまった君嶋に、島本が語ったのは、ラグビーへの熱い思いであった。その人事が左遷かどうかなど全く頓着する素振りもない。

「ラグビーはいいぞ、君嶋くん」

島本は豪快にいった。「試合では勝利を目指して全力で戦う。ワンフォーオール、オールフォーワンという言葉、知ってるか」

〝One for all, all for one〟だろうか。君嶋が最初に思い浮かべたのは『三銃士』だ。

いえ、と君嶋が首を横に振ると、島本はむしろ嬉々として説明した。

「ひとりはチームのために、チームはひとりのために——。素晴らしい言葉だろう。ラグビーの選手は、チームのためにひたすら献身し、そしてチームも選手を見捨てない。組織とはそうあるべきだ」

シンプルな組織論か。いかにも島本が好みそうな言葉である。島本はさらに続ける。「それともうひとつ、素晴らしいのは〝ノーサイド〟の精神だ。これは、わかるか」

一応、そのくらいは知っていたので、「ええまあ」、と君嶋は小さくうなずいておいた。

「ボールを奪い合う激しい試合も、一旦終了の笛が吹かれてしまえば、敵も味方もなくなる。つまり、ノーサイドとなるわけだ。そしてお互いの健闘をたたえ合う。崇高な精神だ。これぞ真のスポーツマンシップじゃないか。ここには、とかく我らが忘れがちな人間の尊さ、生き様があるんじゃないだろうか」

陶酔した表情で島本は語るのだ。

島本は邪念のない、どこか子供をそのまま老人にしたようなところのある男であった。

トキワ自動車の創業家出身。とはいえ、トキワ自動車では創業家出身者が常に社長になる決まりはなく、事実、島本が就任する前には創業家以外の者が社長を務めていた。

島本の経営スタイルはオーソドックスで、堅実そのものだ。

その一方で、社会人ラグビーの最上位リーグであるプラチナリーグ創設に賛同してそれに参加を決めたのも島本である。

ラグビーというスポーツの精神に心酔する島本にとって、アストロズは溺愛する子供のようなものであった。

そしていま——。

「激励といいますか、ひたすらラグビーについて熱弁を聞かされました。ただ、私がゼネラルマネージャーの適任者かというと、少々疑問符が付きます」

横浜工場の工場長室で、君嶋はいった。

ラグビーに関してはズブの素人だ。特段の興味もない。城南大学の学生時代、大学ラグビーの応援にと国立競技場に出掛けたことはあったが、それもかれこれ二十五年以上前の話である。

二〇一五年のワールドカップで日本代表が南アフリカを破ったときはニュース映像で興味深く見たものの、熱が冷めてしまえばテレビで試合を観戦することもなく、ましてラグビー場に足を運ぼうなど思いもしなかった。

「そうですか……」

新堂は顎《あご》の辺りを撫でながら、少し考えている。

ならば他の誰かに頼むか――。

島本社長の期待も過大で、荷が重い。そういってくれることを内心期待した君嶋だったが、そうはならなかった。

「ゼネラルマネージャーに求められているのは、ラグビーの知識やスキルじゃない。いわばマネジメントだ、君嶋くん。君こそ適任だと思うね」

君嶋の中で、落胆が拡がった。

「期待してるよ」

そういうと新堂は腕時計に視線を落とし、「そろそろ時間かな」、と立ち上がった。

「皆に紹介するから」

やれやれと内心嘆息しつつ、君嶋もふたりについて工場長室を出る。向かった先は、いくつもの渡り廊下でつながった奥の建物だ。

工場は広い。経営戦略室では国内外の主要拠点での打ち合わせに出向くことはあっても、工場に足を運ぶことはほとんどなかった。横浜工場に足を運んだのは新人研修以来だろうか。棟《むね》から棟へ渡る通路から、晴天の冬空が見えた。

「あの——総務部じゃないんですか」

怪訝《けげん》に思って君嶋は尋ねた。総務部の看板のある部屋の前を素通りしたからである。

「いやいや。全員に紹介するから」

やがて新堂が立ち止まったのは、大きな緑色の扉がしまった建物の前であった。

「ここは？」

「昔は倉庫だったんだが、いまは集会所になっていてね」

吉原が鉄扉を横に開くと、ごろごろという音と共に内部の光景が目に飛び込んできて、軽い驚きの声を、君嶋は上げた。

そこに数百人、いや千人近い社員たちが詰めており、その視線が一斉にこちらに振り向けられたからだ。

万雷の拍手が湧《わ》き上がったのはまさにそのときであった。

「ようこそ、横浜工場へ」

あまりのことに茫然《ぼうぜん》としている君嶋に、改めて新堂が声をかける。

「皆さんおはようございます」

一段高いところからマイクを持った吉原は、手慣れたものだ。「本日、皆さんに新しい仲間を紹介したいと思います。君嶋隼人さんです」

吉原のひと言にまたひとしきりの拍手が起きた。場が静まるのを待って、吉原が続けたのは、どこで調べてきたのか、君嶋に関するなかなか手の込んだ紹介であった。それにしても、立て板に水のごとくの話しぶりは玄人《くろうと》はだしで、「ではこのあたりで一曲」と歌でも披露しそうな勢いであったが、さすがにそれはなかった。

演壇を譲った吉原は、気楽に話せばいいから、と小声で君嶋の背中を押してくれた。とはいえ、総務部の部下たちとのこぢんまりとした顔合わせを予想していたから、勝手が違いすぎる。

こいつは困ったなと思ったとき、さらに思いがけないことが起きた。

集会所を埋め尽くした社員たちがふたつに割れ、歓声とともにユニフォーム姿の巨漢たちが現れたのだ。

おそらく吉原が仕組んだ演出だろう。

ユニフォーム姿の彼らが誰なのかは、きかなくてもわかる。ラグビーチーム『トキワ自動車アストロズ』の選手たちだ。全部で五十人近くいるだろうか。

――これがアストロズか。

君嶋は思わず振り返って見入ってしまった。年齢層は様々で、特に若手選手たちの真摯《しんし》な眼差しが印象的だ。そして好意的な温かさも。それらに迎えられたとき、君嶋は、思いがけず奇妙な感覚に貫かれた。

説明するのは難しいが、端的にいえば——気分が良かったのである。単純な話だ。

君嶋は改めて自分を見つめる千人近い社員たちと向き合うと、通り一遍、当《あ》たり障《さわ》りのない、無難な挨拶でその場を終えたのであった。

もう少し気の利いたスピーチはできたかも知れない。だけど、スピーチなんか平凡でいいと、君嶋は思う。ウケ狙いや大袈裟《おおげさ》な物言いは君嶋の性格に合わない。

君嶋のために開かれたセレモニーは、やがて選手たちひとりずつとの握手とともに散会となった。

2

「で、どうなんだ、佐倉。あの君嶋っていう総務部長は。まったくのシロウトだっていう話じゃないか」

そうきいてきたときの浜畑譲《はまはたじよう》の口調には、どことなく小馬鹿にするような気配があった。

工場に近い居酒屋「多《た》むら」。いまそこのテーブルを囲んでいるのは、アストロズのメンバーたちだ。かつて大学ラグビー界で鳴らし、チーム一の人気を誇る浜畑の他、通称テツこと、キャプテンの岸和田徹《きしわだてつ》。ほかに若手部員が七、八人もいて賑《にぎ》やかに呑んでいる。

「多むら」の女将《おかみ》は、元アストロズ栄養士だった女性で、ラグビー部の選手たちのために「アストロズ定食」という特別メニューも用意していた。栄養を計算した特別食で、居酒屋でありながら、選手たちの健康管理にも一役買っている特別な店だ。

「まだよくわからないですね。引き継ぎ中であまり話はしてないし」

率直な感想を、佐倉多英は口にした。「ただ、悪い人ではないと思うし、感じのいい人ですよ。経営戦略室にいたっていうからどんなエリートかと思ったけど、偉そうなところとかも全然ないし」

「左遷らしいじゃないか。何をやらかしたんだ」浜畑はなおも興味有りげである。

「滝川常務とやり合ったって話はききましたけどね」

多英の代わりに答えたのはキャプテンの岸和田だ。岸和田は多英と同じ総務部勤務で、誰かから情報を得たらしい。

滝川と聞いて、浜畑が眉を顰《ひそ》めた。アストロズにかかる巨額コストを問題視する向きは経営陣の中にもあるが、その筆頭が滝川だからだ。いわゆる〝廃部論者〟である。

「それは逆に滝川常務の策略なんじゃないか」

冗談ともも本気ともとれる口調で浜畑はいい、疑わしげに腕組みをした。「左遷させたシロウトをゼネラルマネージャーにすることで、チームも弱体化させようっていう狙いかもな」

「そりゃあ、ハマさん考え過ぎでしょう」

岸和田は、いったものの可能性がないわけではないと思ったのかふと考え込んだ。

「今季、二部リーグに落ちたらマジでヤバイぜ」

その点については、浜畑のいう通りだと多英も思う。

「監督のこともあるしさ。いよいよラグビー部解体への布石を打ってきたともいえるのかもな」

浜畑は、居酒屋の空間を睨みつけた。

一月でシーズンは終わったばかりだが、低迷した責任と健康上の理由から監督の前《まえ》田利晴《だとしはる》が突如《とつじょ》辞任を表明したのが先週のことだ。もちろん、後任の監督人事はまだ決まっていない。

「監督のことは、ちょっと待ってくださいよ」

岸和田が宥《なだ》めるようにいった。「吉原さんが人選して、それも君嶋さんに引き継がれてるはずですから。きっといい人を連れてきてくれますよ」

「何か情報あるのか」

「いや何も」岸和田が首を横に振る。

「大丈夫かよ、まったく」

浜畑は短く嘆息すると、「悠長なことやってる場合じゃねえぞ、テツ」、と厳しい眼差しを向けた。「交渉するのはシロウトゼネラルマネージャーだ。本当にまとめられるのか。オレが頼まれる側なら疑問に思うだろうな。なんでこんなシロウトがゼネラルマネージャーなんだって。それだけじゃない。このままだと、チームから抜ける奴も出てくるぞ」

「誰かそんなこと、いってましたか」岸和田が顔色を変えた。

「別に誰ってことはないけどさ」

浜畑は言葉を濁す。「こんなことで〝ジャパン〟狙えないだろ」

そのひと言は岸和田に向けたものであったが、ふと気づくと隣のテーブルの若手選手たちも深刻な顔で押し黙っていた。浜畑と岸和田の会話に聞き耳を立てていたらしい。

ジャパン――つまり日本代表の試合に出場することは、プラチナリーグのチームに所属する選手たちにとって目標のひとつだ。

だが、そのための道のりは決して平坦ではない。まずプラチナリーグで活躍して代表監督の目にとまり、日本代表のスコッド——つまり候補選手として招集される必要がある。おそらくは数次に亘《わた》る選考を経て、ようやく代表入りを果たすことができるわけだが、スタメンに入れるかどうかはその時のメンバー次第だ。代表に選ばれても試合に出場できなければ代表チーム出場経験を意味する、いわゆる「キャップ」は得られない。

プラチナリーグでの活躍は日本代表への強力なアピールになるはずだが、アストロズはここ数シーズン、リーグの下位に甘んじていた。

浜畑の口調には、自身、かつて〝ジャパン〟の桜のジャージーを着ていた誇りと、二年前のテストマッチを最後に代表戦に呼ばれなくなった悔しさが入り混じっている。

「テツ、なんとかしてくれよ。監督不在に、ラグビーのことは何にも知らない素人ゼネラルマネージャー。このままじゃ優勝どころか、マジで降格の危機だぞ」

岸和田もさすがに返答に窮した。

浜畑の発言は、そのままアストロズ選手たちの本音に違いなかった。

3

その翌朝、昨日より早く自宅を出た君嶋が横浜工場に着いたのは、午前七時五十分であった。

正直、意気沮喪《そそう》して灰色に見えていた光景に、色彩が加わったかのようだ。昨日は朝の歓迎セレモニーから面食らうことばかりだったが、着任してみれば、これはこれで悪くないと思ったのも事実だ。

工場には、本社勤務にはない、素朴で人間的な温かさがある。同時にそれは、どこか懐かしい思いを君嶋の胸に運んできた。

君嶋は、富山の田舎町で役場員を務める父親と、近くの工場で働く母との間に長男として生まれた。兄弟は三人。君嶋とふたつ違いの弟、そしてさらに妹がひとりだ。家は祖父母宅と同じ敷地内にあって、学校から帰ってくると自宅にではなく祖父母の家に行って両親の帰りを待つのが幼い頃の君嶋兄弟の日課であった。

家には田んぼがあって、地域では古くからの近所づきあいが連綿と続いている。畑で穫《と》れたものがあれば持ってきてくれる。休みの日になれば、父の友人が酒を持って遊びに来たり、逆に父や母が出掛けて行くこともあった。

のんびりとして温かいそこでの人づきあいは、君嶋にとって、人間関係の原点だ。ぎすぎすせず、ゆったりとした工場の雰囲気や人間関係には、どこかそれに一脈通じるものがある気がする。

「実はアストロズのゼネラルマネージャーとして、君嶋さんに、すぐ着手してもらわないといけない仕事がふたつあります。ひとつは監督人事です。残念ながら成績の低迷などを理由に、先日、前任の監督の辞任が決まったばかりでして」

さてその日の朝、ミーティングブースで向かい合った吉原は、少々難しい表情でそんなふうに切り出した。

「新監督がまだ決まっていないと？」

そういえば昨日は、監督との挨拶がなかった。

「現在人選中です」

「候補は、いるんですか」

「このふたりなんですが」

吉原は引き継ぎ資料のファイルの中から、監督候補のプロフィールをまとめた書類を君嶋に手渡す。

「竹原正光《たけはらまさみつ》さんに、高本遥《たかもとはるか》さん、ですか」

名前を口にした君嶋に、

「ご存じですか」期待の色を浮かべた吉原がきいた。

いえ、と首を横に振ると、吉原が見せた微《かす》かな落胆に申し訳なくなる。このラグビー界で、君嶋は無知な若輩者も同然だ。

「この竹原正光さんは、年齢五十五歳。監督歴十五年のベテランで、昨シーズンまで二部リーグのベアーズを率いていらっしゃいました」

吉原が説明してくれた。「もうひとりの高本遥さんは、一昨年選手を引退した後、海外でコーチングを学んでいた方でして。こちらは日本で監督業の口を探しているという噂を聞いています。日本代表経験もある有名選手でしたから、監督になれば話題になるでしょう。アストロズの起爆剤になるかも知れない」

「ただ、監督としての手腕は未知数だということですか」

「そうなんです」

どうやら、そこが吉原も気になっていたところらしい。

「この方々には、監督就任の話はまったく？」

「それとなくあたってはいますが――」

ほぼ手つかずの状態ということらしい。「前田監督の辞任も正式発表していませんから、タイミングを見計らって本交渉をしようと思っていたところでした」

「前田監督の辞任はいつ発表されるんですか」

「一応、事前の打ち合わせでは今週の木曜日を予定しています」

すでに出来ているプレス発表用の文面も差し出された。

「発表したら世の中へのインパクトがありますか」

「残念ながら、あまりないでしょうね」

寂しげな笑みを浮かべて、吉原は首を横に振ってみせる。「前田監督とは二年契約で、来季も契約更新するつもりだったんです。ただ、昨シーズンの成績がとくに低迷したのと、思いがけず健康問題が出てきまして」

定期検診で胃がんが見つかり、チーム離脱を余儀なくされたというのが突然の辞任の理由であった。

「本来でしたら、退任会見と同時に後継者である新監督も発表したかったところですが、そうはいきませんでした。君嶋さんには、ご迷惑をおかけします」

吉原は頭を下げたが、これは誰のせいでもないだろう。すべてが計画通りに進めば世の中こんな楽なことはないが、実力でどうにかなるものもあれば、運不運に翻弄されることもある。

「ひとつ質問があるんですが」

君嶋はきいた。「あまりに基本的な疑問で申し訳ないんですが、監督によってチーム作りはそんなに違うもんですか」

吉原が刹那《せつな》浮かべたのはぽかんとした表情だ。愚問と思ったに違いないが、それは顔には出さなかった。善人である。

「それはもちろん違ってきます。社長が代わるのと同じですから」

「経営資源が同じでも、経営戦略が違うってことですか」

「そうか、君嶋さんはそっちの人だったね」

吉原は笑って、困ったように後頭部のあたりを撫でた。「でもまあ、そんなところですよ。ひたすらフォワード重視の人もいれば、華麗にパスを展開するラグビーを目指す人もいる。監督が目指すラグビーによって戦い方も、そしてもちろん、結果も違ってきます」

「いままでのアストロズはどんなチームだったんです」

不勉強丸出しで、君嶋はきいた。

「守備重視の堅実なチームといった感じですね。徹底的に体を鍛えて、当たり負けしない強さを備えた上で、セットプレーから得点に結び付ける——そんなチームです」

その結果が、昨シーズンだ。

リーグ戦で苦戦し、入れ替え戦でなんとかプラチナリーグ残留を決めた。首の皮一枚、といったところか。

「なるほど」

と応《こた》えたものの、百パーセント理解できたかと問われれば疑問符付きである。「それで、この監督候補とのコンタクトはどうすれば……」

「ふたりとも個人的に顔見知りですから、お許しをいただければ私からアポを入れますが、どうします」

「ぜひお願いします」

君嶋は頼み、さらに続ける。「ちなみに、この方たち以外の選択肢はありますか？このふたりがベストなんでしょうか」

「正直、ベストかどうかは、わからないですね」

吉原のこたえは率直である。「なんせ、やってみないとわからないところもありますし。ただ、先方にも都合があります。いい監督だと思ってもオファーのタイミングが合わないと成立しません。ご縁みたいなものですから」

それはそうだろう。頷《うなず》いた君嶋に、吉原が遠慮がちにきいた。

「それともどなたか、心当たりが？」

「いえ、まったく」

ある訳がない。君嶋とラグビーのつながりといえば、ラグビー部だった大学時代の同級生をひとり知っているぐらいだ。大学ではスター選手だったが、その彼がいまどうしているか、君嶋は知らない。

「監督人事についてはそんな感じでお願いします」ひとつ吐息を洩《も》らして吉原はいった。

「わかりました。ところで、さっき急ぎの仕事がふたつあるとおっしゃいましたね。もうひとつは、なんですか」

君嶋がきくと、吉原は、やおら傍《かたわ》らに置いてあった大きなファイルを手に取り、どんと前に置いた。

「今年度のチーム予算案の作成です」

4

「ウチの決算に合わせて、今月中に予算案を経理部に提出しないといけません。一応、昨年度の予算案がありますので、それを参考にして作成していただければ大丈夫だと思うんですが。これがそうです」

吉原は、目の前のファイルのページを開いて君嶋に見せた。

「赤字、か」

経営戦略室にいたときのクセで、真っ先に収支に目がいく君嶋は、そこに並んだ数字に目を丸くした。

「赤字も赤字、大赤字です」

真顔で、吉原がいう。

たしかにその通りだが、その赤字幅は、君嶋の予想を遥《はる》かに超えるものだった。十六億円近い赤字だったからである。

「そもそも、こんなにカネがかかってるんですか」

トキワ自動車のような大企業しかラグビーチームを持てないわけである。「それに、思った以上に大所帯ですね」

チームは総勢八十人。うち選手は約五十人だ。ラグビーは十五人でやるスポーツである。つまり、ひとつのポジションについて三人か四人の選手層が存在するということになる。

残るスタッフの約三十人には、ラグビー部部長も兼務する新堂工場長や君嶋本人も含まれるが、そうした管理職の他に、コーチやマネージャー、トレーナー、理学療法士や管理栄養士、チームドクター、そして——。

「アナリストまでいるのか」

つぶやいた君嶋は、そこに記載された名前を見て、おやと顔を上げた。

佐倉多英、とあったからだ。

「彼女、アナリストなのか……」

多英の、きびきびした雰囲気を思い出してひとりごちる。たしかに、アストロズのスタッフといわれると納得だ。

「毎年、この予算案が通ってきたんですね」

君嶋の感覚からすると、これだけの赤字が例年まかり通るというのは信じられない。

「島本社長の肝いりですから」

「誰も反対しない？」

「とんでもない。滝川常務からはいつも大反対されてます。ラグビー部なんか潰してしまえってね」

そりゃそうだろう、と君嶋は思った。

この予算案を前にした取締役会のやりとりが目に見えるようだ。

ひたすらラグビーを信奉する島本と、コストとしかみない滝川。すったもんだの議論の末、島本が押し切る――そんな構造に違いない。

「滝川さんは、ウチにとって本来、身内みたいなものなんですけどねえ」

吉原が意外なことをいった。「あの方、広報部長時代、アストロズの副部長だったので」

「ラグビー経験者なんですか」

そうは見えない。ちょっと驚いた君嶋に、まさかまさか、と吉原は手を横に振った。

「ウチでは伝統的に広報部の役職者がラグビー部の副部長を兼務することになってるんです。アストロズそのものが、会社の宣伝のようなものですから」

「立場変われば意見も変わる、ですか」

「その通り」

我が意を得たりとばかり、吉原は大きくうなずいた。「滝川さんはいま、アストロズにとって天敵みたいなものです」

「天敵、ですか」

前職から離れたというのに、また滝川が天敵なのか。これじゃあ何も変わらない。暗澹《あんたん》たる思いで君嶋は深く嘆息した。

「詳しいことは精査してみますが、今年度の予算案で特に変更すべき点はありますか」

「新監督が決まれば、その契約金などは含んでおく必要があるでしょうね」

吉原はいった。「いずれにせよ、経理部から取締役会で説明してくれといわれる可能性があります」

嫌な予感がした。

「去年は私が出ましたが、酷《ひど》い目に遭いました。ご愁傷さまです、君嶋さん」

君嶋は茫然として顔をあげ、ただ吉原を見つめるほかない。

「あとはよろしくお願いします」

引き継ぎを終えた吉原が工場を去って子会社へ出向していったのは、その日の夕方のことであった。

第二章　赤字予算への構造的疑問

1

その日、君嶋は総務部内のミーティングブースに入り、多英に手伝ってもらいながら予算案の作成に着手していた。

アストロズの予算は、総額で十六億円を超える。

中小企業なら、一社の年間売り上げに匹敵するぐらいの額を、ひとつのラグビーチームが食《は》んでいるのである。

そのうち、半分近くを占めるのは、人件費だ。

アストロズの場合、日本人選手は全員がトキワ自動車の社員であり、社員選手の人件費の負担は、会社とチームで半分ずつ。一方外国人選手は、全員がプロ契約なので全額チーム負担。さらにそのコストは社員選手よりも遥かに高額だ。

この他に環境整備費などのコストに加え、試合のための交通費や宿泊費といった項目が積み上がると、最終的に十六億円超という、目の玉が飛び出るほどの予算が出来上がる。

「プラチナリーグの他のチームもこんなもんか」

君嶋はきいた。

「公開はされていないのではっきりはわかりませんが、だいたいこのくらいの経費がかかっているはずです。外国のスター選手を入れているようなチームはもっとかかっているんじゃないでしょうか」

一例として多英が挙げたのは、某チームの有名外国人選手だ。

彼の年俸は、プラチナリーグの紳士協定で決まっている上限を超えるため、たとえば会社の交際費等の勘定科目から出費し、支えられているのではないかという話である。

どんなルールにも抜け道はあるものだ。

「ひとつ教えてくれ。チーム運営に費用が嵩《かさ》むのはわかったが、なんで、収入がほとんどないんだ。この予算案は、経費ばかりじゃないか」

昨年度の予算案に添付されている予想収支を見ると、出て行くカネばかりで、入るカネがほとんどない。

結果的に経費の約十六億円は、ほぼ全額が赤字だ。

こんなバカな話はない、と君嶋は思った。

「チケットを買って試合を観に来る客だっているはずだ。そのチケット収入はどこへいった」

「日本蹴球《しゅうきゅう》協会に入ることになっているんです」

多英の説明に、君嶋は驚いて顔を上げた。

「ウチが集客してもか」

プラチナリーグ規約を持ち出しながら、多英が説明する。

「基本的にプラチナリーグの試合は、日本蹴球協会が主催する〝興行〟なんです。まず、リーグに参加するチームは、毎年千五百万円の参加費を支払わなければなりません。プラチナリーグは十六チームありますから、この時点で二億四千万円が協会側に入る計算になります。協会ではこの資金を元手にして、競技場の使用料や運営に必要なスタッフ、宣伝広告、さらにチケットの販売管理など、興行に必要なコストを全て請け負い、さらにチームに対しては試合のための移動に必要な交通費や宿泊費も負担することになっているんです。チケット代金は一旦、協会側に入り、それを実績に応じてチームに分配するルールです」

「ちょっと待った――」

君嶋は右手を上げ、多英を制した。「いま、試合のための交通費や宿泊費は協会が出すといったよな。でも、ウチで計上してるじゃないか。一試合で百万円ぐらいかかってる。協会が負担するはずなのに、なんでウチの経費になってるんだ」

「協会が出すのは、試合に出場する登録選手の数だけですから。実際には、ウチは五十人単位で試合のために移動するんですが、結果的にその半分しか協会側は負担してくれません」

「じゃあ、なんでチケット販売の分配金が収入欄に計上されてないんだ？」

「要するに、配分するほどの収益がなかったということです」

君嶋は啞然《あぜん》として、しばし言葉もなかった。

「昨シーズンの観客動員数は？」

「すぐにわかります。ちょっと待ってください」

多英が手元のパソコンを叩いて、各試合ごとの正確な動員数をリストにした。

君嶋は手元の電卓で計算してみる。

一試合平均で約三千五百人だ。

これに対してチケットは学生向けの安いものから一般で千八百円ほど。メインスタンドのSS席でも四千円程度だ。平均のチケット代が二千五百円として約九百万円の売り上げにはなっていると思うのだが——。

「実際には、協会側が負担しているコストの穴埋めで消えて、チームに還元されたことは今まで一度もありません。ウチだけじゃなく、他のチームも含めてです」

「宣伝広告は協会側の責任事項だよな」

君嶋はあきれて指摘した。「なんでもっと集客しない。平均三千五百人しか集まらない試合なんて、ペイするわけないだろ。そんなもの興行になってないじゃないか」

「まったく同感です」

多英は、それまで抑え気味だった協会側への不満を顔に出した。「それどころか、実際には、その集客もウチでかなりやってるんです」

驚愕の事実を、多英は明かした。

「平均で三千五百人しか入っていませんが、実際にはウチだけでもかなりの数のチケットを買い取ってるんです。たぶん相手方のチームもそうしていると思います」

「額面でか」

「いえ、ディスカウントしてもらって」

多英はこたえる。「それを会社の取引先に何かの手土産代わりに配るわけです」

要するにタダでばらまいているというわけだ。

「チケットの販売枚数だけでいえば、競技場の半分ぐらい埋まる程度、捌《さば》けているんですが、もらった人たちが実際にスタンドに来るかはわかりません。入場者数三千五百人といっても、正規のチケットを購入して観に来てくれているお客さんは、二百人もいないんじゃないですか」

君嶋は暗澹たる気分になった。

「その試合に誰が来てくれたか、ウチで把握してるか」

「いえ、まったく」多英は申し訳なさそうに首を横に振った。

「協会側からのマーケティング的なフィードバックは？」

「ありません」

「暗闇の海にカネを投げ捨ててるようなもんだな」

呆《あき》れて、君嶋は唸《うな》り声を上げた。

「アストロズの創設理念は、社会貢献です。儲けじゃありません」

「佐倉、本気でそう思うか」

真顔できいた君嶋に、

「いえ、私個人の意見をいわせていただくと、まったくそうは思ってません」

まったく、のところに力を込めて多英はいった。「こんなのバカげてます。だいたい、興行ならば安易なディスカウントはせず、チームに収益配分できるだけの集客を目指すべきです。十六億円全額とはいいませんが、七割、いや、半分ぐらいは回収できる興行システムにするべきじゃないでしょうか」

「そういうことをいままで誰も主張してこなかったのか」

俄《にわか》には信じられず、君嶋は尋ねた。

「なんとか変えていこうという人たちはいたんですが、日本蹴球協会がまったく動かないんです。ラグビー界全体が旧態依然として改革を受け付けないどころか、企業にこれだけの負担をさせて何の還元もしないことを、むしろ当然だと思ってるんですよ。ラグビーは高貴なスポーツですから」

「高貴か……。ノーサイドって言葉、あるよな」

君嶋は持っていたペンをおくと、静かに椅子の背にもたれた。「アストロズのゼネラルマネージャーになったとき、調べてみたんだよ。すると、英語圏のラグビー用語としては見つからなかった。〝ワンフォーオール、オールフォーワン〟もだ」

どちらも、ラグビー精神を礼賛する言葉として多用されるものだ。「結局、ふたつともいわば〝和製ラグビー英語〟なんだな。だけど、それがしっくりくるのは、日本人なら誰でも知っている武士道の精神や潔さといった美意識との相性がいいからじゃないか」

君嶋がそれを調べたのは、島本から呼び出され、散々ラグビーのもつ高貴なスポーツ性を説かれたからだ。

アストロズの後ろ盾として島本は欠かせない存在だが、島本が口にした「だからラグビーは素晴らしいんだ」という言葉は、みんな嘘っぱちだ。

人の好い日本人だけが信じている迷信である。

そしていま君嶋が目にしているのは、その迷信の収支そのものだが、これは現実そのものであった。

「高貴だから赤字でもいいってことにはならないんだよ」

誰に向けたわけでもなく、君嶋はただそうひとりごちた。

2

「アストロズの予算案については、ゼネラルマネージャーの君嶋くんから説明があります」

経理部長の市岡《いちおか》はそういうと、後は頼んだといわんばかりにさっさと着席し、額に浮かんだ汗をハンカチで拭《ぬぐ》いはじめた。

壁際の席で発言の機会を待っていた君嶋は立ち上がり、「それではお手元の予算案をご覧ください」、と第一声を発する。

重要な場面であった。もしここで予算の減額、あるいは承認されないという事態になればラグビー部の存続にかかわる。そのために君嶋は理論武装を重ね、ありったけの資料を抱えて会議に臨んでいた。ところが――。

「今期のアストロズですが、そこにあるように――」

「なんだ去年とほとんど同じじゃないか」

発言を遮《さえぎ》り、いきなりそんなひと言が割って入った。滝川が、老眼鏡を下げ、憎悪にも似た眼差しを君嶋に向けている。「よくこんな大赤字の予算案を平気で出すな、君嶋。経営戦略室だったら、こんな予算案、通すのか」

痛烈な嫌みだが、同調してうなずく取締役は何人もいる。

「儲けを追求する組織であればこんな予算案は提出しません」

君嶋は冷静を保っていた。「アストロズの使命はあくまで社会貢献であり、企業イメージの向上であり、地域とのコミュニケーションです。同時に、プラチナリーグに参戦し、日本のラグビー界の実力向上のために尽力しております」

自分でいうのも何だが、どれも赤字を指摘されたときのために準備した建前である。

「あんなに弱くちゃウチのイメージダウンも甚《はなは》だしい。恥だ」

滝川が吐き捨てるようにいい、また何人かの取締役の同意を得た。形勢は、どんどん不利になっていく。

「今シーズンは、なんとか昨シーズン以上の成績を上げるためにチーム全員、一丸となって臨む覚悟です」

「いつも同じことを聞かされ、期待させられた挙げ句裏切られる。その繰り返しじゃないか」

滝川の舌鋒《ぜっぽう》は鋭い。「だいたい、ラグビー界の実力向上っていうけどな、それになんの意味があるっていうんだ。ラグビーは精神が大事なんだよな。だったらそれでいいじゃないか。そもそもプラチナリーグはプロリーグじゃない。アマチュアだろ？アマチュアならアマチュアらしく、分相応の活動をしたまえ。カネをかけず、出来る範囲で活動したらどうなんだ。それがスジってもんだろう」

「アストロズにはトキワ自動車ラグビー部時代からの半世紀にも及ぶ歴史があります」

君嶋は反論を口にした。「社会的なチームなんです。トキワ自動車のお客様にもより広く認知されたチームです。何とぞ、ご理解をいただきたくお願いします」

「社会に認知なんかされてないだろ。そう思ってるのは君らだけだ」

滝川はまったく譲らず、〝口撃〟は続いた。「だいたい、社会に認知されてるチームの平均入場者数が三千五百人ってどういうことなんだよ。トキワスタジアムの収容人員、何人か知ってるか」

特段、君嶋の返事を期待するでもない質問だ。「一万五千人だよ、一万五千人。そこにたった三千五百人の観客を集めて地域密着も社会性もあるもんか。スタンドはガラガラで、去年はそこで流し素麺《そうめん》をやった客がいたらしいじゃないか。ウチだけじゃない。他のプラチナリーグのチームだって似たり寄ったりだ。他社も同じように呆れ果ててんだよ」

さすがにアストロズの元副部長だっただけあって、滝川は詳しかった。説得力がある。

「プラチナリーグ全体で見たって、一万人以上入る試合は数えるほどだ。それでいいのか」

滝川はテーブルを囲む取締役たちに問題提起してみせる。「君嶋。お前はいまラグビー界の実力向上のためにアストロズがあるといったな。じゃあ、肝心のラグビー界はどうなんだよ。スポーツを強くしようと思ったら、まず人気を得ることが必要だろう。サッカーしかり、ひと昔前の野球しかり、ジャンルは違うが囲碁や将棋だってそうだ。口ではご託《たく》を並べておきながら毎試合、閑古鳥《かんこどり》が鳴いている。そんなスポーツはな、百年やったって強くなるわけないんだよ。顔を洗って出直してこい」

痛烈な論陣である。

くそっ——君嶋が唇を噛んだとき、

「まあ、いいじゃないか、滝川くん」

宥《なだ》める一声が降ってきた。

社長の島本だ。

島本はその温容で取締役たちを見回し、「アストロズはウチにとって必要だ。社員たちの誇りじゃないか」、そう静かに擁護する。「たしかに、ここのところパッとしないが、今年こそ君嶋君がなんとか盛り立ててくれると信じよう。アストロズといえばトキワ自動車、トキワ自動車といえばアストロズ――。なんならCMでも打ってはどうかね。そうすれば、観客も増えるんじゃないか」

ズレている。諦めにも似た雰囲気が、取締役会に蔓延《まんえん》していくのがわかった。

滝川が腕組みをしてそっぽを向き、少し離れたところからは、前の上司である経営戦略室長の脇坂が、なんとも気の毒そうな眼差しを君嶋に向けてきている。

「いまウチの業績は悪いわけではない。ラグビー界のために、この予算案は承認してやろうじゃないか。なあ、みんな。力を合わせ、アストロズを応援しよう」

やれやれ――取締役たちは反論する気力すら失せたふうだ。

かくして、君嶋が提出した予算案は渋々、取締役会を通過したのであった。

「ありがとうございました」

白けた雰囲気の中、一礼して下がりながら君嶋が抱いたのは、途方もない危機感だ。

島本の目の黒いうちは、ラグビー部は安泰だろう。

トキワ自動車の創業家出身の島本だが、御年七十を超え、何年も前から密《ひそ》かに体調不安説も囁《ささや》かれている。

島本が社長の座を降りたとき、この予算案が通過する可能性は、限りなく低い。このまま行けば、早晩、アストロズは存続できなくなるのではないか。

いや、アストロズに限らず、事情はどこの会社だって似たり寄ったりのはずだ。日本のラグビーそのものが、いつか行き詰まるかも知れない。

アマチュアリズムを振りかざし、常に他人のカネを当てにして反省もない。こんなものは潰れてしまえと思わなくはない。

だが、選手たちは違う。岸和田や浜畑も、そして多英も、ラグビーというスポーツを心から、純粋に愛している。プラチナリーグや日本蹴球協会のやり方は、そんな彼らの思いを踏みにじるものだ。

君嶋の怒りは、消えることなくいつまでも燻《くすぶ》り続けた。

3

「お疲れ様です。どうでしたか、部長」

取締役会を終え、横浜工場に戻ったのは午後のことであった。多英に声をかけられた君嶋は、

「ちょっと話そう。それと、テツ。いま空いてるか」

同じ総務部にいる岸和田徹にも声をかけ、ふたりと小会議室に入る。

「お疲れ様っす」、と岸和田が差し出してくれたペットボトルのお茶を口に含むと、言葉より先にため息が出た。

「で、予算案、通りましたか」

岸和田にきかれ、

「通ることは通った」

君嶋はこたえた。「だが、散々だった。火だるまだ。島本社長の鶴の一声で無理矢理通ったようなもんだ」

岸和田が顔をしかめた。多英は真剣そのものの眼差しを、君嶋に向けている。

「お前が経営戦略室ならこんな予算案を通すかって、滝川常務にいわれたよ。返す言葉がなかった」

いや、実際には言葉は返した。アストロズの存在意義云々の綺麗事《きれいごと》だ。

「滝川常務はひどいですよ。ウチの副部長までやってたのに、異動した途端、批判的になるんですから」

多英はむっとした口調でいったが、

「いや、滝川さんは正しい」

君嶋は顔を上げ、壁の高いところを見つめる。そして、「すまんな、ふたりとも。素人ゼネラルマネージャーの愚痴だと思ってきいてくれ」、ひと言断って続けた。

「オレだって、アストロズの予算案を作りながら、実はなんともいえない無力感というか、疑問、いや憤りすら感じた。なんでこんな赤字なんだって」

「すみません」

岸和田が頭を下げる。何に謝っていいか分からず、反射的に頭を下げたという感じだった。

君嶋もそうだ。どこへ感情を向けていいか分からず、ただこうして話している。

「十六億円──今シーズン、我々が使う経費の額だ」

君嶋は手元においた分厚い資料を開け、予算案のページをぽんと手で叩いた。「悔しいことに、今日滝川常務から指摘されたことは、すべてこの予算案を作りながら、オレ自身、思ったことだった。今日の取締役会では防戦する立場だったが、本音ではまったくその通りだと思ったんだ」

君嶋は正直に打ち明ける。「こんなことでは、アストロズはダメになる。いや、日本のラグビー界がダメになるんじゃないか」

多英の瞳《ひとみ》が水底に沈んだように感情の光を消していた。岸和田は思い詰めたように眉根を寄せ、手元を見つめている。

「それは、赤字が大きいからですか」

やがて多英がきいた。

「いや。もう一歩踏み込んで考えた方がいいだろうな」

君嶋は椅子の背にもたれ、小さなため息を漏らした。「赤字というのは、入ってくるカネよりも出ていくカネの方が大きいということだ。仮に十六億円の経費がかかっても、それを上回る収入があれば、なんの問題もない」

「だったらその――収入が少なすぎると」低収入に心当たりがあるのは、そういった岸和田の顔に出ている。

「正直、一試合平均三千人台の集客では収支が合うわけがない。これほどのカネをかけている以上、アマチュアだからそれでいいとは、オレには思えない」

自問するように、君嶋は腕組みをして、茫然と天井を見上げた。「ただ、ラグビーという競技を興行として成り立たせるのが難しいことも事実なんだよな」

ラグビーには十五人もの選手が必要だ。野球の九人、サッカーの十一人よりも多い。バスケットにいたっては三分の一の人数でチームが成立する。まず前提としてそれだけ人件費の差があるということだ。

その一方で、試合数は多くできない。

昨シーズンのアストロズの試合数は、リーグ戦と順位決定戦、さらにカップ戦を含めても十五試合に満たなかった。

「昨シーズン、アストロズ戦の総入場者数は約五万人で、チケットの年間売り上げは定価換算でも一億五千万円ほどしかない。つまり、必要経費の十分の一だ。しかも、その全てが協会側の運営経費で消え、チケット代金はまったく入ってこなかった。ゼロだ」

絶望的な気分で、君嶋はいった。「いまの日本のラグビー界は、自立できない大きな子供だ」

岸和田も多英も、まるで自分が叱られてでもいるかのように俯《うつむ》いている。

「ならばどうすればいいのか……」

帰りの電車の中で、ずっと繰り返し自問したものを吐き出してみる。「どこに問題があるのか。考えてみると全てが矛盾だらけだ」

君嶋はひとりごちた。「強くなるためにプラチナリーグを創設したといいつつ、実際にはガラガラのスタンドを抱えたまま、参加企業のすねをかじってのうのうとしている。アマチュアリズムといいながら、プロ選手も交じっている。人気がないといいながら、何ら有効な手を打とうともしない。これを見てくれ」

手元に積み上げた資料から、ふたつの書類を並べてみせた。

「プラチナリーグは、日本蹴球協会にぶらさがる下部組織で、すべての収益はこの日本蹴球協会に集約される。一年間の収入はどうだろう」

五十三億円弱という金額である。

「で、こっちの書類が、同じシーズンのBリーグ、つまりプロバスケットボールの年間収支なんだが、売り上げは――」

「百九十五億！」

多英が目を丸くした。「プロバスケットって、こんなに収入があるんですか」

「ラグビーと比べて四倍近くの差がある」

Bリーグは、一部リーグ全体で百四十五億円。下部のB2で五十億円という収入構成だ。「しかも、営業収入が十億円を超えるクラブがB1の十八クラブ中、六クラブもある。入場者数は全体で二百五十万人。驚くのは、Bリーグの設立は二〇一五年とまだ若いことだ。わずか数年でこれだけの実績を上げている。日本蹴球協会の歴史は一世紀近くあるが、よく言えばアマチュアリズムを貫いた一世紀だ。何もしてこなかった一世紀ともいえる」

「何が違うんですか、君嶋さん」

岸和田が愕然として問うてきた。「ラグビーはそれだけの歴史があるし、バスケットよりも認知されてると思ってました。なんでこんなに差が付くんですか」

「申し訳ないが、すべて違う」

君嶋はいった。「プラチナリーグはアマチュアだが、バスケットはプロだ。Bリーグは試合数も多いし、チーム経費もラグビーより少なくて済むだろう。だが、そうしたことはさておき、収入の構造で一番違うのは、莫大な放映権料を含むスポンサー収入で、それだけでも二十億円を超える。物販だけでも十億円。一方の日本蹴球協会をみると放映権料は四億円、物販にいたっては一千万円程度しかない。雲泥の差がある。その差を生みだしているのは、経営者の差だ」

「経営者の差、ですか」

予想外のこたえだったか、岸和田がきょとんとして繰り返した。

「Bリーグでは、すべてのチケット販売の実態を把握し、誰がどの試合のどの席を買ったか知っている。年齢や性別、職業、氏名といったマーケティングのデータを収集し、それを運営に役立てている。Bリーグはこのデータを元に緻密《ちみつ》な広告宣伝活動を行い集客に成功している一方、自分たちの顧客層が明確であるが故に、彼らに商品を売り込みたい企業ニーズを発掘してそれが放映権料に結びついてるわけだ。一方のラグビー界ではどうか」

「まったくマーケティングのフィードバックがないというのは、協会のノウハウ不足の裏返しだと」

多英がすっと長い息を吸い込み、静かに吐き出す。君嶋は続けた。

「オレもいろいろ調べたが、一番わかり易い例がある。二〇一五年のワールドカップで日本が南アフリカ相手に逆転勝利を収め、日本中でラグビーブームが起きたときのことだ。その直後にプラチナリーグが開幕し、秩父宮《ちちぶのみや》ラグビー場のチケットは完売、人気チーム同士の対戦とあって二万人の観客で溢れるはずだったのに、実際には半分の一万人程度しか来なかった。協会側にも反論はあるだろうが、いずれにせよマーケティング的な視点が欠けていたのは事実だと思う」

「日本蹴球協会やプラチナリーグの体質を変えないかぎり、この状況は変わらないということですか」と多英。

「協会やリーグを批判することは簡単だ。だけど、平均三千人程度しかいない観客を、疑問もなく受け入れてきた我々だって同じじゃないか」

岸和田がはっと顔を上げた。君嶋は続ける。「アストロズがまず着手すべきは、選手の補強でもなく戦略でもない。ファンの獲得だ。満員のスタジアムが揺れるような歓声を浴びて試合をする——これは夢だろうか」

岸和田の目が一瞬輝いたように見えたが、上がった視線は自信なく揺れ落ちていった。

こうして話していると、不思議といままで混乱していたものが整理されていくのを、君嶋は感じた。

いま自分たちが抱えている問題はなにか。なにをしなければならないか。

批判は誰にだってできる。肝心なことは、行動を起こすことだ。

「アストロズの宣伝のために街頭でチラシ配りでもするか？　いや、そんなものは意味がない。ただスタジアムが埋まればいいというわけではないんだ」

君嶋は断じた。「重要なのは、我々が観てもらいたい人に来てもらうことじゃないか。じゃあ、誰に観てもらいたい」

「まず、社員とか」

少し考えて、多英がいった。「一応、アストロズを通じてトキワ自動車の社員がひとつになれるということも目的になっていますので」

「もちろん、それも重要だな」

君嶋はテーブルを指先でとんとんと叩きながら考えている。「それだけでいいか。日本のラグビー、将来のアストロズが強くなることを目的とするなら、オレは子供たちに来てもらいたい。小学生や中学生。いまはサッカーや野球に熱中しているかも知れないけど、何かのきっかけでラグビーに興味をもってくれるかも知れない。ウチにジュニアのチームはあるか」

君嶋がきくと、

「ありません。作ろうという話は以前から出てはいましたけど、実現できなくて」、多英がいった。

「だったら作ろう」

君嶋はいった。「どう思う？」

岸和田にきくと、

「いいと思います」

そんな返事がある。

「だけど、ジュニアの指導は、君たちがやることになるぞ。それでもいいか」

「いいと思います」

答えたのは岸和田ではなく、多英だ。「五十人くらいいて、全員が試合に出るわけではないし、そのくらいのやりくりはできるはずです。それに、子供たちが観に来るようになれば、当然親も一緒にきます。それだけでも、スタンドは賑わうんじゃないでしょうか」

その場で思いつくアイデアを、多英がメモしはじめた。

「以前から言われてたんですが、地域に密着したチーム作りも重要じゃないでしょうか」

と岸和田。「ただ、どうしたら密着できるのか、というところが問題でして」

「イベントを増やせないか」

君嶋はいった。「とにかく、地域の人たちとの接点を増やそう。ラグビー教室でもいいし、ボランティアでもいい。アストロズを応援してもらえるような雰囲気を作っていくんだ。まずはそこからだ。いままでと同じことをやっていては、同じ結果しか得られない。変えていこう」

多英が広げたノートから顔を上げた。君嶋は続ける。

「カネを積んでいい選手ばかり集めたって強くはならない。一時的には強くなっても長続きしない。そんなチームより、これから何十年と地元に愛されていくチームを作ることで成長していきたい。強くなるためには、人気がなければダメなんだ。自分たちの足でしっかり立てるように、努力してみようや」

果たしてそれができるかどうかはわからない。だが――。

「やってみる価値はあるんじゃないか」

第三章　監督人事にかかる一考察

1

アストロズが動き出した。

一月下旬。チームとしての活動がオフとなるこの時期、岸和田と多英が音頭を取り、選手たちを集めて地域貢献について話し合ったのだ。

ミーティングを重ねた結果、出てきたのは親子ラグビー教室やジュニアチームの創設、そして様々なボランティア活動を通じた交流案だ。

ボランティアはともかく、ジュニアチームを創設するとなるとそれなりの費用をかける必要が出てくる。

君嶋がざっと計算したところ、追加の予算は二千万円近くだ。

だが、そうした形での地域との交流は、やがては様々な形でアストロズに還元されてくる。いままでラグビーに見向きもしなかった子供たちに興味を持ってもらう、重要なきっかけにもなるはずだ。

「いいんじゃないですか」

相談にいくと、工場長の新堂は一も二もなく、賛成してくれたものの、すぐに難しい顔になった。

「問題は、どこから費用を捻出《ねんしゅつ》するかですね」

「工場の経費としてなんとかなりませんか」

ダメ元でいってみた君嶋に新堂は考えるそぶりは見せたものの、

「いやあ、それは無理でしょう」

やんわりと断り、「ここは、君嶋くんの出番ですよ」、とがっくりする返事を寄越した。

また本社に掛け合えというわけだ。

先日、取締役会で散々嫌みを言われた末、どうにか通した予算である。そこに上乗せする提案なのだから、これはまた炎上必至である。

「取締役会で、新堂さんから提案してもらうわけに行きませんか」

横浜工場長である新堂もまた取締役で、先日の取締役会にも実は出ていた。

「いやあ、ここはひとつ、君嶋くんからお願いします。何やかんやいっても、ウチの会社は現場の人間の発言は大事にする。君嶋くんから提案してくれるのが一番だ」

新堂は体《てい》よくいって続けた。「まずは経理部に連絡してみたらどうですか。黙って承認してくれるかも知れないし」

そんな筈はないだろう、と君嶋は思った。

もっとも、新堂もそれはわかっていて、自分が説明するとなると腰が引けているだけである。

「これもゼネラルマネージャーの仕事だから」

新堂は君嶋の肩に手をおくと、「頼んだよ、君嶋くん」、と事なかれ主義者の一端を見せつけたのであった。


さて――。

いま君嶋は、アストロズの練習グラウンドに隣接するクラブハウスで、ひとりの男と向き合っていた。

男の名前は、竹原正光という。

アストロズの次期監督候補のひとりだ。

吉原の計らいでアポを入れ、この日竹原は千葉市内の自宅から、自分でクルマを運転して会いに来てくれた。年齢は五十五歳。昨シーズンまで二部リーグに所属する

「東協《とうきよう》電機ベアーズ」というチームで八年間監督を務め、シーズン最高成績は四位。それ以前には東西《とうざい》大学のラグビー部を率い、低迷するチームを対抗戦リーグ上位へ引き上げている。大学と社会人。カテゴリーは違うが、実績としてはまずまずだ。

「いかがでしたか、ウチの練習環境は」

「そうですね」

竹原は少し考え、「さすが、プラチナリーグのチームだと思いましたよ。いい環境だと思います」、にこやかに答えを寄越す。

本音なのか、社交辞令なのか——表情を見ても、よくわからない。

君嶋はそういう、本心の見えない男が嫌いであった。

「私がファイターズにいた頃と遜色ないですし、これなら優勝を狙えるんじゃないですか」

何かとミツワ電器ファイターズの名前を出すのも気にくわない。監督になる前、竹原はプラチナリーグの強豪ファイターズで戦略コーチだった。そこで日本一になったことが誇りなのだ。

だが、ファイターズ時代の竹原は戦略コーチであって監督ではない。当時の監督はイギリス人で、ファイターズを優勝させた後、ニュージーランドの強豪チームの監督に引き抜かれていった。

竹原はその翌年もファイターズにコーチとして残留したが、結果は三位。連覇は果たせなかった。低迷していた東西大学の監督へと招聘《しょうへい》される前の話である。

ただ、監督としての竹原の評価は、安定している。

戦略家としても一目置かれているというのはわかるし、キャリア的にも二部リーグの次はプラチナリーグのどこかの監督に就任するのは順当な一歩かも知れない。

竹原との話は最終的に、ギャランティにまで及び、

「検討の上、連絡しますので」

という君嶋のひと言で、竹原はマイカーの大きな白いベンツを運転して練習場の敷地から消えていった。

もうひとりの監督候補、高本遥は、小柄な男だった。

高本と面談したのは、竹原と会った翌々日のことである。

二年前まで所属した「浜松電気工業ブルズ」でのポジションはスクラムハーフ。小兵だが、日本代表のキャップもある優秀な選手だ。引退後、オーストラリアでコーチングを学んで帰国、次期監督を探していた君嶋の前任、吉原のアンテナにひっかかった有望株といったところか。

「ラグビーには、スクラムとラインアウトというのがありまして、そのために体重の重い人や背の高い人が必要になるんです。それだけじゃなく、身長が低くて素早い動

きが出来る人も要《い》る。結果的にどんな体格の人間にもポジションが与えられるスポーツなんです」

最初に君嶋がラグビー経験はないといったせいか、高本はそんな素人扱いする発言を繰り返した。

ノーサイドの精神とか、ワンフォーオール・オールフォーワンとか、横浜駅まで迎えにいって食事をし、グラウンドやクラブハウスを見せている間中、高本はずっと話し続けている。

話し好きな男なのだろう。

だが、話す内容がくどい。

こいつはきっとバカなんだろうと、話すうち君嶋は思った。

有名選手が監督をやって成功する例はあると思うが、たいていの場合、名選手必ずしも名監督ならずだ。

選手なら競技勘とか運動神経でなんとかなるが、監督はそれを言語化し規律化する必要がある。そのぐらいのことは君嶋でもわかるので、この高本がそれをやったときの選手たちのウンザリした顔が思い浮かんだ。おそらく、自分もまたうんざりするだろう。

さらに、面談の最後で高本が切り出したのは、法外なギャランティの額だった。

こりゃあ、ダメだ。

「では、検討の上、連絡しますので」

「一緒に、優勝目指してがんばりましょう」

すがすがしいほど現実離れしたひと言とともに、高本は颯爽《さっそう》と最寄駅の改札口を通って見えなくなり、同時に君嶋の監督選びも見えなくなった。

「いい人材ってのは、どこの世界にもなかなかいないなあ」

ぼそりとひとりごちてため息をついた君嶋は、そこでふと気づいた。「そもそも、いい監督ってどんな監督なんだよ」

考えてみるとその肝心なことすらオレはわかってないじゃないか、と。

2

「過去の大学ラグビーと社会人ラグビーの、チーム毎《ごと》の成績と監督を調べたいんだが、どこかに資料、ないかな」

ひと晩あれこれと考えた末、翌朝の出社と共に、君嶋は多英に問うた。

「そのものずばりの資料はないと思いますけど……」

多英は考え、「クラブハウスの監督室に、創刊号からの『ラグビーマガジン』が揃っています。そこから拾うかネットで情報を集めるか、ですね。でも――どうされたんですか？」

「監督によって、成績がどのくらい変わるものかと思ってさ。過去の実績をまとめたところで何がわかるかは、わからないけど」

要するに、監督人事が迷走しているということだ。察した多英は、

「私も手伝います。大学ラグビーの方は、私がネットで調べてみます。部長は、社会人ラグビーの方をお願いできますか」

そう申し出てくれた。

「すまんが、頼むよ。無駄な作業になるかも知れないので、そこのところは承知しておいてくれ」

「構いません」

多英はいうと、早速デスクに戻ってパソコンを操作し始めた。

君嶋も自分のノートパソコンを持って立ちあがると、「しばらくクラブハウスの監督室にいるから」と言い残し、総務部のフロアを出たのであった。

監督を選ぶのに、まさかこんなところから再出発することになろうとは思わなかった。

集めた資料を前にして、その夜、君嶋は、自宅のリビングで遅くまで考え続けていた。

テーブルに広げているのは、過去三十年近くに及ぶ大学と社会人ラグビーチームのリーグ戦や選手権での勝敗と順位、そのチームを率いていた監督名のリストだ。

君嶋の企みは、そこになんらかの共通点を見出すことであった。

どんな監督が優れているのか――？

それがわかれば、オファーすべき相手も絞り込むことができる。

まずわかったのは、監督が代わったとたん、チームが蘇ったり、低迷したり、といったことは実は頻繁に起きている、ということだ。

一九八四年、慶應義塾大学をリーグ優勝に導き、さらに翌八五年度、社会人チームトヨタ自動車を破って日本選手権優勝に導いたのは、上田《うえだ》昭夫《あきお》だ。その上田は、自身が去った後に長く低迷した同部監督に復帰するや、ふたたび優勝へと導いてみせる。

一方、常勝明治大学は名将北島忠治《きたじまちゅうじ》を喪《うしな》ったとたん、長い低迷期に入った。その明治と長年死闘を演じてきた早稲田大学も一時期低迷するが、こちらは二〇〇一年清宮《きよみや》克幸《かつゆき》が就任して関東大学対抗戦五年連続全勝優勝、監督交代後も含め七連覇という偉業を達成することになる。

清宮はその後、社会人リーグのサントリーサンゴリアスの監督に転じて立て直し、二年目にリーグ戦を制覇。さらに崩壊寸前のヤマハ発動機ジュビロの監督に就任。わずか数年で日本選手権優勝に導く奇跡の復活劇を成し遂げた。現代の名将だ。

だが逆に、就任した途端、チームが低迷するケースも枚挙に暇《いとま》がない。

監督と成績を結ぶ因果関係が何なのか、君嶋にはわからなかった。戦略のミスマッチか、選手の世代交代による戦力ダウンか。はたまたキャプテンシーやリーダーシップといった組織論的な課題か。或いは選手時代の経験やスキルか——。

ちなみに、清宮から引き継いだサンゴリアスをリーグ優勝に導き、後に日本代表へッドコーチに転じて南アフリカを破る「史上最大の番狂わせ」を成し遂げたエディ・ジョーンズは代表経験がなく、選手としては無名だった。

いい監督と、そうじゃない監督。

果たしてそこに、どんな違いがあるのか——。

目の前に広げた、数々のデータを目で追いながら、君嶋は考え続ける。

実績を残してきた監督は、戦略やマネジメントなど、いろいろな面で優れていたのだろうが、チーム強化の方法論は同じではなかったはずだ。ひとりずつインタヴューすればそこに秘められた「勝利の方程式」を見出せるかも知れないが、それは不可能である。

「難問中の難問だな」

冷蔵庫から缶ビールを出して呑みながら、ぼんやりと天井を眺めやる。

この混沌とした情報の中に、どんな共通点を見出すことができるのか。そもそも、自分は不可能なことに挑戦しているのではないか——。

或《あ》るアイデアが脳裏をよぎったのは、そんな疑問も浮かび始めた頃だ。

どこかで似たようなことをしたな。——最初に浮かんだのは、そんな思いだった。

「そうか。新規事業か」

間もなく思い出した。

経営戦略室にいた頃、君嶋のところには、様々な新規事業の投資案件が持ち込まれていた。

事業アイデアのみのものもあれば、事業開始直後のものもある。

いわば有《う》象《ぞう》無《む》象《ぞう》の内容ではあるが、そんなとき、君嶋の評価軸は事業アイデアそのものではなく、経営者の優劣にあったはずだ。

根底にあるのは、「ビジネスのアイデアはアドバイスすれば改善することができる。だが、経営者は替えられない」という発想だ。

その評価軸において、経営者は二種類に分けられる。

成功する経営者と、失敗する経営者だ。

成功に導く経営者は、複数の事業を立ち上げ、どれも軌道にのせ発展させる。一方で、失敗する経営者の多くはたいてい失敗を繰り返す。倒産歴のある経営者が再び倒産する確率は非常に高い。

だから君嶋は新規事業の投資案件を評価するとき、「誰がやるのか」を常に評価軸の中心に据えてきた。その経営者の実績を見、「この人がやるのなら、おそらくは成功するだろう」、という予測に基づき投資判断をしてきたのである。

この発想はそのまま、ラグビーの世界にも当てはまるのではないか。いや、野球やサッカーといったスポーツでもいい。

チームを成功に導いた経験のある監督は、次もまた成功する確率は高い——。

そう考えて見直してみると、成績と監督には高い確度で因果関係が成立する。

アストロズのチーム目標は、現在の低迷を抜け出して優勝争いをするチームになることだ。

ならば、そのためにアストロズが迎えるべき監督は、過去にチームを優勝に導いたことのある人物であるべきではないか。

「なるほど、そういうことか」

ようやく君嶋は、自分の視界が開けた気がした。

昨日面談した竹原は長い監督経験があるが、チームを優勝させたことはない。高本についてては、それ以前の問題だ。

「白紙に戻すか……」君嶋はひとりごちた。

しかし、だとすると誰か探してこなければならない。今度は自分の手で。

果たしてアストロズにふさわしい新監督がどこにいるのか。

すでに日付の変わった壁時計を見上げ、君嶋は嘆息する。

この日は夕方から本社でイベントが予定されていた。

アストロズの前任監督前田利晴の退任会見であった。

3

トキワ自動車の東京本社で開かれたアストロズ前監督前田利晴の退任記者会見は、なんとも盛り上がりに欠けるものであった。

事前に各メディアには記者会見の案内を流していたが、やってきたのは十人足らずの記者とカメラマンのみ。テレビカメラは一台もなく、低迷するチームの現状を突きつけられたかのようだ。

「上位進出を目指した昨シーズン、結果を残すことができず残念でなりません。いまアストロズに必要なのは新しい指導者であるという結論にいたりまして、任期途中で甚《はなは》だ残念ではありますが、私はチームを去ることにいたしました。監督在任中には

──」

ひな壇の横で座って聞いていても前田の声は聞き取りにくいほど弱々しく、ところどころ震え、いかにも後悔の念に苛《さいな》まれているようにも聞こえる。病気のせいもあるだろうが、それを差し引いても、結果を出せずに辞任するつらさは尋常なものではないはずだ。

最後に深々と頭を下げて前田の挨拶が終わると、次は質問の時間だ。

早速一番前にかけている記者の挙手があり、司会進行役を務めている多英がマイクを渡すと、『月刊タックル』の山田と申します」、立ち上がった記者は名乗って続けた。

「次期監督についてお伺いしたいのですが、前田監督の後任は決まってるんでしょうか。人選はいま、どういう状況ですか」

多英が目配せしてきた。君嶋がこたえるべき問題だ。

「現在、監督候補の方と条件を詰めている状況でございます」

「新監督の決定は、いつ頃になりそうですか」同じ記者がきいた。

「それについてはいまはまだお答えできる状況にはありません。興味はお持ちだと思いますが、もうしばらくお待ちください。ファンの皆さんにはご心配をお掛けして大変申し訳ないと思っていますが、必ず納得していただける方にお願いするつもりでいます」

その当てもないのにあきれた答弁だが、他に答えようがない。

この時点で監督人事が白紙だといえば、余計な詮索をされそうで面倒だ。

とはいえ、納得したのか質問者が引き下がってくれた。その後、前田の今後の活動予定など当たり障りのない質問が出たが、会見は四十分ほどで無事終了したのであった。

記者会見が終わり、一旦控え室に戻る。前田は六十代半ばとまだ若いが、全ての役目を終えたいま、見せる笑顔には生気がなく、勝負の世界に生きる者なら誰もが持っている気の漲《みなぎ》りすら失ってしまったかのようだ。

「お世話になりました」

「こちらこそ」

そんな簡単なやりとりで前田を見送った君嶋は、人生の儚《はかな》さや人の一生ということについてふと考えた。

成功する者もいれば、どれだけチャレンジしても頂点を極める事ができない者もいる。

前田は一定の評価を得ていた監督だが、君嶋の分類では後者である。

去りゆく老兵には失礼かも知れないが、前田が指揮するアストロズが優勝争いを演じるほどのチームになるとは到底思えない。

わかりやすくいえば、監督や経営者の力とは、歌唱力と同じだ。歌が上手《うま》い人は何を歌っても上手い。音痴はどこまでいっても音痴である。多少の修正はきくだろうが、努力で届く範囲は知れている。天才にはかなわない。

君嶋が探すべきは、監督業における天才だ。低迷するチームを引き上げ、優勝させるマジックを使える男。だが——そんな男がどこにいるのか、皆目見当がつかなかった。

4

君嶋がトキワ自動車本社で記者会見を開いていた頃、大手町からほど近い丸の内のホテルで、とある会合が開かれていた。

城南大学ラグビー部OB会だ。毎年シーズンが終了した一月下旬に開かれる恒例行事で、参加者は例年三百人を超える。国会議員や上場企業役員をはじめメンバーは多《た》士済々《しせいせい》。名門城南大学はラグビー界を牽引し、あらゆる業界や組織の末端にまで行き渡ったOBたちのネットワークは強固で稠密《ちゅうみつ》だ。

そして、今年のＯＢ会は、一昨年と昨年に引き続き、学生日本一を祝勝する場にもなっていた。

はじめに挨拶に立ったのは、野党第一党の古参政治家、蔵元志郎《くらもとしろう》だ。

蔵元率いる憲民党は先の総選挙で与党に大敗を喫し、「その悔しさをわが城南大学が晴らしてくれた」、と相変わらずの支離滅裂な挨拶で会場を失笑の渦に巻き込んだのは例年通りである。

だがその一方で、この日の会は、いつもと少々、趣《おもむき》を異《こと》にしていた。一端が垣間見られたのは、蔵元に続いて行われた柴門琢磨《さいもんたくま》監督による優勝報告スピーチであった。

通常なら盛り上がるところだが、

「三連覇を達成いたしました」

という力のこもったひと言にこそ拍手が湧いたものの、会の参加者たちの多くは淡々と柴門の挨拶をやり過ごした感があったのである。

柴門が城南大学ラグビー部監督に就任したのは、四年前のことであった。就任一年目、数々の改革を断行してチーム強化に成功。優勝こそ逃したものの、二年目に大学選手権を制覇。その後は、〝打倒城南〟を掲げて挑んできた強力なライバル校を寄せ付けず勝利を重ね、ついに三連覇の偉業を成し遂げた。

名門城南大学とはいえ、近年に無い快挙である。

なのに、この会場の白けた雰囲気が意味するものはなんなのか。

優勝報告のスピーチをしながら、もっとも強く違和感を抱いたのは、当の柴門本人だったに違いない。

考えてみれば、この日は最初からおかしかった。いつもならお祝いを言いにやってくるOBもまばらで、話しかけてくる者も少ない。親しげな会話の輪があちこちで出来る会場内で、柴門だけが蚊帳《かや》の外に置かれているような奇妙な感覚があった。

果たしてその理由がなんであるか、柴門がそれを知ることになったのは、その後行われた、恒例の監督人事に関する話し合いの場であった。

城南大学ラグビー部の監督人事は、このOB会で話し合われ、衆議一決した人物にその後の一年を託すのが恒例となっている。

三連覇という偉業を成し遂げた柴門は、当然来期も監督として采配を振ることになると確信していた。

ところが、

「三連覇は大変結構なことだが、指導者育成の観点からすると、そろそろ新監督を選出した方がいいんじゃないか」

蔵元から、思いも寄らぬ爆弾発言が飛び出したのである。

負けたのならともかく、優勝したのに本人の意向を無視して監督を更迭する部がどこにあるだろうか。柴門自身は監督続行の希望を事前に表明していた。

反論しかかった柴門を押さえつけるように、立て続けに賛成意見が上がり、ついには、その蔵元が「津田《つだ》君、どうだろう」、と大物OBである津田三郎の意向を問うたのである。

御年六十になる津田は、日本モータースのラグビー部、「サイクロンズ」を率い、名将の名をほしいままにしているラグビー界の重鎮だ。

「監督交代については、私も賛成ですな」

その津田は、発言を求められると言下にそういってのけた。「四年もやったんだから、柴門もそろそろいいんじゃないか。どうだ、柴門」

そこでようやく柴門は立ち上がり、

「やらせていただけませんか」

憤然として声を張り上げた。「負けたのならわかります。三連覇を成し遂げたにもかかわらず辞任せよというのは、どうにも納得がいきません。選手だって同じでしょう」

「君は勝てばいいと思っているようだね」

津田から意外なひと言が飛び出したのはそのときだ。緊張してしんと静まった会場に、津田の嗄《か》れた声が響く。「なり振り構わず勝利を得る姿が果たして本当に正しいだろうか。城南大学は強豪であると同時に、伝統校だ。伝統を重んじて和を尊び、OBの誰もが心から賞賛できる勝利こそ、本当の勝利だろう。教育とはそういうものだ」

啞然として、柴門は斯界《しかい》の泰斗《たいと》を眺めやった。その隣では蔵元が、唇に笑いを浮かべて腕組みしている。

――そういうことか。

柴門の腹に、落ちたことがあった。

改革が気にくわなかったのだ。

監督に就任してから四年、柴門はありとあらゆる弊習《へいしゅう》を打破してきた。

たとえば、城南大学にはOBが後輩の指導に積極的に携わる慣習があった。かつて活躍した選手たちが日曜日のグラウンドへ来て、現役の学生たちの練習に口を出し、指導をする。

それを柴門は全て、断った。

理由は簡単、練習の効率が落ちるからだ。OBが現役に課すのは、時代後れの理論であり方法論で、最新の理論を学び、積極的に導入している柴門にしてみれば迷惑以外の何物でもない。チームが目指す戦術も理解しようともせず、的外れな指導をする

ＯＢもいる。

ＯＢが反発する理由はグラウンド外にもあった。

劣悪で時代後れの練習環境を刷新するため、スポンサー企業を募っての資金集めは、柴門のアイデアであった。そのため城南大学ラグビー部のジャージーやスパイクに、企業ロゴが入ることになったのだが、それを伝統の破壊だと激怒するＯＢも相当数いたのである。かといって、そう批判するＯＢから資金難を解決するアイデアが出るかといえば、何もない。

柴門はいままで、そんなＯＢの駁論《ばくろん》に一切耳を貸さなかった。

すべては勝利のためにある。

それが柴門の哲学だからだ。

選手の食事を管理し、効率のいい練習をし、チームに合った最新のゲームプランを導入する。

フィジカルで打ち勝ち、理論で圧倒する。つまりはグラウンドに入るときには、すでに圧倒的な力の差を生みだし、完膚なきまでに相手を打ちのめすのが柴門流だ。

だが、そうした流儀が知らず知らずのうちに敵を生みだしていたらしい。

「私は、新監督として、橋本冬樹《はしもとふゆき》君あたりが適任ではないかと思うのだが、いかがか」

柴門の意向を無視して津田が提案してみせた。

橋本は城南大OBで、津田が指揮を執る「サイクロンズ」に昨年まで所属していた選手だ。橋本を監督に据える人事は、要するに城南大学ラグビー部を津田の影響下に置くのに等しい。

「橋本君、どうだろう」

全員の視線を浴び、いま会場の片隅にいた橋本が立ち上がった。

「監督に就任せよということでしたら、謹んでお受けする準備はあります」

橋本は元日本代表。学生時代からフォワードの選手として活躍していたが、キャプテンを務めた経験はなく、そもそもそういうタイプの男ではない。

城南大学は迷走をはじめようとしている。

「橋本くんは、私の下で長くやってきてチーム作りは良くわかっている。どうですか、皆さん。賛成の方はどうか挙手をお願いします」

一斉に挙がった手の多さに柴門は愕然とし、虚《むな》しさを感じた。

いったい、自分がやってきたこの四年間はなんだったのか。

負けて文句をいい、勝って文句をいう。このOB会とは果たしてなんなのか。

チームのためといいつつ、彼らが守ろうとしているのは自らのプライドと既得権益ではないか。

そんなものは勝利と何の関係もない。

だが、そのことに気づいている者は、この会場に誰ひとりとしていないように見えた。

5

その朝、君嶋は最寄り駅のコンビニで、いくつかのスポーツ紙を買い集めてから出社した。

昨日の記者会見がどんなふうに報じられたのか、チェックする必要があったからだ。

「なんだ。君も買ってきたのか」

総務部に着くと、一足先に出勤していた多英が机の上にスポーツ紙を広げているのを見て、君嶋は目を丸くした。

「新聞の切り抜きをクラブハウスの掲示板に貼ろうと思いまして。でも、先にテツさんが切り取って貼りに行きました」

岸和田のデスクの上にはすでに読み散らかした新聞が山積みになっていた。

君嶋もさっそく、自席で広げてみる。

監督人事がニュースになるのはプロ野球かサッカーぐらいだろうとは思っていたが、驚いたことに、一面に「ラグビー部監督交代」の見出しが躍っている。

我が目を疑った君嶋だが、

「なんだ、城南大学の話か」

すぐに勘違いに気づいた。ちなみに城南大学は君嶋の母校でもある。

記事によると、昨日都内のホテルで全国大学選手権三連覇中の城南大学ラグビー部のOB会が開かれ、その場で柴門琢磨監督の更迭が決まったのだという。

紙面での扱いが大きいのは、OBらの強い反発によって柴門監督が辞めさせられたというニュアンスがあるからだ。

だが同時に、その記事は別の意味でちょっとした驚きを君嶋に運んできた。

「柴門……」

君嶋はふと呟《つぶや》いた。「あの柴門か」

ラグビーには何の興味も縁もなかった君嶋だが、ある理由によって柴門のことだけは知っている。

一方、アストロズの監督交代のニュースは、紙面の片隅に数行、報じられているだけであった。こっちは探さないと見つからないほど小さな扱いだ。

「こんなものか」

嘆息した君嶋の耳に、「相当、大胆に改革したからなあ」、という多英のひとり言が聞こえたのはそのときだ。

見ると多英は、城南大学ラグビー部監督交代の記事を読んでいた。

柴門のことらしい。

「そうなのか」

君嶋がきくと、

「ラグビー界では話題になってましたから」

という返事があった。

「監督の評判が悪かったということ？」

「いいえ。知っている城南大OBは伝統の破壊だなんて怒ってましたけど、正しいのは柴門監督の方だと思います」

「なんでそう思う」

「だって、低迷していたチームを立て直して、大学選手権三連覇ですよ」

たしかに、それ以上の答えはないだろう。「古臭い伝統を打破したからこその快挙なのに、それを元に戻そうというんですから、どうかしてますよ、城南大は」

記事の脇に、柴門の簡単なキャリアが載っていた。高校ジャパンでもキャプテンを務めたナンバーエイト。大学時代は、一年からスタメンで大学選手権を三度制覇、四年生のときにはキャプテンとして優勝。プラチナリーグの淀屋《よどや》フーズ・フェニックスでも活躍後、城南大ラグビー部監督に転じていた――。

「そうか、淀屋フーズだったな」

つぶやいた君嶋に、多英が不思議そうな表情を見せた。「そういえば君嶋さんも城南大ですよね。同期ぐらいですか」

「ぐらいじゃなくて、同期だ」

いやもっといえば、同じクラスだった。

だが、君嶋が柴門のことを認識しているのは、ただそれだけの理由ではなかった。

「柴門は、これからどうするのかな」

記事に、今後の進路についての情報はない。

「いきなりの更迭だったみたいですからね。クーデターですよ、これ」

多英の言う通りだとすれば、いま柴門の身分は浮いているのではないか。

君嶋は今一度、新聞の記事を見つめた。

――学生時代は、大学選手権を三度制覇。

いや、いま重要なのは、そこじゃない。

――監督として、城南大学を三連覇に導いた。

「――これだ」

ぼそりとつぶやいた君嶋を、多英が不思議そうに見ている。

君嶋の頭に浮かんだそれが、大それたアイデアであることはわかっている。

ラグビー界の王道を歩んできて、監督としても手腕を認められた男だ。一方のアストロズは低迷に喘《あえ》いでいる最中で、柴門とは釣り合わないかも知れない。

だが、君嶋の監督評価軸からすれば、柴門こそまさにオファーすべき相手であった。

──柴門を、アストロズの監督に呼べないだろうか。

本気で、君嶋は考え始めていた。

6

アストロズのクラブハウスの一階には、グラウンドに面した明るいジム、選手たちのロッカールームとシャワールームがある。二階にはミーティングルームやラウンジ、応接室、さらに監督室やマッサージルームなどの個室が並んでいるのだが、いま君嶋はそのラウンジに置いてある大型画面のテレビで、ラグビーの試合を観ていた。

柴門にオファーするなら采配した試合ぐらいは観ておくべきだ。とはいえ、君嶋にはゲーム運びの細かいところがよくわからない。そこで、日曜だというのに岸和田に付き合ってもらっている。

映し出されているのは、城南大学対東西大学の一戦だ。

昨年十月に江戸川陸上競技場で行われた関東大学対抗戦の試合である。多英が集めてくれた城南大学の試合映像はいくつもあった。柴門琢磨就任前と就任後、それぞれシーズンのカギになっただろう試合が集められている。

画面の中で、ボールを持った城南大学のバックスが東西大学陣へ斜めに切り込んでいく。素早くディフェンスの間を抜けようとするが、そこでタックルされ、敵味方の選手が折り重なってボールが見えなくなった。

「ちょっと遅れたな」

隣で観ていた岸和田がいった。何のことかわからない君嶋に、「東西大のディフェンスです。ほら——」

時間をかけずボールが出されたかと思うと、狙い澄ましたように走り込んできた選手にパスが出た。そのまま相手選手の間を抜け、歓声を浴びながら左隅に飛び込むトライへつながる。城南大学のリードがさらに大きくなった。

「ナイストライ」

岸和田がぼそりといって、ぽんと手を叩いた。「前の年と比べると、攻撃のパターンが格段に増えてますね」

君嶋を振り向いていう。

「すまんが、あんまり詳しいことはわからん」

岸和田に見栄を張っても仕方が無いので君嶋は正直にいい、フルタイム、つまり試合終了の笛を聞いてソファから立ち上がった。

壁の時計がすでに午後五時半を過ぎている。

「テツ、ちょっと早いが、飯でも食わないか。奢《おご》るぞ」

「いいんですか。遠慮なく」

ふたりで「多むら」まで歩いて行く。

「どう思った」

生ビールを頼んだ君嶋は、率直に尋ねた。

「そうですねえ」

と最初の一口でジョッキを半分ほど空にした岸和田は考えている。「柴門監督の就任前と比べると、まったく別チームになった印象ですね」

「ほう」

選手である岸和田には、君嶋に見えないものが見えたはずだ。

「攻撃のアイデアが豊富になっていながら、それが選手の間で理解され、整理されてる感じですね。相手チームとの接点でもたつきがなくなったのは柴門監督の手腕だと思います。それだけじゃなくて、争奪戦《ブレイクダウン》——つまりタックルされた後の球出しが見違えるようによくなってました。ラインアウトについてはもう少し修正が必要でしょうけど、世代交代していく学生チームにそこまで完璧なものを求めるのは酷ってもんです」

城南大学が低迷していたときのスタメンは四年生中心だった。その世代が抜け、弱い上に経験のない選手たちを柴門は引き受け、実績を上げたのだ。

「声、かけてみるか」

君嶋はひとりごちた。考えれば考えるほど、見れば見るほど、アストロズの監督に柴門ほどの適任者はいない気がしてくる。

「もし実現したら、とんでもなく話題になりますね」

岸和田は、手で顎のあたりを撫でながらにんまりしている。

「チームの連中はどう思うだろうな。賛成すると思うか」

君嶋がきくと、

「何か思うやつはいるでしょうね」

そんな答えがあった。

「たとえば?」

「学生チームを率いてうまくいったからといってプラチナリーグでも成功するのか、

とか。カテゴリーが違いますから」

それは、やってみなければわからない。

だが、うまくやる確率は、他の人間よりも高いと思う。少なくとも、面談した監督候補ふたりよりも、柴門のほうが成功する確率は高いはずだ。

「テツはどう思う」

「オレは――」

岸和田は上目遣いで天井を見上げてから、あらたまって君嶋に向き直った。「柴門さんが監督になるんなら大歓迎ですね。選手だった頃の柴門さんに憧れてましたから。すごいナンバーエイトですよ。天才です。監督と選手の関係でも、一緒のチームにいられたら、夢のようです」

頬を上気させ、岸和田は絶賛した。岸和田のポジションも柴門と同じナンバーエイトだ。

「でも、ほんとに来てくれるんですか」

「そりゃ、わからない」

君嶋はこたえた。皆目見当がつかないのだ。ただ、先日の新聞報道が事実なら、柴門は今季も城南大学を率いるつもりだったはずだ。その道が途絶した現在、体が空いていることは確実だろう。

「相手は、大学と社会人、さらにプラチナリーグを通じてのスタープレーヤーですよ、君嶋さん」

岸和田は、君嶋が軽く考えているのではないかと、疑っている口調だ。「自分でいうのもなんですが、いまのウチは降格圏ギリギリを低空飛行中です。柴門さんがウチの選手だったとか、そんな関係があればいいと思うんですが、そうじゃないですし」

「断られるか」

「可能性は高いと思います」

「いまプーだろ、柴門さんは」

「あれだけの人なら、少し待ってりゃ、ウチよりまともなチームからいくらでもオファーが来ますよ」

「そんなもんか」

その辺りの感覚は、君嶋にはわからない。

「だいたい、君嶋さん。柴門さんにつながるツテ、あるんですか」

遠慮がちにきいた岸和田は、「ない」、という君嶋の即答に、天井を仰いでみせた。

「当たって砕けろだ。とりあえず、連絡してみるさ」

君嶋はいうと、ドリンクメニューで次の酒を選び始めた。

7

個人情報なので――というのが、柴門琢磨の連絡先を教えて欲しいと頼んだときの、城南大学事務局の返事であった。

ごもっともな対応である。

「であれば、柴門監督にトキワ自動車ラグビー部のゼネラルマネージャーから連絡があったとお伝え願えませんか。こちらの電話番号をお知らせいたしますので、もしよろしければご連絡いただきたいのですが」

「いまでは大学の関係者ではありませんし、そういうお取り次ぎはいたしかねます」

木で鼻を括《くく》った返事に、君嶋は、大学時代に経験した学務課や事務部の役所以上に役所的な対応を思い出した。

「そうですか。では、結構です」

電話を切り、次に君嶋がやったことは、前任者の吉原が残したアドレス帳から城南大学ラグビー部関係者を探すことだった。

選手のリクルートなどで、やりとりはあったはずだ。

案の定、見つけた。

相手は西川《にしかわ》という男で、名刺には〝城南大学体育会ラグビー蹴球部渉外担当〟となっている。

記載されているモバイルの番号にかけたが出なかったので、また後からかけ直そうと思っていたら、逆に先方からかかってきた。固定電話でかけたから番号が登録されていたのかも知れない。

「すみません、電話に出られなくて」

吉原がかけたものと勘違いしたらしい。

「突然の電話ですみません。私、トキワ自動車ラグビー部のゼネラルマネージャーをしております君嶋と申します。吉原の後任なんですが」

「ああ、そうだったんですか」という驚きの声とともに、「いつもお世話になっています」、という礼儀正しい反応に変わった。

「実は、柴門前監督と連絡を取りたいのですが、連絡先を教えて頂けないかと思いまして」

それは柴門の許可を得てから、と言われるかと思いきや、

「少々お待ちください」

と一旦保留音が流れた後に、柴門個人のスマホの番号を教えてくれた。あっけなくて拍子抜けするほどだが、それはトキワ自動車ラグビー部ゼネラルマネージャーとい

う肩書きが持つ信用の裏返しなのだろう。

「この番号に直接電話してしまってもよろしいんでしょうか」

「ラグビーに関することですよね。であれば問題ないはずです。そういう人ですから」

礼を言って電話を切り、すぐにかけてみた。

長く呼び出し音が鳴っている。椅子を回し、窓から見える誰もいない枯れ芝の練習場を見下ろしながら、君嶋はそれを聞いていた。

十回ほども鳴っただろうか。

諦めて切ろうとしたとき、男の声が出た。

「柴門さんでしょうか」

「ええ、そうですが」怪訝《けげん》そうな響きが混じる。

「私、トキワ自動車ラグビー部ゼネラルマネージャーの君嶋と申します。いま、お電話よろしいでしょうか」

「トキワ？　ええ、どうぞ」

「実は、ご相談したいことがありまして。お時間を頂戴できないでしょうか。柴門さんの都合のいいところに出向きます」

「相談というのは、どんな」

柴門の声は、太く、ドスが利いていた。

「私どもの監督が先日辞任いたしまして。後任の監督を探しています」

率直に、君嶋は切り出した。

「アストロズの監督に、という話ですか」

「電話ではなんですから、詳しいお話をさせていただけませんか」

少しの間、電話の向こうで考えるような沈黙が挟まった。

さてどんな反応があるのか。

ところが、

「その必要はありません。お断りします」

予想外の即断に、君嶋は戸惑った。

「それは社会人チームには興味がないということでしょうか」

君嶋はきいた。大学生相手に教育の一環としてラグビーを教えたい、という考えもあるだろう。しかし、

「いえ、そんなことはありません。社会人チームにも当然、興味はあります」

柴門はこたえる。「社会人チームにも当然、興味はあります」

ならば、アストロズに興味がないといっているのと同じである。だが、君嶋も簡単に引き下がるわけにはいかなかった。

「我々にはあなたの力が必要なんです、柴門さん。それとも、どこかにもう行き先を決められたとか、そういった事情があるんでしょうか」

「そんなのありませんよ」

否定の言葉に皮肉な笑いが入り混じった。「私を断ったのは、そっちじゃないですか。それをいまさらなんです」

「ウチが？」

わけがわからない。どういうことだ？　何と返事したものかわからなくなったとき、

「それでは、失礼します」

間髪を容《い》れず、電話を切られてしまった。

「どういうことなんだ……」

君嶋は、切れた電話をただ呆然と見やった。

「すみません。まだ仕事をお預かりしたばかりだというのに」

同じ横浜市内にあるトキワ自動車の物流部門、トキワ物流に吉原を訪ねたのは、その日の午後のことである。

横浜工場の部長職を辞した後の吉原の仕事は、この物流子会社の総務部長だ。

「いやいや。バタバタしていたからねえ。何か引き継ぎを忘れていたことがあったんじゃないかと心配していたんです。何かありましたか」

案内された応接室で、吉原は人なつこい笑みを浮かべて君嶋を歓迎してくれた。

「実はいま、例の監督人事をやってまして」

君嶋は切り出した。「城南大学の監督をやっていた柴門さんに連絡をとったところ、門前払いを食らったんです。以前何かありましたか」

「柴門さん――」

吉原は驚きの声を上げた。「ちょっと待って、君嶋さん。あの竹原さんと、高本さんはどうしました」

「まだ返事はしていませんが、いまひとつかと」

「お眼鏡に適《かな》いませんでしたか」

シロウトの君嶋にお眼鏡もなにもあったものではないが、「ええ」、と図々しく君嶋はうなずいた。

「それで柴門さんですか。参ったなあ」

吉原はだれにともなくいい、頭のうしろあたりをぽんと叩く。「実は柴門さんとは、少々事情がありましてね」

語ったのは、二年前のとある「事件」についてだ。

「アストロズを率いていた外国人監督が海外チームの監督に就任が決まって、ウチは後任を探していたんですよ。そのとき、何人かの候補の中に、城南大学で優勝した柴門さんが入っていたんです。私としては、社会人チームを率いて定評のある前田監督にと思って交渉していたんですが、実は、当時の副部長が行き違いから柴門さんに打診してしまいまして」

大失態である。

「誰です、その副部長というのは」

「滝川さんですよ」

啞然として、君嶋は顔を上げた。

「なんでまた滝川さんは、そんな勝手なことを」

「わかりません」

吉原は首をひとつ捻ってみせたが、君嶋にはピンと来たことがある。

滝川は、君嶋と同じ目線で監督を選ぼうとしたのではないか、ということだ。

成功者は成功する――。

現場サイドとの意思疎隔があったにせよ、少なくとも滝川の見立ては間違っていなかったと、君嶋は思う。

「それでどうしたんです」

「ちょうど前田監督からも了承を取り付けたところでしたから。滝川さんの早計に新堂工場長が抗議しまして。柴門さんには、滝川さんから謝罪して収めてもらいました」

「おもしろくなかったでしょうねえ、柴門さんからすれば」

「だいたい、名門大学のラグビー部というのはOBが煩《うるさ》いんですよ。監督をやらせてやるという態度ですから。当時から柴門さんは、それに嫌気が差していたと思うんです。そのときにウチからの話ですから、乗り気だったんじゃないですか」

柴門にしてみれば、ハシゴを外されたようなものだ。

「申し訳ない。こんな話、しないで済めばよかったんですが。よりによって柴門さんとは」

吉原もその偶然に顔をしかめている。「ですが、〝出物〟であることは間違いないです、たしかに」

少し考え、「もしよかったら、柴門さんとつながりのある知り合いを紹介しましょうか」、そう申し出た。

「いえ、それには及びません。ひとり、いますから」

「ひとり？」

それには応えず、君嶋は立ち上がった。「事情はわかりました。まずは私から誠心誠意、謝罪してみます。監督人事はさておき、そんな恨みを買ったままでは、アストロズのためにもなりませんから」

「迷惑をかけますが、よろしくお願いします」

吉原は立ちあがると、深々と腰を折った。

8

突然のお便りをお許しください。

私はトキワ自動車アストロズのゼネラルマネージャー、君嶋隼人と申します。先日、失礼ながら柴門様に電話にてご連絡を差し上げたものです。

その節は、過去の経緯を知らず、ずけずけと無神経なお願いを口にしてしまいました。大変、申し訳ございません。

その後すぐに前任者に詳しい経緯を聞き、私自身驚くとともに柴門様がお怒りになるのもごもっともであると深く反省した次第です。

監督人事に関して足並みが揃わず、思わぬ早計から柴門様には大変ご迷惑をおかけしたこと、慚愧《ざんき》に堪《た》えません。すべて私どもの不手際であり、申し開きのしようもなく、ここに会社とチームを代表いたしまして、深くお詫び申し上げます。

後先になりましたが、まず自己紹介をさせてください。私はこの一月に辞令を受け、トキワ自動車横浜工場総務部長を拝命いたしました。それと同時にアストロズのゼネラルマネージャー職を命じられ、現在、チーム運営を統括し指揮する立場にあります。

我がアストロズは、残念ながらここ数シーズンに亘って成績が低迷しており、先日は、前田利晴監督がチームを去ったこと等《など》、新聞などで報じられた通りでございます。

このチームには、練習方法や戦術、さらにはチーム環境、サポート体制、あるいは選手やスタッフについても、改善すべきところが多々あるように思えます。

いま我々に必要なのは、変化です。

アストロズがより強く素晴らしいチームになるために、また選手ならびにスタッフ全員が勝利のために一丸となれるように、改革には聖域を作らず取り組む覚悟です。

我々は昨シーズン、プラチナリーグの下位に甘んじました。しかし、いつまでもそこに常駐するわけにはいきません。必ずや力をつけ、地域のファンの皆様とともに優勝を狙えるチームになりたい。またそうなれるはずだと信じております。

ですが、そのためにどうしても必要なのは、この現状を理解し、導いていただける監督です。

失礼を承知の上で申し上げますが、もしアストロズを変革し、躍進させてくれる指導者が存在するのなら、それは柴門様以外にはないと、私は確信しております。

私たちにもう一度、チャンスをいただけないでしょうか。

アストロズのために。アストロズを応援していただいているファンのために。そして日本のラグビー界のために、我々に力をお貸し下さい。

何とぞ、ご検討いただけますよう、よろしくお願い申し上げます。

ゼネラルマネージャーとして、必ずや「監督をやってよかった」と思っていただけるよう、最大限、尽くす覚悟です。

私どもアストロズを信じ、共に歩んでいただけないでしょうか。

改めまして、こちらからご連絡させていただきます。乱文乱筆、失礼いたしました。

アストロズ・ゼネラルマネージャー　不二《ふじ》

君嶋隼人

柴門琢磨様

それは手書きの詫び状であった。同時に、監督就任への熱いラブコールでもある。

自宅のリビングで読み終えた柴門はそれを折りたたみ、入っていた白い封筒に入れようとして中に名刺が入っていることに気づいた。アストロズのチームロゴが入った君嶋の名刺だ。住所や電話番号、メルアドが印刷されている。

「君嶋隼人……？」

柴門は押し黙り、手の中の名刺をしばし見つめた。

9

その日、君嶋と多英が新横浜駅まで柴門を迎えにいったのは、午前十一時半過ぎのことであった。

多英がいつになく硬い表情をしている。

「なんだ、緊張してるのか」

「君嶋さんは、緊張してないんですか」

多英は小さな深呼吸をした。「今日のやりとりで決まるんですよ。あの柴門琢磨がアストロズの監督になるかどうか」

「なるようにしかならないよ」

修羅場はいくつも経験してきたが、君嶋の経験ではその多くが心配しても始まらないものばかりだった。肝心なことは全力を尽くすことであり、あとは天命を待つしかない。

「ただ、ひとつ気になっていることはあるが」

新幹線の到着を告げるアナウンスが聞こえた。

「なんですか、それ」

「いまにわかる」

柴門琢磨は、遠くからでもよく目立つ。

その姿を実際に見るのは何年ぶりだろうか。

学生時代に語学で一緒のクラスになったのが、柴門との出会いの始まりだった。

大学一年生からラグビー部で活躍した柴門を、必修科目の語学以外の授業で見かけたことはほとんどない。しかし年度末のテストシーズンになると現れ、友達のつてをたどって授業のノートのコピーを大量に集めて回るのだ。

一度、何かの科目のテスト会場で、柴門が広げていたものを通りがかりに見たら、君嶋のノートのコピーだったことがある。真面目な学生のノートは、天下の回り物である。おそらく、友人に頼まれて取らせてやったコピーが柴門の手に渡ったのだろう。

別にそれを見つけても、君嶋はとやかくいうつもりもなかった。

当時、君嶋のノートは、「信頼できるノート」として友達の間では重宝されていたのだ。

なんだオレのノートじゃないか、と思ったぐらいだ。

同じクラスにはいたものの、君嶋は柴門と話をしたことはほとんどなかった。

スタープレーヤーの柴門はいつも取り巻きに囲まれ、一方の君嶋は田舎から出てきた貧乏学生だ。住む世界も価値観も、すべてが違った。

君嶋の記憶に間違いがなければ、たった一度だけ、君嶋は柴門と言葉を交わしたことがある。

卒業する年の二月か三月頃だったと思う。

就職関係の書類を提出するために学校へ行ったとき、同じ窓口に柴門がいたのだ。

「よっ」

そんなふうに柴門は右手を上げて声をかけてきた。

「おお」

君嶋もこたえ、空いていた隣の席にかける。

ふたりが並んで座っているベンチから、やけにのんびりした事務員たちの光景が見えていた。

「進路の届けを出そうと思って」

特に話題もなく、気まずくなった君嶋が、間を埋めるようにしていうと、

「どこに入ったんだ」

柴門がきいてきた。君嶋の進路に興味があったわけではなく、ただ成り行きで発しただけの質問に過ぎない。

「トキワ自動車。柴門は？」

君嶋は、並んで座ると頭半分ほど座高が高い柴門を見上げた。「ラグビー部のある会社にいくのか」

柴門がうなずいたように見えたとき、「柴門さん」、とカウンターの内側から声がかかって話はそれっきりになった。

窓口で書類を渡した柴門は、最初会ったときのようにひょいと右手を上げ、「じゃあな」、という短い言葉とともに扉の外へ消えていった。

それが、柴門と君嶋の全てだ。

同じ学校に通い、同じクラスだったふたりだが、ふたりの人生がクロスしたのは、それだけしかなかった。

柴門はラグビー一筋の人生をひた走り、君嶋はごくごく平凡な学生に過ぎなかった。

同窓会でもない限り二度と会うことはないだろう。

そう思っていた男を、あれから二十五年もの歳月を経て、いま君嶋は待っている。

「あ、柴門さんがいらっしゃいました」

隣で多英がいい、遠くの柴門に小さくお辞儀をした。

柴門もこちらに気づいたのか、小さくうなずいたように見える。

白いシャツに黄色いネクタイ、ステンカラーコートの襟を立てて歩いてくる男の姿が、二十五年前、学務課で別れた男の姿と重なって見える。

改札を抜けてきた柴門に、君嶋は近づいていくと、右手を差し出した。

「久しぶり、柴門」

柴門がそれを握り返す。力強い、しっかりとした握手だ。

「こちらこそ、君嶋」

きょとんとした顔の多英が、ふたりの顔を交互に見ていた。

それは、まったく違う世界を歩んできたふたりの人生が、再び交差した瞬間であった。

10

市内の有名な鰻屋《うなぎや》で昼食をとり、そのままクルマで十五分ほどの横浜工場に戻った。

隣接するアストロズのクラブハウスを見せ、練習グラウンドに立ち、さらに「工場も見せてくれ」、という柴門のリクエストで、多英と三人、ヘルメットをかぶって工場内を案内する。

「工場を見せてくれといわれるとは思わなかったな」

クラブハウスには戻らず工場の応接室に入った君嶋に、

「社会人チームには会社の雰囲気が出るし、方針に振り回されることもある。とりあえず、選手たちがどんな職場で働いているのか、雰囲気ぐらいは見ておく必要があるからな」

柴門のこたえは明確だった。柴門自身、現役時代は淀屋フーズ・フェニックスで働きながら選手として活躍していた。その経験からの発言だろうが、間違ってはいないと君嶋は思う。「社内でラグビー部はどう見られてる?」

質問も的確だ。

「正直、予算案を通すのはひと苦労だ」

口から出任せをいっても仕方がないので、正直に君嶋は打ち明けた。「コストの塊だと酷評する役員も何人かいる。社長のラグビー愛に支えられている部分は大きい」

「いつ、廃部になるかわからない状況か」

隣にいる多英が椅子の上で身じろぎするのがわかった。柴門の鋭い眼差しが、じっと君嶋を見据えてくる。

「そこまで切迫してはいないが、成績が低迷すれば可能性はある」

柴門はなんとこたえるだろうか。

企業スポーツにとって、廃部は最大のリスクだ。少しでも、その可能性の低いチームを率いたいと思うのは当然だろう。

「強化方針を撤回するとか、そういう具体的な話は出たか」

「そこまではない。すったもんだはあったが、予算案も満額通った」

そうか、と柴門はほっと息を吐《つ》いた。強化方針が撤回されれば、企業チームはあっという間に弱体化するからだ。

「そちらが希望する契約の条件は」

単刀直入に、柴門はきいた。

「プロ契約で頼みたい」と君嶋。「何年契約にするかは相談させてくれ」

「正直、それはどこまでのことを期待しているかによる」

逆に問われ、

「優勝争いができるチームにして欲しい」

そうはっきりと君嶋はこたえた。「そして、できれば優勝したい」

じっと、柴門の目が君嶋を見据えている。やがて、

「いつまでに」

そんな問いが発せられた。

「できれば、三年以内に」

考える間が入る。

柴門の前には、資料として渡した選手とスタッフのリストがあった。

一旦そこに視線を落とし、何かを考え、やがて顔が上がって視線が君嶋に戻ってくる。その瞳に向かって、君嶋は頼み込んだ。

「引き受けてくれないか。ウチには柴門、お前の力が必要なんだ。この通りだ。――頼む」

息を詰めた多英が、柴門のこたえを待っている。

さらに思案した柴門が口にしたのは、

「三年は長すぎるな」

というひと言だ。「二年契約にしてくれ。二年で優勝争いができるチームにする。だが、優勝までは約束できない。優勝を争うチームと、本当に優勝するチームにはかなりの差がある。そこまで出来るかどうかはわからない」

「わかった。他に条件は」

「地域密着型のチーム運営をしたいという意思は尊重するし、それに選手を駆り出すのはかまわん。だが、練習方法とかに口出しは一切せず、まかせてほしい。もし口出ししたら、その時点でオレは降りる」

「わかった。それだけか」

「選手たちの意思を確認して欲しい。オレはいままで大学ラグビーの監督をしてきた。要するにカテゴリーが違う。社会人チームのことは熟知しているが、指揮した経験がない。きっと選手はオレが本当にできるか疑問に思うだろう。お互いに信頼関係のない状態では指揮できない」

「どうすればいい」

「まずはオレから選手たちにアクションを起こす。その後で、選手たちの意見を聞いて欲しい。やるかどうかはそれを見て決めたい」

「わかった」

話が大きく前進するのを君嶋は感じた。選手たちの意見は、岸和田にまとめさせる自信がある。

うなずいた君嶋は、「よろしく頼む」、と柴門に右手を差し出した。

「こちらこそ」

力強い握手で、柴門との面談は終わりを告げたのであった。

11

その日、浜畑は、仕事仲間とともに市内の居酒屋にいた。部の若手が異動になって、歓送迎会が開かれたのだ。

賑やかな会である。いつもならビール瓶を片手にみんなのグラスに注いで回る浜畑だが、この日は店の片隅で浮かない顔をして押し黙っていた。

「浜畑さん、今日は静かすぎませんか」

そんなことをいいながらやってきた同僚に、「そんなことないさ」、とグラスのビールを一気に飲んでみせたが、そこまでだった。いてもたってもいられなくなり、

「悪い。ちょっと一本、電話してくるわ」

立ちあがった浜畑は、傍らのカバンに入れてあった封筒を手に、店の外へ出た。

さっき出掛けに君嶋から呼び止められ、渡された封筒だ。

「なんですか、これ」

「次期監督候補からの手紙だ。裏、見てみろ」

そこに柴門琢磨の名前を見つけて浜畑は驚愕したものの、その場では開けて読むことはせず、とりあえずカバンに突っ込んだ。仕事の打ち合わせが長引いて、急ぎ歓送

迎会に向かう必要があったからだ。

会が終わってから家で読もう——最初はそんなふうに思っていたのに、歓送迎会の途中から、メールが入りはじめた。

柴門からの手紙を読んだかと問うチームメイトからのメールだ。

「オレは単純だからそう思うのかも知れませんが、いい内容でした」

とは、本波寛人《もとなみひろと》のコメント。岬洋《みさきひろし》からは、「すごくわかってるなって感じ」。さらに、アナリストの多英からも、「素晴らしい評価眼だと思います」、というメールが来るに至って、どうにもこうにも読まずにはいられなくなったのである。

店の玄関前で手紙の封を切った浜畑は、五、六枚はあると思われる手紙の量にまず驚いた。

こんなものを選手やスタッフ全員に書くのは大変だっただろうというのが最初の感想だ。

だが、実際に読んでみると、そんな軽い感想などたちまち吹き飛び、ずんと重い衝撃を胸に受けないではいられなかった。

柴門の指摘は、浜畑のプレースタイルに関する感想だけでなく、もっと具体的で掘り下げたものにまで及んでいたからである。

中でも、昨年十月、三勝三敗で迎えた東埜《とうの》建設工業タイタンズ戦の、後半十分過ぎのプレーに関する一文からは目が離せなかった。

中央からやや相手陣内に入ったところでのスクラム。里村《さとむら》からパスを受けた浜畑は、突進してくる選手を躱《かわ》して、右にいた選手にパスしようとしてインターセプトされ——つまりパスしたボールを相手選手に取られてしまい、そのまま独走トライを許してしまった。

前半をワントライ差のビハインドで折り返し、出来るだけ早く追いつきたい時間帯での手痛いミスだ。

その後のコンバージョンゴールも決められ二点が追加されると、ずるずるとアストロズの守備は綻《ほころ》んでいき、終わってみれば後半はノートライに抑えられ、唯一の得点はペナルティゴールの三点のみ。その後の連敗を招くことになった痛恨の敗北であった。

柴門は、その起点となった浜畑のパスについて、どこに、どんなタイミングで出すか相手に見破られており、されるべくしてされたインターセプトだったと指摘していた。

昨シーズンのアストロズはフィジカル——強靱《きょうじん》な体力を活かした堅実なディフェンス力に特徴があるが、それは前監督がこだわってきたスタイルでもある。だが、いまそのスタイルを浜畑はじめ選手の持ち味に合わせて見直すべきだと、柴門は主張していた。

——いまのアストロズのゲームプランでは、グラウンド内に君臨するはずの10番の才能——つまり浜畑のことだ——を活かしきれていません。

柴門は続ける。

——パスを受け取ったとき、おそらく君は、相手ディフェンス裏にスペースがあることに気づいていたはずです。そこにショートパントを蹴っていたらどんな結果になっただろう。そうしなかったことが課題だといいたいのではなく、その選択肢がなかったことが課題だということです。

——チームの戦略と規律に縛られ、攻撃の可能性と柔軟性を自ら放棄しているように見えるからです。私が現役だった頃、優勝候補の一角であったアストロズといまのアストロズは別のチームです。

——たしかにフィジカルの強さ、ディフェンス面ではプラチナリーグでも指折りのチームになりました。しかし、一方でお家芸だったパスワークや柔軟で華麗なバックス攻撃を封じて、ひたすら堅実なゲインばかりにフォーカスしてしまっている。私がもし監督になったら、そうしたゲームプランを一旦白紙に戻し、フィジカルをさらに向上させ、個人のフレア——つまり君たち自身の個性を活かせる戦略的なチームにしたいと考えています。

浜畑は、その文面からしばらく目をそらすことができなかった。

いや、実際には文章を読んでいるのでなく、浜畑の目は焦点も合わず、呆然と空間に向けられていたに過ぎない。

柴門のいっていることは、もっともだ。

だが、柴門は一番言いたいことを書いてはいないのではないか。そのことにも浜畑は気づいていた。

あのとき、たしかに浜畑は、右裏にあったスペースに気づいていた。

だが、そこへのショートパントキックが有効だと気づいたときには、すでに戦況が変化していたのだ。

いま、浜畑が感じたのは、かすかな恐怖であった。

いつもは心の奥底に押し込めておくはずの恐怖だ。

以前の自分なら、はたしてそんなことがあっただろうか？　もっとも的確なタイミングで、自分で考えるより前にショートパントを蹴っていたのではないか？

それができなくなった理由は、ただひとつ——老いだ。

浜畑は今年三十五歳になった。

ラグビー選手としての限界は、ひたひたと忍び寄ってくる。

いまの浜畑には、その足音が聞こえるのだ。

日本代表のキャップが途絶えたとき、試合の局面局面で自らの視野と技術と判断力が試されるとき、その足音は聞こえてくる。

それでも、いまのアストロズには自分以上のスタンドオフはいない。だからこそ、浜畑は不動のスタメンとして、またチームの看板選手としてグラウンドに立つことができる。

だが、老いは確実に浜畑を蝕《むしば》み、プレーの質を変えつつある。人にはわからない微細なところで。だが、それすら柴門は看破しているのではないか。

「なんでもお見通しってわけか」

あえて口にした浜畑は、長い手紙をスーツの内ポケットにしまい込んだ。酔いはさめ、馬鹿騒ぎの店内に戻るのも億劫《おっくう》で、寒風の中しばし立ち尽くした。

12

先日はお忙しい中、時間を作っていただき、ありがとうございました。

東京に戻った後、昨シーズンのアストロズの試合を全試合、録画で観ました。

いまのアストロズの強みはフィジカルの強さで、それは前田前監督の置き土産《みやげ》です。スクラムと密集戦での争奪戦《ブレイクダウン》での技術はリーグでもトップクラスではないでしようか。

ディフェンスを重視し、愚直なほどのぶつかり合いから、相手防御網の隙を見つけて得点チャンスへとつなげていくのが、アストロズの戦術です。

私はこうしたゲームプランを否定するつもりはありませんし、これもまたラグビーのスタイルに違いありません。

ですが、昨シーズンの結果を見ればわかる通り、この戦術が通用したとはいえないでしょう。

いまのアストロズに足りないものはいくつかありますが、もっとも不足しているのは攻撃のバリエーションです。堅実さを追求するあまりに柔軟性が犠牲になり、実は簡単に突破できる局面まで回りくどい密集戦にしてしまっている。

チームは、個の集合です。

一から選手を集める日本代表のようなチームなら、監督好みの戦術に合う選手を集めればいいでしょう。しかし、アストロズは企業のチームであり、選手の大半は固定されています。

そういうチームの戦術は、個々の選手のプレースタイルとマッチしたものでなければなりません。

戦術と才能のミスマッチは、結局のところ戦力のロスになります。逆に、選手の個性と戦術の歯車が噛み合えば、そこにはシナジーが生まれます。

自分の理想を押し付けるのではなく、私はそういうチーム作りをしたいと考えています。

先日お預かりした試合の映像記録を拝見し、選手たちひとりひとりに、何をして欲しいか、考えて欲しいか、課題として取り組んで欲しいか、手紙を書きました。録画でプレーを見られなかったサブの選手やスタッフの皆さんには、ラグビーそのものに対する私の考えやチーム運営、ゲームプランなどについて書いています。

同封いたしますので、それを皆さんに渡していただけないでしょうか。

この手紙は、選手ひとりひとりへの、私からの所信表明であり、応援メッセージです。

もし皆さんが私の考えに共感し、新たな挑戦をはじめる勇気があるのなら、私は喜んで皆さんとともに戦います。


君嶋がその手紙を読み上げる間、選手たちは静かに、耳を傾けていた。

誰もが真剣そのものの表情だ。その目は現実を見ているようで、そこにはないどこかを見据えているようでもある。柴門率いるアストロズの将来を。

「以上が、柴門さんがオレにくれたメッセージだ」

読んでいた手紙から目を上げ、ミーティングルームに集まっている約五十人の選手たちに問うた。「君たちは、どう受け取った。柴門さんからの応援メッセージを。それを聞きたい。——テツ」

指名すると、

「ゲームプランや、攻撃のフェーズひとつひとつまで、むちゃくちゃ分析が深いです」

岸和田は手放しの絶賛である。「柴門琢磨という人は、もの凄くラグビーについて考えているんだと思う。たぶん、オレたちが寝てる間も考えてる。でなきゃこんな考察は出てこないですよ。ヒロさん、そう思いませんでしたか」

話を振られた本波はしばし考え、

「正直、オレのプレーについてはあまりいい事が書いてなかった」

そういって控えめな笑いを引き出した。「だけど、突き放されたという印象はなかった。むしろなんというか——」

本波はやや考えながら言葉を選ぶ。「温かいものを感じた」

「確かにプラチナリーグの監督は未経験かも知れないけど、このチームには必要な人なんじゃないですか」

岬のひと言に、多くの選手が頷《うなず》く中、小難しい顔で腕組みをしている男がひとりいた。

浜畑だ。不機嫌そうに押し黙り、まっすぐ前に視線を向けている。

「ハマ、お前の意見は」

君嶋が問うと、浜畑はゆっくりと腕組みを解き、何か話す前に小さな吐息をひとつ洩らした。

「オレは自分の限界を指摘された気がしました」

そのひと言に、全員が息を呑む気配があった。「表現は違っても、いいたいことはわかる。お前はもう若くはない。若いときのようなプレーがいまのお前にできるのかと、そう言われた気がします。ふざけるな——そう思ったのは事実です」

浜畑の言葉に、しんと室内が静まり返る。ぴりぴりとした電流がミーティングルームの中を駆け回っているようだ。そんな中、浜畑は続ける。「だけど悔しいことに、それは正しい」

浜畑はぐっと唇を噛み、徐《おもむろ》に続けた。「そういう感覚はオレにしかわからないし、オレだけの秘密だと思ってました。だけどそうじゃなかった。もうひとりいました。選手としての限界と、ひとりで戦っていたオレに寄り添ってくれる人が。要するにそういうことです」

全員、押し黙っている。

君嶋は言葉もなかった。だが、ひとつ明確なことがある。いま浜畑が述べたのは、柴門に対する紛れもない賞賛だということだ。

「ありがとう」

君嶋は立ちあがると、改めてチーム全員と向き合った。「皆が納得してくれるなら、柴門さんをアストロズの監督に迎えるべく、正式なオファーを出したい。いっておくが、これはたまたま柴門さんの体が空いたからじゃない。柴門琢磨こそが、このチームを託せる最善の男だからだ。彼は、我々が一緒に戦うべき、ただひとりの男だと思う。賛成してくれるか」

岸和田が立ちあがって拍手をはじめる。

次々に他の選手たちもそれに加わり、最後に浜畑が腰を上げて拍手しはじめたとき、突如、大きな歓声が沸き上がった。

ミーティングルームのドアがあき、ひとりの男が入室してきたからである。

柴門だ。

選手たちを前にして立った柴門は、トレードマークの不敵な面構えに鋭い眼光を放っている。いかにも堅牢でがっしりした体から放たれる独特の存在感は、見る者を惹《ひ》きつけて離さない。

「優勝争いするぞ！」

柴門の第一声に、ウォーッというひときわ大きな歓声が応えた。選手たちの目の色が変わり、アストロズに新風が吹き込まれていくのがわかる。

考えてみれば、いつも柴門は歓声に包まれていた。

二十五年前もまたそうであったように、歓声の中心に柴門はいる。

これは才能だな、と君嶋は思う。

歌でも芝居でも、舞台に立ったとき様になる者と様にならない者がいる。経営だってそうだ。

アストロズは選手、スタッフを合わせて総勢八十名。

いまその全員の視線と歓声を浴びている柴門は、もう何年も前からこのチームを率いているかのような貫禄に満ちていた。

「さすがだな、柴門」

自分もまた立ちあがって拍手を贈りながら、君嶋は思った。「アストロズは、任せた。だからグラウンド外の戦いは――オレに任せろ」

第四章　新生アストロズ始動

1

柴門琢磨の就任記者会見が開かれたのは、二月最初の金曜日のことであった。

前田前監督の退任会見を開いたのが二十日ほど前。会場としたトキワ自動車本社のフロアは同じだが、駆けつけた報道陣の数は圧倒的に違う。

その数、百五十社――。

まばゆいばかりのフラッシュの中、向き合うように置いた会見用テーブルに柴門と並んで君嶋も着席したのは、午後三時過ぎのことであった。君嶋から柴門の監督就任を報告した後、柴門の挨拶は、「優勝争いできるチームにする」という抱負で締めくくられた。

その後の質疑応答で最初に挙手したのは、スポーツ新聞の記者である。

「柴門監督は先日、城南大学の監督を辞任されたばかりですが、そのときにアストロズ就任の話は決まっていたんでしょうか」

「いえ、何も決まっていませんでした」

これは君嶋が応えた。「前田前監督が一身上の都合もあって退任された後、我々で新監督を探していました。そのとき、城南大の監督を辞任されるという一報に接し、すぐに監督就任のお願いをして、受けていただきました」

アストロズの監督に内定した上で城南大監督を辞するのと、そうでないのとでは事情がまるで異なってくる。妙な憶測を呼ばないよう、注意を払う必要があった。

次は少々デリケートな質問が出た。

「柴門監督を城南大ラグビー部ＯＢ会で更迭する動きがあったと伝えられていますが、それは事実でしょうか」

「私の立場からは、なんともいえません」と柴門。

「続投の意思はありましたか」

「もちろん、その時点ではそのつもりでいました。ですが、監督人事はＯＢ会に一任されていますので、私がどうこういえることではありません」

上手《うま》い受け答えだ。質問が続く。

「昨シーズンと同様の運営方針だと、今シーズンのアストロズは、サイクロンズと同じカンファレンスに入ると思います。どう戦われますか」

　質問がきな臭くなってきた。

　日本モータース・サイクロンズは、自動車メーカー同士のライバルチームだ。さらに、率いている津田三郎は城南大学OB会の重鎮で、柴門更迭を画策した中心人物と噂されている男である。

「これからチームと合流し、戦略を練っていきます。現段階でどう戦うかは決められません」

　冷静に、柴門は答えた。

「OB会の後、津田監督とはお会いになりましたか」

　同じ記者の質問に、

「いえ、お会いしていません。おそらく、アストロズの監督就任のことも、この報道でお知りになるでしょう」

　柴門の返答に、会場に秘《ひそ》やかなさざ波が立つのがわかる。

「同じ社会人チームの監督としてライバルになるわけですが、津田監督に何かひと言お願いします」

　津田と柴門という、ふたりのラグビー界の有名人の確執は、マスコミにとって好餌《こうじ》だ。

「津田監督は大先輩ですから」

柴門は記者を直視し、率直に言葉を続けた。「失礼のないよう、全力で戦いたいと思います」

「大学生と社会人。カテゴリーが違いますが、自信のほどはいかがですか」

最後の質問は、ある意味核心をついたものかも知れない。

「城南大ラグビー部での経験がそのまま生きるわけではないでしょう。チームにはそれぞれカラーがあるし、個性があります。それを活かしながら、目指すラグビーに近づけていきたいと思います」

模範的な答えだ。

「目指すラグビーとは?」

最後の質問者がおまけの問いを放った。

答える前に柴門は一呼吸を置き、自分を見つめる記者たちと改めて向き合う。

「私が目指すのは、相手を徹底的に叩きつぶす究極の攻撃ラグビーです。アストロズの選手たちと合流するのが、いまから楽しみです」

翌朝、君嶋は前回同様、コンビニに寄ってスポーツ紙を買い漁った。

見出しは概《おおむ》ねこんな感じだ。

――柴門監督、津田監督を叩きつぶす

――柴門、挑戦状。サイクロンズ潰す
――OB会の恨み、社会人で晴らす

「なんでこうなるかなあ」

次々に躍る見出しを眺めて、君嶋は苦笑いを浮かべた。それを持ってクラブハウスに行くと、柴門もまた新聞を読んでいた。いかにも楽しそうに。

「スポーツ紙の連中、勝手なことを書きやがって。大丈夫か、柴門。津田さんにひと言ぐらい事情を説明しておいた方がいいかも知れないぞ」

「構うもんか」

柴門はその君嶋の心配を鼻で笑うと、不意に真顔になる。その目に熱く滾《たぎ》ったものが浮かんだと思うや、低い声がもれた。「津田の野郎。叩きつぶしてやる」

君嶋にはわかる。それはまぎれもない、柴門の本音に違いなかった。

2

「柴門がアストロズ?」

その一報に接した津田三郎は怪訝《けげん》な表情を見せた。「そんな話、前からあったのか」

テーブルの上には、この日のスポーツ新聞が置いてある。

プラチナリーグの強豪、日本モータースのラグビー部、サイクロンズのクラブハウスだ。数々のトロフィーを背に監督室のソファにかけている津田は、テーブルを挟んで同部ゼネラルマネージャーの鍵原誠《かぎはらまこと》と向かい合っている。

柴門の監督就任を伝えるその新聞は、鍵原が持ってきたものだ。

今年六十歳になる津田は小太りで白髪交じり。風采の上がらぬ見かけには、かつてラグビーの日本代表で活躍した名スクラムハーフの面影はなかった。三十六歳で現役を引退。その後四半世紀近く、津田は指導者としての道を歩んできた。

「アストロズも前任の前田監督の後任探しで苦戦していたようです。小耳に挟んだ話では『ベアーズ』の竹原さんあたりを考えていたようですが。あるいは『ブルズ』にいた高本遥とか」

同じ城南大学ラグビー部の後輩にあたる鍵原だが、これほどの業界通を、津田は知らない。選手時代はさしたる実績はないものの、幾つかの社会人チームを渡り歩いたおかげで人脈だけはできた。世の中何が幸いするかわからないものだ。選手としては使えなかったが、ゼネラルマネージャーとしては一流である。

「それがなんで、柴門になった。竹原あたりでいいんじゃないのか」

津田は、柴門を心底嫌っていた。

津田の出身校、城南大学ラグビー部には、ＯＢが現役選手たちを物心両面に亘《わた》って支える美風がある。

創部百年。伝統と栄光に包まれた同部の歴史は、先輩から後輩へ、誠実に受け継がれるべきものでなければならない。

なのに柴門は、その伝統を旧套《きゅうとう》として切り捨て、連綿と続く美徳を踏みにじったのだ。

勝てばいいというものではない。

三連覇でいい気になっているに違いない柴門にそれを教えてやるために、機略縦横、有力ＯＢへの根回しも抜かりなく、監督更迭の鉄槌《てっつい》を下してやったというわけであった。

監督業を放り出された柴門が路頭に迷おうとそんなことはどうでもいい。むしろ、路頭に迷えばいいとさえ、津田は思う。そして頃合いを見計らって救いの手でも差し伸べてやれば、自らの不明に気づくだろう。

その程度に考えていたのが、こんなにも早く、代わりの仕事を見つけるとはさすがに計算外であった。

運のいい奴め。

いまいましげに心の中で毒づく。「あそこは、ゼネラルマネージャーも交替したんだったな」

「本社から飛ばされてきた総務部長が兼務するとかで。シロウトがプラチナリーグのゼネラルマネージャーなど、業界初の椿事《ちんじ》です」

「プラチナリーグも舐《な》められたものだな」

シロウトと聞いて、津田は目を三角にした。プライドが高く権力欲も強い。こういう男にありがちだが、津田もまた激しやすく執念深い性格であった。そして、既得権益への執念はすさまじい。

津田の目に、怒りの炎が燃えさかっていく。

「アストロズとの対戦が楽しみだな。今年は第六節だったか」

日本モータースとトキワ自動車は、社会人リーグ時代からの好敵手で、プラチナリーグでは伝統の一戦と呼ばれている。

といってもそれも過去の話で、ここのところは、アストロズの低迷により、その伝統も廃《すた》れかけていたところだ。

完膚なきまでに叩き潰《つぶ》してやる——津田は刮目《かつもく》し、新聞の柴門を睨《にら》み付けた。

3

君嶋が、経理部からの依頼で取締役会に出たのは、追加の予算を伴う修正案を提出して間もなくのことであった。

ゼネラルマネージャーに就任以来、多事多端の日々であったが、柴門琢磨を監督に迎えたアストロズは、すでにチームでのトレーニングが始まり、新体制がスタートしている。

二月第二週の金曜日であった。この日午後二時から始まった取締役会の場に君嶋が入ったのは、午後四時過ぎのことである。

「なんだ、この前予算案を通したと思ったら、もう追加修正か。ザルだな」

早速、滝川から突っ込みが入った。

「地域密着型のチーム作りをするために何をすべきか、チーム全員で案を持ち寄りました。詳細はお手元の資料に記載した通りですが、すでにボランティアについては選手たちが自主的に参加しています。しかしながら、下部組織のジュニア・アストロズの創設や、親子ラグビー教室といったイベントの開催にはコストがかかるため、追加予算をいただけないかというのが今回の主旨です」

「これは地域のためでもありますので、お願いします」

取締役たちの反応が薄いのに危機感を抱いたか、テーブルを囲んでいた新堂も立ちあがっていった。

「地域密着っていうけどさ、そんなの意味があるのか」

そんな声が上がり、

「いままで地域での存在感が薄かったのではないか。そんな反省から生まれた方針です」

君嶋は訴えた。「アストロズが地域で愛されるチームになるためには、様々なイベントに参加して人々とふれ合い、さらにジュニアチームなどを通して、ラグビーへの理解を増していく必要があります。ラグビーの未来を背負うのは、子供たちです。そういう若い世代へ直接働きかけていくことで、アストロズの将来を担う人材を育てることは重要なことだと認識しています。先日の取締役会で叱咤激励をいただき、少しでもスタジアムをファンで埋めるために行動していこうと選手スタッフ全員で話し合いました。しかも、ただ埋めるだけではなく、若い人たちで埋めたい。それが我々の狙いです。協会任せにはせず、我々で交通機関や公共施設などに、アストロズのポスターなどを貼ってもらう運動も始めています。アストロズを地域から愛されるチームにして、将来に繋げていくための修正案です。よろしくお願いします」

深々と頭を下げながら、君嶋は身構えていた。

滝川の痛烈な反対意見が飛んでくるのではないか。そう思ったからだ。顔を上げた君嶋は、君嶋が配付した資料にじっと目を通している滝川をひそかに見やった。

「なんで、こういう企画が今頃出てくるんだ」

いまその資料をテーブルの上に置いた滝川は、やおら君嶋を振り向いた。「もっと前からやるべきだったんじゃないか。遅いんだよ」

「すみません。今後は、もっと積極的に地域の人々とのコミュニケーションを図って参ります」

返事はなく、滝川は無表情な横顔を向けている。猛然たる反対意見を期待していたらしい取締役たちは、拍子抜けした表情だ。驚いたのは新堂も同じらしく、狐につままれたような顔を君嶋に向けてきた。

滝川は、修正案に賛成であった――。

「大変、結構なアイデアだね」

島本社長の賛同はほぼ予想通りだ。「しっかり取り組んで、日本ラグビー界の将来を背負う人材を育ててくれ」

頭から全否定してくるに違いない。

滝川について、君嶋はそんなふうに警戒していた。

だが、それは間違っていた。

この地域密着を進める修正案を、滝川は評価したのだ。

アストロズの在り方、日本ラグビーへの批判は堂々、口にする滝川だが、だからといって全てをNGだと考えているわけではないということは驚きであり、発見であった。

「案外、フェアだな」

ぼそりとつぶやいたとき、取締役会を後にした君嶋を乗せたエレベーターが一階に到着した。

いずれにせよ、追加予算案は下りた。

結果を多英にメールすると、「おめでとうございます」という返事がすぐにあった。

――こちらはもう、始まってます。

地下鉄の大手町駅に乗り込んだ君嶋が向かったのは錦糸町《きんしちょう》駅を最寄りにする大相撲羽衣《はごろも》部屋である。

今日から、明日明後日の土日を含めた三日間、アストロズの選手全員が羽衣部屋に入門することになっている。通常相撲部屋の稽古は午前中に終わるのだが、今回は親方が特別に計らってくれた。

稽古場に入ると、激しくぶつかり合う音とともに怒号にも似た声が飛んでいた。

ぶつかり稽古の最中だ。

選手全員が回しをつけ、砂まみれになりながら相手の力士に突進し、土俵際まで押し込んでいく。

「もう一丁！」

息を切らし、膝《ひざ》に手をついている選手が、そのひと言で再び力士に突進していく。右プロップの友部《ともべ》祐規《ゆうき》だった。去年トキワ自動車に入社し、スタメンは三回。スクラム第一列で相手と直にやり合うポジションだ。

全身から汗が噴き出している。

裂帛《れっぱく》の気合いとともに友部が再び突進し、百五十キロ近い力士を押して押して押しまくる——が動かない。

かと思うと力士の腕のひと振りで、いとも簡単に土俵に叩き付けられた。

「次!」

声がかかると、岸和田が突っ込んでいく。

見た目以上に激しいのか、終わった選手たちが両手を膝に置いて荒い息をしていた。

「親方、お世話になります」

上座に座り、稽古を見ている羽衣親方に正座して平伏《へいふく》した君嶋は、

「まあ、ここへ」

というひと言に礼を言って、隣の座布団に胡坐《あぐら》をかく。

羽衣親方と親しい柴門が協力を仰いで実現した練習だ。フィジカル面だけではなく、相手との取り組みや投げられたときの受け身など、ラグビーに役立つことが多い

というのが柴門の説明だった。たしかに、力士の身体能力は高く、ラグビー選手の巨体がいとも簡単にはね飛ばされ、転がされてしまうほどだ。

休憩を挟んで稽古が続き、ようやく終わったのは午後七時前のことであった。揃って土俵に一礼した途端、ほとんどの選手たちが頭を垂れ、両手を腰にあてて苦笑いしている。かなりのハードワークだ。

だが、これはまだ序の口であった。

続く土日の二日間、朝七時から午後七時まで、稽古は延々と続いた。最後の一時間は、全員が死力を尽くし、気合いだけで力士と立ち合うほどの激しさだ。

異様な雰囲気が漂っている。

疲労困憊《ひろうこんぱい》し、だらだらと汗を流しながら砂まみれになっている選手たちの目だけが爛々《らんらん》と光を放つ様は、命を懸けて〝真剣〟で戦う武士のようであった。全てを出し尽くした後に残るのは、結局のところ、魂しかない。

魂と魂のぶつかり合いだ。

土俵上には、妥協も、逃げる場所もない、ただ自分の魂をぶつけていくしかない場所だ。

ゼネラルマネージャーである君嶋が練習に付き合う必要はなかったかも知れない。

だが、君嶋は土日とも朝から晩まで、選手たちの練習を見守り、一緒にちゃんこ鍋を食った。

最初、柴門から話を聞いたときには、そんな練習がどれほどのものかと軽く考えていた。だがいまは違う。

これこそが練習だと、認めないわけにはいかない。

あまりのハードワークに、こんな練習を命じた柴門を見つめる選手たちの目つきが変わってきていた。稽古は壮絶で、「ぶっ殺してやる」、と呟くのが聞こえたほどだ。

だが、柴門もまた真剣だった。汗だくになって、力士にぶつかっていく選手たちが手抜きをしようものなら、誰彼構わず烈火のごとくカミナリを落とす勢いだ。

「よし、ここまで！」

日曜日の午後七時、羽衣親方が稽古の仕舞いを告げたとき、何人かの選手たちは文字通り、その場に崩れ落ちた。肩で大きく息を吐き、目は虚ろで両膝に手をついて稽古場の虚空を睨み付けている者もいる。

「みんなお疲れさん」

その選手たちに柴門はいうと、羽衣親方を振り返り、深々と頭を下げた。

「ありがとうございました、親方。来週もまたお願いします」

このひと言で、全員がその場にひっくり返った。

4

小児病棟を見舞って元気づけたい、という提案をしたのは、プロップの友部だった。選手たちのミーティングに諮《はか》ってみると、これには誰もが賛成し、市内にあるいくつかの病院に連絡をとったところ、「是非いらしてください」というふうにトントンと話が進んだ。

お土産は本物のラグビーボールだ。

用意したボールは全部で三百個。約五十人の選手が手分けして市内三ヵ所の病院を回り、子供たちを励まし、遊べる子供たちとは病院の中庭でラグビーボールをパスして遊ぶ。その企画を事前にテレビ局が知って、取材にきてくれたのは幸いだった。

発案者ということで友部がインタヴューを受け、ベッドの子供に話しかけ、サインボールを手渡すシーンがニュースで流れると、「ウチにも来てくれないか」という電話が来るようになったのである。

同じように病気で苦しんでいる子供たちが入院している病院、小学校や中学校、老人ホーム、さらに地元商店街のお祭りなど、想定外の誘いがあって、その都度、時間のやりくりをして、選手たちが訪ねていく。

通常、練習は午後三時に始まるが、その時間に集まって着替え、ユニフォーム姿でバスに乗り込み、訪問先に向かうボランティアが週に一度ほど入った。そこで一時間ほどを過ごし、戻って練習するというスケジュールだ。

選手たちの間で、それに対する不満が出始めていると多英が聞きつけてきたのは、フィジカル中心の練習から、スキルや戦術に主眼を移し始めた四月に入ってからであった。

「ガス抜きが必要かも知れません」

柴門と岸和田、多英と相談して考えたのは、その週末のバーベキュー大会だ。練習後、クラブハウス前に何台もグリルを並べて設置し、選手たちを慰労しようという企画である。

参加するのは選手とスタッフ、それに家族も含めた全員だ。

「選手諸君、ここのところのハードワーク、お疲れ様」

開会を宣言して、君嶋はいった。「これは日頃の疲れを癒やしてもらうための慰労会だ。普段は何かと腹にたまっていることもあるだろう。今日は遠慮なくいってくれ」

最初は大人しく飲み食いしていた選手たちが、次第に本音を口にし始めたのは、大量に用意した酒が半分ほど無くなってきた頃であった。

「君嶋GM、あのボランティアって、いつまでやるんですか」

口を切ったのは、本波である。長くアストロズのバックスで鳴らしてきた本波は、中心選手のひとりで、チームでは若手たちをよくまとめるリーダー格だ。

「いつまでとは？」

ビールの入ったプラスチックのコップを持ったまま本波は一旦、足元に視線を落とし、言葉を選んだ。

「いまは練習に打ち込むべきときだし、どうなのかと思って」

アルコールが入っても顔色一つ変わらない本波の顔に向かって、

「練習には打ち込んでくれ」

君嶋はいった。「そしてボランティアも頼む」

「あのですね」

空いている手の指先で、本波は困ったように頭を掻《か》いた。「人気取りしても、強くならないと思うんですよね」

本波の周りにかたまっている同じバックス団も耳を傾けている。「それに加えて、これからはジュニア・アストロズも指導しなきゃいけないじゃないですか」

ジュニア・アストロズは、ネットや地元紙、さらに公共機関などでの告知によって、希望者を募っているところだ。最初、応募の出足が悪くて心配したが、アストロズの活動が地元テレビや新聞の地域版で取り上げられるようになって、応募者数は増えている。予定通り五月には中学生までを対象としてジュニアチームが立ちあがるはずだ。

「人気取りじゃなく、地元に親しまれるチームになることが目的だ」

「似たようなものじゃないですか」

本波は半分笑いながらいった。「やる意味、あるんですか」

「やる意味はある。だから、諸君に頼んでる」

君嶋はいうと、「ちょっと皆聞いてくれ」、と声を張り上げ全員の注目を集めた。

「いま、ヒロから質問があった。ジュニア・アストロズとボランティアについて、やる意味があるのかという質問だ。同じように思っている人、どのくらいいるんだ。手を挙げてくれるか」

気楽なきき方だったせいか、あちこちで手が挙がった。

二十人近くいただろうか。選手たちの三分の一ほどが、疑問を抱いていることになる。

君嶋はひとつ間を置き、「意義をしっかり説明しなかったのはオレの責任だ。すまん」、そう詫びた。傍らのテーブルにビールの入ったプラスチックコップを置き、君嶋は改めて約五十人の選手たちと向き合う。

「昨シーズン、我がアストロズの成績は低迷した。だが、成績以上に低迷したのは、観客動員数だ。平均、三千五百人。その前の年は、四千人を超えていた。二〇一五年のワールドカップ以降、プラチナリーグの観客動員数は減少の一途だ。一方、このアストロズのために、会社は十六億円という巨額の経費を毎年負担している。このままでいいと思うか」

君嶋は改めて問うた。「諸君は何も思わなかったか。自分たちの声が反響するような空席のグラウンドで試合をしてきて、疑問に思わなかったか」

誰もが気まずそうに俯《うつむ》いたり、夜空を見上げたりしている。その空に星はなかった。

「オレは、もっと大勢のファンの前で、諸君に試合をしてもらいたい。そのためには、この地元の人たちに、そして日本中の人たちにアストロズのことをもっと認知してもらう必要がある。関心をもってもらい、応援したいと思ってもらえるチームにならなければ、いくら安いチケットだろうとお客さんは来てくれないんだ。世の中そんな甘くない。そう思わないか?」

再び投げかけられた問いが、選手たちに受け止められ、咀嚼《そしやく》され、それぞれの心の中へ沈んでいくのがわかる。

「オレの夢は、スタジアムを埋めた満員のお客さんに、アストロズの試合を観てもらうことだ。パスやスクラムでの攻防、キックのひとつひとつに熱い声援が降り注ぐグラウンドの中に君たちにはいて欲しい。それには理由がふたつある」

君嶋は続ける。「ひとつはもちろん、チケット収入を得るためだ。お客さんに来てもらわないことには興行が成り立たない。実際、いまのプラチナリーグは、コスト倒れでチケット収入が全くチームに入らない状況が続いている。興行として成立していない。だが、本当にマズイのはそれじゃない。ふたつ目の理由のほうだ」

そこは最も肝心なところであった。いま君嶋を真剣な眼差しで見つめる選手たちに、それを口にする。

「ラグビーの人気がなくなったら、将来、日本のラグビーは必ず弱くなる。ラグビーが好きで、ラグビーをやりたいと思ってくれる子供たちがいなくなったら、どうやってラグビーを強化するんだ。いまはまだラグビーを支えようとする仕組みがある。ウチの会社だってそうだ。だが、ラグビーになんの愛情もない経営者が増えたら、会社の予算に依存している社会人ラグビーなんかひとたまりも無い。君たちは最後のラグビー世代になるかも知れない。いまオレたちに出来ることは、ひとりでも多くのラグビー好きの子供たちを増やすことだ。アストロズの名前を覚えてもらい、できればスタンドで試合を観戦してもらう。そのために、ウチも今年は大勢の子供たちを試合に招待するつもりでいる。追加の予算もすでに取った」

君嶋はいった。「君たちをボランティアやイベントに駆り出しているのは、ラグビーを守るためだ。それを理解して、真剣に子供たちやお年寄り、地元の人たちと向き合ってくれないか。ラグビーボールを渡して、自分の名前を覚えてもらえ。そして、試合を観に来てくれと頼んでくれないか。そうすれば少しずつだが、アストロズは地元のチームになる。みんながアストロズを応援し、我々の勝利を後押ししてくれる。そして、我々は応援してくれる人たちのために、ラグビーを愛してくれる人たちのために、戦うことができる。そういう関係を作りたいんだ。そういう関係の中で、ラグビーをやってもらいたい。そうなるかどうかは、選手諸君のがんばりにかかっている。いまやグラウンドだけが、君たちの戦場じゃない。力を貸してくれ、頼む――ヒロ、わかってくれ。ユウキも」

名前を呼ばれた本波と友部のふたりの目をクラブハウスから洩れてくる光が照らしていた。

「ありがとうございます」

その友部がいきなり大きな声でいった。「できるだけたくさんの人にラグビーを好きになってもらえるよう、がんばります」

岸和田が一瞬唖然とした顔をした。新人の友部は普段口数の少ない優しい男だ。それがこんなふうに自分から声を上げるのは珍しい。

「みんな、きっとやっただけのことはあるから。がんばろうや」

岸和田もいった。

「ひとりでも多くの地元の人たち、子供たちと友達になれ。ファンになってもらえ」

君嶋は最後にいった。「そういう人たちは必ずスタンドに足を運び、心からの声援を、拍手をくれる。お金に表すことはできないが、それこそがアストロズの宝物になるはずだ」

岸和田がぱんぱんと両手を叩いた。

「行くぞ、アストロズ！」

オーケイ、という低い声が一斉に応える。サムズアップした手を上下させる、チーム独特のサインが続く。

「みんな、がんばれ！」

多英が声をかけ、手を叩いた。ウスッ、という返事があちこちから上がる。

「このチーム、すごく逞《たくま》しくなりました」

多英が、君嶋を振り返ってしみじみといった。「去年まではちょっと腐ってたのに、いまはすごく輝いてる。うれしいです。ずっと悔しい思いをしてきたけど、今年こそ、やれる気がします」

「だといいな」

君嶋のこたえは控えめだ。

優勝争いをするチームと、優勝するチームは違う——かつて柴門が口にした言葉は、ずっと君嶋の耳に残っていた。

その柴門は、君嶋の近くに立ち、君嶋のスピーチには一切口を挟まなかった。余計な補足をすることもない。

「何かいってくれてもよかったんじゃないか、柴門」

そういうと、

「何もいうことはない」

きっぱりとした返事があった。「お前の話には説得力以上のものがあった」

「なんだそれは」

「お前は自覚してないかも知れないが、チーム愛みたいなものだ。お前は本気でアストロズのことを良くしようと思ってる」

「シロウトなりにな」

君嶋は笑いを浮かべていった。「オレは数字のことしかわからん」

「だけど、本気だろ」

柴門は、選手たちを眺めながらいった。「本気ってのは、相手に伝わるもんなんだよ。精神的な成長は、チームにとってもの凄い力になる。スキルやフィジカルコンデイションをいくら鍛えても、それには及ばない。ラグビーを知らない奴がどうやってゼネラルマネージャーやるのかと思ったが、知らないからこそできることってのがあるんだな」

「褒め言葉として受け取っておくよ」

君嶋は傍らでぬるくなっていたビールを喉に流し込んだ。「ただし、いくら地元密着を進めても、試合で結果がでなければ、ファンは離れていく。強くなきゃいけないんだ。頼むぞ」

柴門は黙したまま鋭い眼光を真正面に向け、その唇に不敵な薄い笑いを浮かべた。

5

敵陣22メートルライン付近からのペナルティキックが、緩やかな放物線を描いてゴールを割っていく。

五月の風にノーサイドの笛が吹かれ、前後半合わせて四十分間の練習試合が終わった。

二部リーグに所属する格下相手ではあるが、五十点差をつける勝利だ。

場所は、アストロズの練習グラウンド。そこに百人ほどが座れる階段型の簡易スタンドがある。練習とはいえ、今シーズン初めての試合を、君嶋はそのスタンドで最後まで見守っていた。

「まったく手を抜かなかったな」

どんどん点差が開いていく展開を見終えた君嶋に、

「手を抜くぐらいなら、やらない方がマシだ。百点差をつけろといってあった」

柴門は涼しい顔でグラウンドに降りていく。

「この練習試合、去年も組まれてたんですが、そのときはワントライ差でした」

隣で試合のビデオを撮り続けていた多英がいった。「すごい進歩です。スクラムは圧勝だし、とにかくフィジカルで当たり負けする気がしないですよね。それに、もの凄く攻撃的。見ていてわくわくします。昔のチームに戻ったみたい」

「昔のアストロズを、知ってるのか」

君嶋がきくと、

「私がまだ小学生ぐらいの頃、父も選手だったんです。父の時代は、アストロズじゃなくてトキワ自動車ラグビー部でしたけど」

意外な返事があった。

「君のオヤジさんも、トキワ自動車に在籍していたのか」

「父は私が男ならラグビーをやらせたと思います。でも、選手じゃなくても、チームには貢献できますから」

「まあ、それはそうだ」

うなずいた君嶋は、「前から不思議に思ってたんだが、どういうきっかけでアナリストになったんだ?」、そうきいた。

「父がラグビーやってたこともあって、子供の頃は母親とふたりでよく観にいってたんですよ」

そういって多英はアナリストへの道のりを語り始める。「父はトキワ自動車のバックスで、ボールを持つと子供心にすごくわくわくして、がんばれって、声をからして応援してました。でも、私が中学に上がる頃には選手を引退して、その後はトキワ自動車の本社の営業部で働いていたんです。その父は私が大学時代、亡くなりました。がんで、発見したときにはもう手遅れだったんです。ラグビーやっていた人って、多少苦しくても頑張っちゃうところあるんですよね。父も本当は具合が悪かったのに、病院へも行かず、そのうち治るだろうぐらいに軽く考えてたに違いありません」

多英は淋しげな笑みを浮かべつつ、君嶋に横顔を見せている。「当時、私は大学で統計学を学んでたんですね。そのときは、まったくラグビーとは関係のない仕事に就くんだろうと思っていました。でも、父が亡くなり実家に帰って遺品を整理していたとき、『ラグビーファン』っていう雑誌を見つけたんです。それを開いたとき、アナリストという仕事のことについて書いてある記事が目に飛び込んできました。何十冊もある中で、たまたま開いたときにそんな記事が出てくるって、これはもう偶然じゃないなって」

「統計学とアナリスト、か」

「相性もぴったりです」

多英はいった。「自分がやりたいことと、父がやりたかったこと。それが一致したんです。父は二十年ぐらい前、トキワ自動車が日本選手権を制したときのキャプテンです。クラブハウスに当時のチームの集合写真がありますけど、カップを抱えているのが父です」

驚きの事実であった。「がんがわかって入院すると、当時のチーム仲間が何人も、何回もお見舞いにきてくれるんです。そして、どうすればラグビー部が強くなるか死ぬ間際まで真剣に考えていました。いったい、ラグビーの魅力ってなんだろう。ラグビーの仲間たちって、どういう人たちなんだろうって、そのときはわからなかった。でも、いまはわかる気がします」

愛おしそうにグラウンドを見つめていた多英は、君嶋のほうを振り向くと、「君嶋さんには感謝してます、ありがとうございます」、そう頭を下げた。

「オレにいうなよ」

君嶋は笑ってこたえた。「礼なら柴門にいってくれ。オレは単なるシロウトだ」

「そうでしょうか」

多英は、吹いてくる初夏を思わせる風に気持ち良さそうに首を竦《すく》めている。「この改革は、シロウトの君嶋さんだからできたことです。ラグビーはシロウトだけど、君嶋さんは組織のプロですよ」

「プロとか、そんなことは関係ない」

君嶋はいった。「大事なのは、どうあるべきかを正しく判断することだ。誰でもわかる当たり前のことなんだよ」

しばしの沈黙の後、多英はこたえた。

「だけど、その当たり前のことが難しい。それがわかるのは、君嶋さんの才能だと思います」

6

あるべきアストロズの夢を叶える道のりは、決して安穏としたものではなかった。

そもそもトキワ自動車アストロズは——いや、日本のラグビー界そのものが数多くの問題を抱えているからだ。

君嶋が理想とするアストロズの姿は、実はアストロズだけでは完結しない。そもそも、そこが問題であった。プラチナリーグ全体、ひいてはそれを傘下に収める日本蹴球協会まで巻き込んだ改革が必要になるからだ。

地元密着型チームを定着させるための工夫。複数のルートで、ときに営業の手土産としてばらまかれているチケット販売方法に対する見直し。ジュニアチームなど下部組織の育成によるラグビー人口の裾野拡大。最終的なゴールは、チーム採算の黒字化だ。

「お前が考えてることは、実は大なり小なり、みんな考えてるんだよ」

その日、練習の後、柴門を誘って「多むら」で呑んだ。プラチナリーグ十六チームの関係者を集めた会議を間近に控えた日の夜である。

「じゃあ、なんでやらないんだ」君嶋がきいた。

「お前は知らないと思うが、日本蹴球協会ってのは腐りきった組織でな、こいつらが動かない」

「なんで動かない。問題だと思ってるんだろ」

「協会の下の連中はな」

柴門はいった。「ついでにいうと、現場の連中もよくわかってる。ところが、協会を牛耳っている連中は、そういう動きをことごとく潰してきた。ラグビー界はいまのままでいいと思ってる奴らだ。こいつらを変えない限り、ラグビー界は絶対に変わらない」

「今度、プラチナリーグ連絡会議がある。提案書を作った」

差し出した書類にひと通り目を通した柴門は、黙ってそれを返して寄越した。

「どう思った」

「悪くない。ただどうかな……。ひとつ言えるのは——こういう提案は、外から来たお前だからこそできるってことだ。ご存じの通りラグビー界は狭い世界で、組織に問題提起するような動きが取りにくい。なにしろ、みんな顔見知りだからな。だが、お前にはそういうしがらみがない」

十六人いるプラチナリーグのゼネラルマネージャーのうち、ラグビー経験がないのは、君嶋ただひとりだ。多英の話によると、あとは全員、大学ラグビーか社会人ラグビーでそれなりに活躍した名の知れた元選手なのだという。

果たしてその提案がどう受け止められるか、君嶋には想像がつかなかった。

提案書を抱えた君嶋が、市ケ谷《いちがや》の雑居ビルに入居している日本蹴球協会の本部に入ったのは、それから数日が経った午後二時のことであった。

会議テーブルを囲んでいるのは、プラチナリーグに参加している全チームの関係者だ。協会側からは、担当の専務理事とプラチナリーグ担当部長のふたりが出ていた。

この日の目的は、今シーズンのプラチナリーグの運営方針を話し合うことにある。

冒頭、リーグ担当部長の片桐努《かたぎりつとむ》という男から、大会概要の説明があった。日程から始まり、大会方式、カンファレンスの割り振り方、試合数など、昨シーズンとほぼ同じで、今年から新しく変わるものは何もない。

「以上が、今シーズンのプラチナリーグ運営方針です。リーグにご参加の皆さんには、昨シーズン同様のご協力をお願いします。何か質問があれば承りますが——」

君嶋が質問しようと挙手しかけたときだ、ドアが開いて職員を引き連れた新たな人物が登場した。

理事たちが立ち上がって黙礼で迎え入れる。他のゼネラルマネージャーにつられ、君嶋も立ちあがった。

それはひとりの老人であった。ゆうに七十歳は超えているだろうか。雰囲気から、それなりの役職を経てきた男であろうことは、透けて見える。

「どうもみなさん。今日はお集まりいただきまして。会長の富永《とみなが》です」

日本蹴球協会会長、富永重信《しげのぶ》そのひとであった。

協会で隠然たる力を持つといわれる日本教育大学ラグビー部出身、総合電機の雄、京浜電器の会長職も務め、日本のラグビー界のトップに立つ男である。好々爺《こうこうや》然たる笑みを浮かべているものの、眼光は鋭く一筋縄ではいかない周到さを感じさせた。

「どうぞ、みなさんお掛け下さい」

着席を促した富永は、嗄《か》れた声で挨拶を続ける。「日頃はプラチナリーグのためにお力添えを頂戴し、まことにありがとうございます。御礼申し上げます。プラチナリーグは、ここにいらっしゃる、日本を代表し、さらに世界に冠絶する一流企業の皆さんに支えられていることを誇りにしております。アマチュアリズムの本質と申しますか、ラグビーは、日頃我々が忘れがちな生き様の縮図、美徳を教えてくれる素晴らしいスポーツです。プラチナリーグは、日本ラグビーの強化を図り、悲願の『Tier1（ティアワン）入りを果たすために、十五年前に創設し、着々と実績を上げてきております。二〇一五年のワールドカップで南アフリカを破った一戦は、まさにそれまでの努力の集大成といっていいのではないでしょうか。世界に日本ラグビーの存在を印象づけた第一のステージから、いよいよ強国の仲間入りを果たす第二ステージの、いまは道半ばです。今後ともお力添えを頂戴したく、どうぞよろしくお願いします」

そう挨拶すると、「次がございまして」、という断りのひと言を述べ、付き添いとともにさっさと会議室から姿を消した。

そのドアが閉まっても、富永がそこにいた余燼《よじん》のごとき重々しさにしばしの沈黙が挟まった。

「いま会長からお話もあったように――」

沈黙を破ったのは専務理事の木戸祥助《きどしょうすけ》だ。「日本ラグビー発展のために、プラチナリーグを盛り上げ、きたるワールドカップを大成功させるべくがんばりましょう」

どうやらそれで話が終わりそうな気配であったので、

「ちょっとよろしいですか」

と君嶋が挙手をして発言の許可を求めた。「先ほどの大会運営についてなんですが、いくつか改善すべき点があるのではないかと思います。お話をしてもよろしいでしょうか」

木戸は、少し驚いた様子を見せたが、「どうぞ」、と発言の許可を与えた。

「申し遅れましたが、私は一月からトキワ自動車アストロズのゼネラルマネージャーを務めております、君嶋隼人と申します。どうぞよろしくお願いします」

トキワ自動車と聞いて、あああこの男か、という雰囲気が伝わってきた。ここにいる者たちは、おそらく全員が協会という枠組みを外れても顔見知り、あるいは名前ぐらいは知っているラグビー関係者だ。トキワ自動車が、ラグビーのシロウトをゼネラルマネージャーに据えたというのは、業界では驚きをもって受け止められている。

「先ほど、昨シーズン同様の運営ということをおっしゃいました。集客も昨シーズン同様ですか」

木戸の目配せで、片桐がこたえる。

「昨年同様に取り組んで行きたいと思います」

「実は、私どもの昨年の平均観客動員数が、大変苦戦しております。調べましたが、リーグ平均でも三千数百人です。しかも、観客動員の多くが自分でチケットを買い求めたわけではなく、我々企業が協会側から安く仕入れたチケットで入場しているようです。正規にチケットを購入して入場した人の数を把握されていれば教えて頂けますか」

再び、木戸と片桐がちらりとアイコンタクトをするのがわかった。迷惑に思っているのは、その表情でわかる。

「調べればわかると思いますが、必要ですか」

それを聞いてどうする、といいたいのだ。

「お願いします」

君嶋は続けた。「企業側が安く買ってさらに安く、あるいはタダでばらまいているチケットでの来場者数ではなく、本当の集客力を把握したいので是非」

木戸が嫌な顔をした。年に数試合ある特別な試合以外、本当の集客力などほとんどないということを知っているからだ。

「なんでこういうことを申し上げるかというと、昨シーズンと同じと先ほどおっしゃつたからです。昨シーズンと同じでは困ります」

君嶋は断言した。「あんな観客動員数では、実は社内の予算案が通りづらくなっているからです。必要経費全額とはいかなくても、その半分ぐらいは協会側からの分配金で賄《まかな》えるように仕組みを考えていただけませんか。私なりにアイデアをまとめてきましたので、検討していただきたいんです」

準備してきた書類を全員に配った。

「まず、チームが存続するためにはファンの獲得が不可欠です。そのために地域密着型のチームにしてはどうかと思います。いまのような方式ではなく、たとえばホームアンドアウェーにして、各チームと二度当たるようにすることはできませんか」

「それだと試合数が増えて、シーズンに収まらなくなって——」

「もっと長くやればいいじゃないですか」

片桐の反論を、君嶋は遮《さえぎ》った。「いま実質九月から一月半ばまでの五ヵ月ほどしか稼働していません。プラチナリーグのチーム数を絞り、ホームアンドアウェーで二試合ずつ。開催期間も、梅雨の始まる六月から真夏を除き、九月から翌年五月まで九ヵ月間になりませんか。ばらまきではなく正規のチケット販売で観客動員数の底上げを図り、興行の採算を改善してもらいたいんです」

「おっしゃりたいことはわかりますが、アマチュアのスポーツなんですよ、ラグビーは」

木戸がいった。「我々はプロじゃないですし、採算を最優先にして興行をするのが正しいんでしょうか」

「アマチュアのスポーツだというのなら、アマチュアのスポーツらしく、カネをかけず、細々とやればいいじゃないですか」

君嶋は言い放った。「なのにプラチナリーグを創設して、我々は毎年十五億円前後かそれ以上のカネを投じているんですよ。採算のことを指摘するとアマチュアスポーツだというのは、単なる逃げにしか聞こえません」

決めつけた途端、木戸の顔色が変わるのがわかった。片桐が苛立ち混じりの目を向けてくる。他の出席者たちは、ただ唖然としてこのやりとりに息をひそめているばかりだ。

「しかも、ただ観客動員を上げればいいというわけでもありません。チケットのばらまきでスタンドが埋まっても意味がないからです」

その場で、君嶋は力説した。「協会側は、早急に販売窓口をネットや専用窓口に集約すべきです。そして、どんな人が買っているのかきちんと把握し、お客様のニーズに応えていくべきなんです。アマチュアだから、大企業が応援してくれるから――そんな考えは捨て、興行として成り立つよう最善の努力を払うべきではないでしょうか」

　君嶋が発言を終えると、気まずい沈黙が降りてきた。

「ええと、君嶋さんでしたっけ」

　君嶋が配った書類になど目もくれず、木戸がいった。「あなたラグビーの経験はありますか」

無いことを知った上での質問だ。

「ありませんが、以前は経営戦略室におりました。こんな経営の子会社があれば、即刻潰すか、抜本的なリストラを命じるところです」

「ここは会社じゃないですよ」

木戸は冷灰《れいかい》のような表情で告げた。「ラグビーはもっと神聖なものだと、私たちは考えています。我々がやっているのは、貴族のスポーツだ。サッカーは庶民のスポーツといわれていますがね。我々は違う。金儲けがしたいなら、とっくにプロリーグにしてますよ。そこのところ、わかっていただけませんかねえ」

「わかるわけないでしょう」

君嶋は、撥《は》ね付けた。「どれだけ苦労してこの予算を取ってると思うんです。しかも、胴元の協会側は、チームに集客まで頼って当たり前だと思っている。人気がなければ強くなりませんよ。なんだってそうでしょう。そういうことをもっと真剣に考えて、出来ることから即座に実行していくべきだと申し上げているんです。皆さん、どうお考えですか」

テーブルを囲んでいるゼネラルマネージャーたちに、君嶋は問うた。「おかしいと思うでしょう」

返事はない。押し黙り、俯《うつむ》き、何事か考え、横顔を向け、腕組みをして天井を見上げ、そして、黙っている。

そのとき、

「おっしゃることはわかりました」

木戸はうんざりしたように小さな吐息混じりにいった。「本件については理事会にも意見を聞き、検討します。それでいいですか」

「いや、その前にあなたはどうお考えなのか聞かせていただけませんか。専務理事は現場のトップなんですよね。我々の意見を自分の意見として代弁できますか」

「我々じゃなくて、あなたの意見ですよね」

木戸は、気取った口調で修正してみせた。自分が貴族か何かにでもなったつもりらしい。

「あなたは、こんな運営や集客でいいと思ってるんですか」

真正面から対峙すると、

「もちろん、課題があることは承知しております」

木戸はこたえる。

「承知しているんなら、解決していきましょうよ」

君嶋はいった。「いまやらなくていつやるんです」

返事はない。

「ありがとうございました、君嶋さん」

傍らの片桐が発言し、このやりとりにピリオドを打った。「木戸専務理事がおっしゃったように、これについては、協会内部で検討してみます」

君嶋の書類を右手にもってひらひらさせる。口先だけで、真剣に取り上げるかどうか知れたものではなかったが、君嶋が黙ったのを見計らい、

「では、今日の会議はこれで閉会ということにさせていただきます」

片桐はさっさと宣言してしまった。

誰彼ともなく、ほっと胸を撫で下ろすような気配が漂った。

おそらく、こうした会でこれほど緊迫したやりとりが交わされたことなどいままで無かったのだろう。

だからダメなんだ。

むっとして君嶋は席を立って建物の外へ出ると、駅への坂道を足早に下り始めた。

検討してくれと頼んだ件について、君嶋が日本蹴球協会にその後の経過を尋ねたのはその一ヵ月後、梅雨空の広がる六月半ばのことである。

「ああ、あの件ですか」

電話に出た専務理事の木戸は、軽い口調でいった。「先日の理事会で検討したんですがね、一議に及ばずということになりまして」

「どういうことでしょうか、それは」

胸の内で沸騰した怒りを、君嶋は感じた。

「富永会長以下、ラグビーは金儲けではないということで一致しておりまして」

「じゃあ、プラチナリーグはいったいなんなんです」

「ですから、そういうことをいま議論しているわけじゃないんです」

君嶋は問うたが、木戸はろくに答えなかった。

「だったら、何を議論してるんですか、あなた方は。だいたい私の提案書に金儲けをしろとは書いてないでしょう」

「金を儲けて費用を穴埋めせよと書いてありましたよね。アマチュアスポーツで、そこまでやる必要はないというのが当協会の見解です」

「ひとつのチームを維持するのにいくらかかってると思ってるんですか」

君嶋は呆れていった。

「ですから、そういう話じゃないんですよね」

さも迷惑そうに木戸はいって、さらに君嶋の怒りを燃え上がらせる。「あなたが提示されたようなやり方は、我々日本蹴球協会の伝統に相応《ふさわ》しくないと、そういうことです。そういうわけですから、ご理解いただけますかね」

「いったい、いつ話し合ったんです」

君嶋はきいた。「今日ですか、昨日ですか」

「先週の水曜日です」

のうのうと答えた木戸に、「だったら、先週の水曜日に連絡を寄越すのが礼儀でしょう」

「礼儀云々《うんぬん》と口にされるのは失礼じゃないですか」

木戸はいった。「あなたこそ、我々協会に対して礼を失した提案をされてるんですから」

「あの提案のどこが礼を失してるんです」

「伝統に土足で踏み込んでるじゃないですか」

木戸は平然といった。「以後、このような提案は慎んでいただきたいと富永会長もおっしゃっていますので、お伝えしておきます」

なんだ、この組織は。

一方的に切れた電話の受話器を戻しながら、君嶋はもはや救いがたい思いに囚われた。

彼らが愛しているのはラグビーではなく、ラグビー界における自らの地位や権力なのではないか。

だがここには、それを糾弾する社外取締役も株主もいない。

これこそが日本ラグビー界の紛れもない現状なのだ。

一番の被害者は、選手たちであり、ファンである。

いったい、日本蹴球協会にとってラグビーとは何なのだろうか。

第五章　ファーストシーズン

1

勝ったとはいえ、君嶋が見ても、アストロズの攻撃はスムーズとはいいかねた。攻撃のバリエーションが少なかった五月頃の方が遥《はる》かに選手の動きも良く、安定していたように見える。

開幕を間近に控えた八月の練習試合である。

パスの乱れからインターセプトされて与えたトライもある。フィジカルの強さ、スクラムのうまさは見ていて感心するほどだが、課題は戦術に対する理解だ。これが未消化で、ラインアウトやスクラムからのサインプレーでは混乱して意図の見えないパスやキックに逃れる場面がいくつかあった。

昨シーズンまでの守備重視から、複雑なサインプレーによるパスとキックを交えた攻撃的ラグビーへの転身は、誰もが予想していたことだが、そう簡単なことではなかった。

多英曰く、柴門の求めるラグビーに特徴的なのは、どのポジションの選手にもパススキルを要求することだ。緻密なサインプレーで相手を崩す作戦は見ていて面白いが、それを実践する選手のフィジカルとタレントが試される場面も多々ある。

戦術がより高度なものになって以降、アストロズはまさにトンネルの中に入ってしまったような迷走を繰り返した。

いまアストロズの攻撃は、バリエーションだけみれば無限大に豊富だ。

多彩で斬新で、うまく決まれば、相手ディフェンスを切り裂き、撃破するだけの破壊力がある。

問題はいくらフォーメーションやパスのタイミングを練習しても、試合では必ずしも練習と同じようにはいかないことだ。

練習のパスは決まったタイミングで出せるが、様々なプレッシャーのかかる試合ではそうはいかない。

パスの出し手は、一瞬のうちに的確なタイミングを理解するスキルが求められるが、これぱかりは練習では如何《いかん》ともしがたいものがあるのだ。

そのパススキルを、柴門はフォワードにも求めていた。

特に負担がかかっているのは、攻撃をコントロールするハーフ団、スクラムハーフとスタンドオフ――背番号でいえば、9と10のふたりだ。

「おい、どうだった」

君嶋が練習試合を終えてピッチサイドに戻った岸和田にきくと、答える前に顔をしかめた。「つい考えちまうんですよね。その分反応が遅れるし、ぎくしゃくして逆に相手にやられるパターンですよ。何かが足りないんですよ」

選手たちが一様に浮かない表情なのは、各人に課題が残る内容だったからだろう。

練習試合の模様はビデオで撮影されており、柴門の指示でいくつもの問題箇所がクリップ映像として選手たちのスマホやPCに送信されることになっていた。

翌日のミーティングまでに全員がそれを見、課題を明確にし対策を練る。いまは毎週その繰り返しだ。

そしてしつこいぐらいにスキル練習が繰り返されるのだが、それでもなかなか機能せず、次第にチーム内の不満が高まっていく。

八月中旬。シーズン開幕を間近に控え、最後に組まれたこの日の練習試合まで不発に終わると、選手たちの焦りは、はっきり手に取れるほどになった。

内容に不満なのは選手たちだけではなく、柴門も同様である。

この日も、難しい顔をして試合を眺め、ハーフタイムには連係ミスの原因を細かく指摘し修正を求めた。

開幕が近づくにつれ、チームはナーバスになり、いま選手たちの思念がひとつの方向へと急速に収斂しているように見える。

——本当に柴門の標榜する攻撃ラグビーは可能なのか。

自分たちが下手なのではなく、そもそも要求が過剰なのではないか。

「どう思う」

ピッチサイドで試合を見終えた君嶋のその質問は、多英に向けられていた。「いままでのチーム作りもこんな感じだったか」

「ここまで苦戦しているのは初めて見ました」

多英も心配そうに眉を顰《ひそ》め、危機感を伝えてくる。「でも、スケールは感じます。このチームが完成したら、たしかに真剣に優勝を狙えるでしょう。逆にいえば、やっぱり優勝するのは簡単じゃないってことですよね。簡単に変えられるものは簡単にダメになる。でも、苦労して獲得したものは大切な財産になるはずです」

そう信じたいものだ。

「紙一重のところには来てると思うんですが……」

その僅《わず》かな一線を越えられないで、選手たちは苦しんでいる。

八月最後の土曜日が、開幕戦だった。

あと十日――。アストロズに残されている時間はもう多くはない。

2

その日、練習が解散になった後、岸和田の声掛けで、「多むら」に集まったのは十人ほどの選手たちであった。

雰囲気は、いつになく重い。誰もが口数少なく、どんよりとした雰囲気の中、思い詰めたような表情をしている。

「今日唯一の収穫は勝ったことだな」

そういったのは本波だった。この日は、前半スタメンで出場し、ワントライを挙げたものの、プレーは安定を欠く場面も多く、パスミスも目立った。

「練習試合で勝ってもねえ」

嘆息したのは、スクラムハーフの里村亮太《さとむらりょうた》である。

日本代表キャップ――つまり日本代表としての出場経験もある里村は、スタンドオフの浜畑とともに、アストロズを牽引するスター選手のひとりだ。

「やろうとしてるラグビーがレベル高過ぎて、ついていけないときがあるからな。ねえ、ハマさん」

里村に同意を求められた浜畑は顔を顰《しか》め、まあな、とうなずく。

「練習では出来てるんだからさ」

岸和田は励まそうとするのだが、誰も納得した表情は見せなかった。

「難しいですよね、やってることが。本当に、あんなハイレベルな攻撃ラグビー完成するのかな」

そういった岬はフルバックだ。十五人の陣形の一番後ろにいる選手で、守りでは最後の砦となる重要なポジションだ。

「正直、ちょっと無理があるかもな」

と浜畑がついに認めて、場の空気がずんと沈んでいく。

「だいたい、亮太の球出しも遅かったよな、今日」

浜畑がそんな文句をいったが、「打ち合わせ通りにラインが揃わないからですよ」、と里村にも言い分がある。

「なんだよ、オレたちのせいにするなよな」

本波が言い返し、「よせって」、と岸和田が間に入った。「とにかく、あと十日しかないんだ。出来ることは全てやろうや。トキワスタジアムの緒戦でもあるんだから、いいとこ見せようぜ」

「本当に客、来るのかなあ」

里村が疑わしげにいった。「ボランティアだのイベントだの、散々駆り出されてさ、これで去年と同じだったりしたら笑える」

「そんなことないって」

岸和田は前向きに言い聞かせた。「公開練習を観に来てくれるファンも増えてるじゃないか。ジュニア・アストロズの立ち上がりも上々だし」

小中学生を対象に募集したジュニア・アストロズには、予想を超える百人以上の応募があり、五月下旬、アストロズの練習グラウンドで結成式があったばかりだ。これにはアストロズの選手全員が参加している。

「ジュニアチームにあれだけ集まったのも、アストロズが認められてきている証拠だろう」

「そうかも知れないけど、オレたちにとっては負担増だよな」

里村はちょっと迷惑そうに鼻に皺《しわ》を寄せた。「君嶋さんはあれこれいってるけどさ、どれもまだ絵に描いた餅だしね。優勝争いをするはずのチームが、いまだ戦略を消化出来ずあたふたしている。観客を増やすためにかけずり回らされたけど、どれだけ客が来るか、実際にはフタを開けてみないとわからない。本当に実現できるのかなあ。柴門監督の作戦といい、君嶋さんのプランといい、どうもオレは、ああいう夢見るタイプのオッサンってのは信用できないんだよな」

「疑いだしたらキリがないだろ。そこをみんなで乗り切ろうや」

「オレだって疑いたくはないよ」

里村が岸和田にいい返した。「疑わざるを得ないから疑ってるんだろう」

「わかった。じゃあ、疑え」

逆に岸和田はいう。「だけど、最後の十日間、言われたことだけはきちんとこなせるようにしようや。監督を信じて最後までやろう。それで結果が出なかったら、そのとき疑え。それでどうだ」

返事はすぐにない。

「まあ、わかったよ」

やがて浜畑がいい、岸和田の肩に手を置いた。「ここはお前の顔を立てて開幕戦までがんばろう。いいな、みんな」

小さくうなずく者、「はいはい」と小声で答える者、どうも釈然としない表情を浮かべている者——様々だ。

一旦、バラバラになった心をまとめるのは難しい。

結局のところ、全員の気持ちをひとつにできるのは、勝利という結果しかないのではないか、と岸和田は思う。

だが、心のどこかにゲームの方向性を疑い、不信を抱いた現状で、はたしてどこまで戦えるのか。スキルに不安を抱え、戦う気持ちすらコントロールを失いかけている。

この状況をどう立て直すのか——。

その難しさを、岸和田はひしひしと感じていた。


「お疲れ様でした」

君嶋がかざしたハイボールのジョッキに、「どうも」、と柴門が生ビールのジョッキを合わせた。ワイン派の多英は、白ワインをグラスで呑んでいる。

市内にある和食の店だった。

「『多むら』へ行けば選手たちがいるよ」

一口ハイボールを呑んでいった君嶋に、柴門は首を横に振った。「たぶん、不満で爆発しそうになってると思うけどね。行かなくていいのか」

「いいたいことはミーティングでいう」

それが柴門流だ。「それに、いまは奴らの時間だ。監督が口出すタイミングじゃない」

「みんな、相当ナーバスになってます」

多英が不安に瞳を揺らした。

「ここから先は、あいつらが考えて判断するしかない」

柴門はジョッキのビールを一気に飲み干した。「監督や戦略の責任にするのか、何とかしようと踏んばるのか、それはあいつらが決めることだ」

「ある意味、賭け、ですね」と多英。

「百パーセント確実なものはない」

柴門はいった。「何を信じるかだ」

それは、誰にでもない、柴門が自分に言い聞かせた言葉にも聞こえた。

柴門もまた、苦しんでいる。

3

その日、トキワ自動車横浜工場に隣接するアストロズのクラブハウスに選手たちが集合したのは、午後三時のことであった。

真夏の熱気を残す、八月最後の土曜日である。

ミーティングルームに入り、初戦の相手、東埜《とうの》建設工業タイタンズ戦のゲームプランについて最後の確認をする選手たちの表情は一律に硬さが目立った。緊張が見て取れる。

確認事項は、いままで散々グラウンドで繰り返し練習してきたことばかりだ。徹底してきたことを、さらに徹底する——。

「練習で十回やって一回でも失敗するプレーは、その一回が本番のときに出る」

以前、そこまで徹底的にやる理由をきいたときの、それが柴門の答えだった。

本番でのプレッシャーは、練習とは比べものにならないからだ。

そして、柴門が選手たちに求めた水準は、極めて高い。

選手たちは必死でその水準を目指してきたが、正直なところ、その努力が花開くかどうかはやってみないとわからない。それが、この初戦であった。

「監督、そろそろお願いします」

多英が告げにきてミーティングを終えると、駐車場に待機している移動用のバスに選手たちが乗り込む。

トキワスタジアムまで、バスで二十分の距離だ。

予定通りスタジアムの専用口にバスが付けられ、真っ先に柴門が降りていく。選手たちに続いて最後に降り立った君嶋は、腕時計で時間を確認した。

午後六時。

西に傾いた強烈な日射しがラグビー場の壁面を焼き、この日も真夏日を記録した酷暑の名残を刻んでいる。専用通路を通ってピッチサイドに出ると、乾いた芝の匂いが鼻腔を突いてきた。気になるのは、気温だ。

まだ三十度近くある。キックオフの午後七時半になっても、それほどは下がりはしないだろう。

「消耗戦になりますね」

傍らで多英がいった。

相手チームのタイタンズは、昨シーズン七位。あわや降格となりかかったアストロズにすれば、格上のチームといっていい。

選手たちのウォーミングアップが始まった。

刻々と過ぎていく時間の中で、ようやく、その変化に気づいたのは、午後七時を回った頃だ。

ウォーミングアップに集中していた選手たちが、ふとスタンドに目を向け、動きを止めて立ちすくむ。そして一様に、驚きの表情を浮かべるのだった。

開場時間を迎えたスタンドに、どんどん客が入ってきている。あっという間に半分近い席が埋まり、その勢いは衰えそうになかった。

練習をよく見ようと最前列にやってきた子供たちから、「佐々《さ さ》コーチ!」、そんな声を掛けられたのは、スクラムハーフの佐々一《はじめ》だ。佐々は今年入った新人で、ジュニア・アストロズの指導に出向くことが多く、彼らにとってはコーチだ。

「みんな驚いてますね」

多英がいった。「サプライズ成功です」

実はこの日、トキワスタジアムで開催される試合のチケットは、前売りで一万二千枚が売れていた。

昨シーズンの初戦は他のラグビー場で行われ、しかも四千人しか入らなかった。前売りだけで、今年はその三倍を売り上げたことになる。

このうち、今年設立したアストロズファンクラブを窓口として販売したチケットは七千枚近くに及ぶ。君嶋の手腕というより、ボランティアやイベントに可能な限り参加し、名前を売り、勧誘した選手たちの頑張りが実ったのだ。

誇れるのは、子供や若い人が多いことだった。

ファンクラブの人たちは、氏名や住所や連絡先、さらに学校などの所属先も登録され、顔が見える。

同じ人数なら、どこの誰かわからない客より、素性のわかる客の方がはるかに価値が高い。

彼らと繋《つな》がることができるからだ。

何がよかったか。何が課題か。チケットの値段はこれでいいか。リクエストはないか——ありとあらゆるフィードバックを得ることができる。

その情報には、無限の価値があることを君嶋は知っていた。アストロズを地元の人たちに愛して貰うために必要な情報は、いまスタンドを埋めている彼らの中にある。

試合開始時間が迫ってきた。

ロッカールームに引き上げてくる選手たちの頬が紅潮しているのは、ウォーミングアップで体を動かしたからだけでは決してないはずだ。

「みんな、お客さんの数に驚いたか」

選手たちを集めて柴門がいった。「お前らを応援しに来てくれたお客さんたちだ。オレたちがやってきたことは、無駄じゃない。これだけの人たちの共感を呼んだんだ」

選手たちの表情はまるで別人だった。魂が蘇り、強固な意志が肉体に宿った戦士たちの、爛々《らんらん》とした眼差しが、柴門に集中している。

「あのお客さんたちに、良いプレーを見せよう——キャプテン」

指名された岸和田は、一歩前に出たものの言葉が出なかった。

苦労してチームを引っ張ってきたすべてのことが、一気に胸にこみ上げてきたに違いない。

「お客さんが——来てくれた」

やっと絞り出した声は、感激にうち震えていた。その瞬間、涙が頬をこぼれ落ちていく。「オレたちのこと、観に来てくれたんだぞ、みんな。応援にきてくれたんだ」

岸和田はいった。「ぜったい、頑張ろうや。ぜったい――」

そして最後に声を絞り出した。「――勝つぞ！」

選手たちの雄叫びが、ロッカールーム内に轟《とどろ》いた。

「行くぞっ！」

柴門のひと言で選手たちが飛び出していく。

通路に整列すると、一緒に入場する子供たちが、選手たちを待ち受けていた。

ジュニア・アストロズの教え子たちだ。

拍手で迎えた子供たちから、「がんばれ」、の声援が飛ぶと、もはやスタメンの選手全員が涙を流してピッチへと出て行く。

「絶対、負けませんよ」

自身、涙を隠そうともせず見送った多英が、声を震わせた。「絶対に勝つ！　がんばれ、アストロズ！」

4

「アストロズがまた勝ったのか」

その日行われた第四節の結果を聞いた津田の目は、驚きに見開かれていた。

「初戦のタイタンズ戦はホームでしたから有利だったかも知れませんが、注目は今日のファイターズ戦です。三十四対十四です」

鍵原が口にしたスコアに、津田の目がすっと細められ、鋭さを増した。

ファイターズは、優勝候補の一角で、スクラムやラインアウトからのセットプレーも上手《うま》いし、日本代表経験のある選手を何人も抱えて選手の質も高い。津田率いるサイクロンズがファイターズとの戦いを接戦で制したのは先々週のことだ。

サイクロンズとは長年にわたりライバル関係にある相手で、先々週はまさにそれに相応しいシーソーゲームであった。

今シーズンのアストロズが好調とはいえ、正直、ファイターズには負けるだろうと、津田は思っていた。だが、その予想は見事に覆されたことになる。

「前節の試合でファイターズに怪我人が出ていたとはいえ、それを差し引いても、今シーズンのアストロズは要注意です」

「例年なら指先ではじき飛ばせる程度の相手だがな」

いまいましげに津田はいった。

リーグ戦は二つのカンファレンスに分かれてそれぞれ八チームで戦うため、全七戦あり、アストロズとは六戦目——第六節に当たることになっていた。仮に全勝同士の対決となった場合、問題はその後に残された一戦だ。

「アストロズの第七節の相手はバイキングスです」

勇壮な名前に拘わらず、二部リーグと行ったりきたりを繰り返す弱小チームだ。

一方、サイクロンズはサンウォリアーズで、これもまた格下の相手とみて間違いない。

「事実上、一位を決める戦いになるということか」

誰にともなくつぶやいた津田は目を細くして壁の一点を見据える。やがて、

「叩きつぶしてくれるわ」

しわがれた声でいった津田は、くゆらせていたタバコを、灰皿の底に強く押し付けて消した。

「取材の申し込みがかなりあるみたいですね。田上《たがみ》さんが、共同記者会見にすべきか考えてるっていってました」

田上は、本社にいるアストロズの広報担当だ。

週末にサイクロンズ戦を控えた水曜日であった。

当初の予想をひっくり返し、強豪ファイターズ戦で勝利し、続く第五戦も無難に制したアストロズへの注目は俄然《がぜん》高まり、周辺は騒がしさを増している。

ここ数年、降格圏を低空飛行していたかつての名門チームが、柴門琢磨の下で復活を遂げようとしている。

次節のサイクロンズ戦は実質、カンファレンス一位をかけた大一番だ。それだけではなく、マスコミが注目するもうひとつの理由は、柴門とサイクロンズ監督の津田との確執に他ならない。

柴門を城南大ラグビー部監督の座から引きずり下ろした張本人といわれている津田との激突は、グラウンド外で囁《ささや》かれる様々な噂によって増幅され、注目されることになっている。

だが——。

「関心が何であれ、いま注目されることは悪くない」

そう君嶋は思う。「少しでも、世の中のひとに社会人ラグビーが認識されて、その勝敗に興味をもってもらえるなら、それだけで歓迎だよ。柴門や選手たちにはプレッシャーがかかるが、優勝を狙うチームだったら、それぐらいのプレッシャーからは逃れられないからな」

広報の仕切りで、柴門への共同取材が許可されたのは、その翌日、練習前のことであった。そして——。

「サイクロンズ戦をどう戦いますか」

　柴門が就任したときにも出た質問が、このとき再び繰り返されたのである。だが、同じ質問がもつ意味は、ここにきて大きく変わろうとしている。

　胸を借りるとか、自分たちのラグビーをやるだけですとか、言い方はいろいろあっただろうが、柴門はそうはいわなかった。

「徹底的に叩きつぶします」

　君嶋も驚くひと言だ。柴門は続ける。「アストロズは、昨シーズンまでのアストロズではありません。津田監督とのこともいろいろいわれていますが、ラグビーの戦いはグラウンドでするものです。場外でこそこそやるのはフェアじゃない。答えはすべてグラウンドで出します」

　柴門は挑戦状を叩きつけたのだ。

「ちょっとマスコミにサービスしすぎじゃないですか」

　少し離れたところで見守っていた多英が心配そうにいった。

「いいんじゃないか。それにこれは、選手たちに向けたメッセージだ」

　常勝サイクロンズ相手でも、怯《ひる》むことなく立ち向かえ――。指揮官である自身がまず戦う姿勢を打ち出すことで、選手たちの気持ちを奮い立たせる狙いがあるに違いない。

　監督のコメントを知った選手たちは、気持ちをひとつにし、一気に燃え上がるだろう。闘争心や団結力、そうした精神的な部分をサイクロンズ戦に合わせて最高潮に盛り上げて行く。これもまた柴門の戦略だ。

実際、柴門のコメントはたちまちネットで配信され、スポーツ紙でも大きく取り上げられたことはいうまでもない。

かくして、アストロズ対サイクロンズ戦は、ますます注目の一戦になった。

決戦前夜——。

練習のあと、試合前のセレモニーのために、市内にあるホテルの一室に集まった選手たちには、殺気すら漂っていた。

柴門から選手たちへ、魂のこもったジャージー授与式が始まった。

名前が呼ばれるたび、興奮が高まってくる。

自分が選ばれても、選ばれなくても関係はない。

全員が涙を流し、悲壮なまでの覚悟で、いまサイクロンズ戦を迎えようとしている。

決戦の場は、秩父宮ラグビー場であった。

事前にプラチナリーグに問い合わせたところ、チケットは全席完売。二万人のファンがこの一戦を見届けようとスタジアムに駆けつけるはずだ。

相手にとって不足はない。最高の舞台が、整った。

「勝つぞ！」

最後に放たれた柴門のひと言に、選手たちの雄叫《おたけ》びが応え、サイクロンズ戦を想定した全ての準備がここに完了したのであった。

5

試合は、サイクロンズのキックオフで午後二時に始まった。

サイクロンズの10番、富野賢作《とみのけんさく》が蹴ったボールは、満員の歓声を乗せてふわりとアストロズ陣内10《テン》メートルライン後方へと弧《こ》を描いていく。富野は日本代表。脂の乗った三十歳だ。この試合は、日本代表の10番を背負った富野と浜畑による新旧対決という意味もあった。

浅めのキックである。

サイクロンズの選手たちが、一斉にアストロズ陣内になだれ込んでくる。

競り合いでボールをキャッチした本波が相手を躱《かわ》して突進すると、まるでボリュームのスイッチを捻《ひね》ったようにスタンドの歓声が弾けたが、タックルで倒れた途端、無数のため息に変わる。

互いの選手が折り重なるようにできたラックと呼ばれる状態の中で、アストロズがボールをキープしていることは、背後に並ぶ選手たちが斜めに垂れ下がる攻撃用のシフトを敷いていることからわかった。

最初の競り合いで、アストロズのウイングの選手が足を痛めてグラウンド内でドクターの治療を受けている。それを見てスクラムハーフの里村がボール出しを遅らせたため、その間に相手ディフェンスが整ってしまった。

背番号9の里村から、10番浜畑へのパスは、攻撃の定番だ。

パスをもらった浜畑がどう展開するかは、相手ディフェンスの状況や戦況によって変わる。このときは、ナンバーエイトの岸和田に持たせての突進が選択された。

再びラックができる。

一進一退の攻防に、息苦しいほどの緊張感がラグビー場を支配しはじめた。

そんな中、先手を取ったのはサイクロンズの方であった。

タックル成立後の混戦の中、相手のフォワードが腕を伸ばしてボールを奪い取ったのだ。

ジャッカルといわれるプレーである。

攻守が一転し、戻りが遅れたアストロズのディフェンスが破られ、先制トライを決められたのはあっという間の出来事であった。キッカーの富野が与えられたコンバージョンキックも決め、七点を先制された。

「やられましたね」

悔しそうに多英がいい、唇を噛んだ。「あそこだけディフェンスがぽっかり空いてました」

浜畑が悔しげに腿《もも》のあたりを叩き、空を睨み付けている。

大観衆の見守る重要な一戦の序盤に、冷静な判断力を見せたのはサイクロンズの実力だ。

ふと胸に浮かんできたのは、柴門に監督就任を頼んだときの言葉だ。

――優勝を争うチームと、本当に優勝するチームにはかなりの差がある。

その差がこれなのか、と君嶋は思う。

だが、柴門はこうもいったはずだ。

――百パーセント確実なものはない。

シーズン直前、チームが混沌《こんとん》とし、選手たちが信じるものを見失いそうになったときのひと言だ。

その意味でいけばこの試合だってそうだ。

これからが本当の戦いなんだ。

君嶋が自身に言い聞かせたとき、レフリーの笛とともにゲームが再開された。しかし――。

その最初のトライをきっかけに、サイクロンズがじわじわと底力を発揮し始めた。アストロズが攻め込む時間もあるが、攻め込まれている時間帯の方が長くなってきている。サイクロンズの攻撃は鋭く、しかも重層的であった。

ハーフタイムを迎えた時点で、スコアは七対二十一。

その点差以上に、力の差を感じた前半であった。

どよめきがスタンドを覆う中、柴門がスタンドの階段を駆け下りていく。

君嶋は腕組みをし、予想外の点差を表示しているスコアボードを眺めやった。

「なんとかしてくれ、柴門」

君嶋は心の中で、叫んだ。「このまま負けるわけにはいかないぞ」

このラグビー場にかけつけた、全てのファンのために——反撃を乞う。

6

柴門がとった作戦は、大胆な選手交替だった。

フォワードの第一列、プロップのポジションに、新人の友部を入れたのだ。

もうひとつの交替は、告げられた瞬間、スタンドがどよめくほどの衝撃を与えた。

日本代表経験もあるスクラムハーフの里村を下げ、新人の佐々一を投入したのである。

「なんだ、里村下げちゃったのかよ」

落胆の声が後方から聞こえたほどだ。スター選手を下げ、代わりに出たのは今年入ったばかりの新人なのだから無理もない。「この試合、投げちゃったのか」

多英が心配そうに、18番を付けてグラウンドに登場した佐々を見つめている。

「なんで柴門は里村を下げたんだろう」

問うた君嶋に、「あまり調子は良くなかったと思います」、と、多英がいくつか気になったプレーを挙げてみせる。「それに前半、かなり走ってますから」

選手たちのユニフォームにはGPSが装着されており、走行距離などの実戦データはリアルタイムに把握できるが、たしかにそれでいくと里村はかなりの運動量をすでにこなしていることがわかる。

後半が始まった。

君嶋が見つめる先で、浜畑がキックオフしたボールが深々とサイクロンズ陣内に落ちていく。

「ディフェンスラインも少し前掛かりになってませんか」

いわれてみると、たしかに前半よりも選手が前に出て守っていた。「予想以上にサイクロンズの出足が速いので、もう少し前でチェックしようという考えだと思います」

「キックで裏を狙われたりしないのか」

当然のことだが、ディフェンスラインが前に出れば後ろのスペースが空く。それを心配した君嶋に、

「津田監督は、コンテストキックを好まない傾向があるんです」

というアナリストらしい返事があった。「サイクロンズの得点は、ストラクチャーからのサインプレーで八割以上を占めます。蹴り込んで、どっちが取るかわからないようなプレーは、極力回避するという点で一貫してます」

ストラクチャーとは、直訳すれば「構造」だ。これを転じてラグビーでは、スクラムやラインアウトといった、意図的に組み立てたサインプレーが通用する場面のことを指す。

逆は、アンストラクチャーで、これは、ボールが転々として、両方の選手が競り合うような混沌とした状況のことだ。

「いつもやりつけていないプレーは、仮に背後が空いていてもなかなかできないものなんです。ただし、得点差がこれ以上開けば、普段やらないプレーまで飛び出す可能性はありますが」

これ以上の得点差はもう許されないところだが、その思い切った選手交替と作戦変

更の効果はすぐに出た。

相手の突進を早く摘《つ》み取り、反則を誘ったのだ。

後半五分でペナルティゴールをまずひとつ決めたのは大きかった。十対二十一──十一点差になる。これはふたつのトライとひとつのコンバージョンキックの成功で逆転できる差だ。

それにしても──後半に入ってもっとも驚いたのは佐々のボール回しだった。

君嶋にも、前半の里村よりもキレが良く、攻撃のリズムが良くなったのがわかる。

たしかに、里村は有名選手でスターに違いないが、この試合に限っては、柴門の選手起用が正しかったのは明らかだ。

相手陣内での攻撃が始まった。佐々からボールが供給され、鋭く切り込んでいくバックスに、猛然と相手ディフェンスが立ちはだかる。

友部にパスが渡ると、相撲のぶつかり稽古を彷彿《ほうふつ》とさせるような突進を見せた。

倒される──。

そう思ったとき、上手いパスが出た。友部自身はタックルを受けて倒れかかっているのだが、どうパスしたのかボールがふわりと浮かび、後方から走り込んだ選手に渡ったのだ。見事なオフロードパス──タックルされながらのパスである。

歓声が、秋晴れの蒼穹《そうきゅう》に突き刺さる。

アストロズに後半最初のトライが生まれ、十七対二十一と四点差に迫ったのは、その直後のことであった。

お互いにペナルティゴールを一つずつ決め、後半三十五分を迎えていた。

残り五分。ワントライで逆転できる接戦になっている。

いま、相手陣内22メートルラインでのスクラムが組まれようとしていた。

マイボール・スクラムだ。

「いけるかも」と多英。

前半は互角だったスクラムだが、後半は友部の加入、さらに矢継ぎ早の交替でフォワードをリフレッシュさせ、アストロズ有利になっている。

――セット！

レフリーの合図で、声にならない息の音とともに両軍フォワードががっしりと組み合った――かと思うと真ん中から「く」の字に潰れる。

組み直し――また潰れる。

長い笛が吹かれたのはその直後のことだ。

――コラプシング、サイクロンズ３番！

歓声の谷間から聞こえてきたレフリーのジャッジに、スタンドが沸いた。

ペナルティゴールを狙える場所だが、成功して三点とっても追いつけない。

キャプテン岸和田の判断は、ラインアウトだった。

君嶋は、電光掲示板の時計を見上げた。

もう四十分のところに分針が重なろうとしている。

刻々と時は進み、それにつられ次第に心臓の鼓動が速くなっていく。

勝つか負けるかはわからない。だがこれが、カンファレンス一位を争うに相応しい好ゲームであることだけは間違いない。

――勝ってくれ。なんとか、トライをもぎ取れ。

念じた君嶋にそのとき、どこかから沸き起きたトキワコールが聞こえた。

――トキワ、トキワ、トキワ。

バックスタンド側で小さく始まったコールがあっという間に拡がり、スタンド全体を揺らさんばかりに大きくなる。

まるでホームのトキワスタジアムで試合をしているかのようだった。

その声援を、ラインアウトに並んだ選手たちの背中が聞いている。

ラストプレーを告げるホーンが鳴り響いた。

もう後がない。プレーが途切れたとき、試合は終わる。

ラインアウトのボールが投げ入れられ、二人がかりで持ち上げた選手が空中の高いところでキャッチし、佐々にトスする。

佐々から浜畑へ。浜畑からフォワードにボールが渡されると、サイクロンズのディフェンスと真っ向勝負になる。

ボールを巡るラック内の激しい攻防があり、再びアストロズの攻撃ラインが出来上がった。

パスで一旦後ろに下げ、順目に——右へと回していく。

あとわずかで抜けようというところで、サイクロンズのタックルに阻まれ、膨らみ弾けそうになった歓声が、空気が抜けたように萎《しぼ》んでいく。

まさに、ゴールライン際の死闘であった。

プレーはまだ続いていた。再びボールがアストロズのバックスに回り、今度は逆サイドに回される。

「余ってる」

多英がいったのと、ボールを受けた浜畑が渾身《こんしん》のパスを投じたのはほぼ同時であった。

左にいたバックスをひとり飛ばし、走り込んできたフルバック岬へのロングパスだ。

サイクロンズのディフェンスラインが乱れ、左側のディフェンスにスペースが空いている。
パスが通った瞬間、スタンドが熱狂に包まれた。
ボールを抱えた岬がゴールラインに向かって疾走していく。
対応が遅れたサイクロンズのディフェンスが、渾身のタックルで、岬を倒したのは
そのときだった。
倒れながら、岬がゴールラインぎりぎりのところにグラウンディングした――かに
見える。
君嶋は、立ちあがって息を吞んだ。
笛は鳴らない。
レフリーがしぐさで、テレビジョン・マッチオフィシャルを指示した。
要するにビデオ判定だ。
秩父宮ラグビー場の電光掲示板に、映像が流れ始めた。
タックルに阻まれながら、ゴールラインに向かって突き出されたボールが、スロー
モーションで静かに降りてくる。
ゴールラインが見えていた。
スタンドが固唾《かたず》を吞んで見守る中、ボールは、ほんの僅《わず》か――ゴールラインの手前
にグラウンディングし、手元から離れ、横に跳《は》ねていった。

降り注ぐ深く巨大な吐息が、グラウンドを埋め尽くしていく。俯いた君嶋に、フルタイムの笛が聞こえたのはそのときであった。

エピローグ

「君嶋、ラグビーはもうちょっとだったな」

そんな電話が経営戦略室長の脇坂から掛かってきたのは、プレーオフが終了した十二月下旬のことであった。

この少し前、ホワイトカンファレンスとレッドカンファレンスという二つのグループから上位チームだけが進出するプレーオフを戦い、アストロズは、三位という今シーズンの総合順位を確定させたばかりである。

ホワイトカンファレンスでのリーグ戦成績はサイクロンズに続く二位。プレーオフで勝ち進めば優勝の可能性もあったが、準決勝で惜敗し、三位決定戦に回った結果である。

一方のサイクロンズはプレーオフ決勝にまで駒を進めて、見事優勝を果たした。

優勝するために何かが足りないことを、改めて思い知らされたシーズンでもあった。

アストロズはこれから一月にかけて残されたカップ戦の数試合で正式にシーズンを終え、次期シーズン開幕まで、オフの期間を迎える。ラグビー部の活動は一旦休止期間になり、チームとして始動するのは二月に入ってからだ。

「低迷していたチームを優勝争いをするところまで立て直したんだ。大したものじゃないか」

「ありがとうございます」

君嶋はそういったものの、この結果に満足はしていなかった。

優勝争いができるチームにはなった。

だが、本当の目標は、優勝するチームになることだ。

これはもしかすると、今シーズンのアストロズを作り上げた以上に難しいことなのかも知れない。

「ところで、近々本社に来ることはないか。電話ではなく、直接話したいことがあるんだが」

脇坂は用件を告げなかった。

翌週、今年最後のプラチナリーグ連絡会議が開かれることになっており、本部のある市ヶ谷に出向くことになっている。

「その後でいい。こっちに顔を出してくれないか」

「わかりました。では三時前後になると思いますが、伺います」

「待ってるから」

脇坂との電話は、具体的な話が何もないまま、それで終わりを告げた。

約束の日、君嶋が大手町にあるトキワ自動車本社に脇坂を訪ねたのは、午後三時前のことであった。

「実は、君にひとつ提案があってね」

自身の執務室に君嶋を案内した脇坂は、改まった表情になる。「経営戦略室に戻ってこないか」

我が耳を疑うとは、このことである。

「あの――戻れるんですか」

思わず問うた君嶋に、「状況が変わったんだ」、そう脇坂は続けた。

「覚えているだろう、滝川が買収しようとしたカザマ商事の件」

忘れるわけがない。その是非を巡る対立によって、君嶋は横浜工場に左遷させられたのだから。

「あの案件、復活するぞ」

「どういうことですか」

さすがに君嶋も驚いて脇坂を見つめる。君嶋の反対意見を添えた取締役会で、買収案件は流れたはずだ。

それがなぜ、今頃になって復活するのか。

「君が主張した反対理由は、カザマ商事の売却価格が高すぎるということだったな」

のれん代も含めて、一千億円の提示はあまりにも高い——それが君嶋が出した結論であり、結果的に取締役会はその結論を支持した。

「カザマ商事が、値段を下げてきた。八百億円だ」

君嶋は信じられないものでも見るような視線を、脇坂に向けた。

「ウチが断った後、秘かに数社に対して売却を打診したらしい。ところが、どこもウチと同じ結論だったそうだ。それで、価格を下げるとの連絡が二ヵ月ほど前にあってね。カザマ商事としては、売却先としてウチがベストだと判断している。どう思う」

「八百億円でもまだ少し高いと思いますが、許容範囲だと思います」

君嶋は冷静に判断する。「取締役会が買収方針を承認する可能性が高いということですか」

「滝川が裏で強力な根回しをしている。島本社長も価格が適正であればという条件付きで、消極的賛成だ。この案件に関して年明けにでも正式に議論されると思うが、おそらく買収案は通るだろうと、私は踏んでいる」

「それで買収後のオペレーションを私にやれと、そういうことですか」

「いや、そういうことじゃない」

脇坂は首を横に振った。「買収後の業務提携は営業部主導で進めろといってある。ウチは手出ししない」

大型買収案件は、ただ会社を買収しただけではうまく機能しないことが多い。いまあるトキワ自動車のどの部門とどういう事案で協力し、相乗効果を上げていくのか──そういったことを細かく検討して実行に移していく、気の遠くなるような作業が必要になってくる。

「正直、君が抜けた穴を埋められなくてね。経営戦略室の力が落ちている」

「三笠《みかさ》はどうしました」

君嶋の後任、三笠陽介《ようすけ》は経理部次長から横滑りしてきた優秀な男だったはずだ。

「三笠君も頑張ってくれてはいるが、何分経験不足でね。少々荷が重すぎたようだ。本人も経理に戻りたいといっている。君さえよければ、人事部にかけあってこちらに戻してもらう。滝川もカザマ商事買収が日の目を見ることになるんだ、もう気がすんだだろう。いまイエスといってくれれば、すぐにでも動く」

それは、君嶋にとって願ってもないオファーであった。

横浜工場の総務部長職という組織の片隅から、再び経営戦略の中枢に、自分の得意な職域に復帰するチャンスなのだ。

かつての君嶋なら、この話にすぐに飛びついただろう。

「ちょっと待ってください」

右手を前に浮かし、君嶋はいった。「少し考えさせていただけませんか。事情はどうあれ、横浜工場での仕事も片が付いていないんです。アストロズの再建も途半《みち》ばですし――」

「君、ラグビーのこと、そんなに好きだったかな」

脇坂は、冗談めかした。「プラチナリーグの運営方針に反旗を翻し、アストロズの観客動員を大幅に向上させたそうじゃないか」

大方、取締役会で新堂工場長あたりから耳にした情報だろう。「もういいんじゃないか、君嶋。君がいるべき場所は、この経営戦略室だろう」

「いろいろ、しがらみもありまして」

応じた君嶋に、

「わかった。考えるのはいいが、そう長くは待てないぞ。できるだけ早く体制を固めたい。君はどうも物事にのめり込む悪癖があるからな」

疑わしげに脇坂はいった。「利口な判断をしろよ。つまらんしがらみなんかより、自分の将来を考えろ。いい返事を待ってるから」

そういうと脇坂は腰を上げ、短くはあるが重要な意味を持つミーティングは終わりを告げた。

「お帰りなさい、部長。柴門監督が、お戻りになったら時間が欲しいそうです」

君嶋が横浜工場に戻るのを待ち構えていた多英がいった。「おそらく、来季の構想についてじゃないかと思うんですが」

「わかった」

午後五時半を過ぎ、窓越しに、シフト勤務を終えた工員たちが帰路につくのが見える。

「佐倉くんも、仕事が片付いてるんだったら、上がってくれよ」

「ありがとうございます。でも、私も別件で打ち合わせをお願いしたいので。それまでに資料を作っておきます」

選手はオフシーズンに入るところだが、逆にスタッフ部門には休みはない。有望な学生に対してシーズン中から声をかけており、柴門の力を借りて何人かは希望した選手を獲得ずみだ。

そうした選手たちが入部する一方、今年は四人の退部がすでに決まっている。その選手たちは皆、かつてアストロズを支えたものの、様々な理由で近年は出場機会に恵まれなくなった選手たちだ。

「ひとつ頼みがあるんだが」

クラブハウスの監督室にいくと柴門は、かけていた肘掛け椅子から背を起こした。

「実は、もうひとり、トキワ自動車に入社させたい奴がいる」

「選手としてか」

それならば、来シーズンの予算に加える必要があるが、柴門は首を横にふった。

「いや、ウチに入るかどうかはわからない。いま引退中の男だ」

「外国人か」

君嶋はきいた。外国人は大抵がプロ契約で、人件費の高騰を抑えるために外国人枠のギャランティは上限が二億五千万円と紳士協定で決まっている。いまのアストロズはその枠ぎりぎりのところだ。「一人加えるなら、誰かひとり解雇する必要があるぞ」

紳士協定に違反しておきながら、しらばっくれているチームもあるが、当然のことながら、君嶋はルール遵守派である。

プラチナリーグには、強豪国の有名選手が多数加入しており、特に有力チームでは重要な戦力になっている。柴門がチーム強化策として外国人を補強したいと考えるのは、半ば当然のことかも知れない。

ところが柴門は、「いや、外国人じゃない」、と首を横に振った。「ついでにいうと、他のチームに所属しているわけでもないから、契約は自由だ」

「ポジションは?」

「スタンドオフ。センターもできる」

話が見えない君嶋に、柴門は続けた。「今年活躍したおかげで有望な学生を三人獲得できたのは、よかったと思う。彼らはいずれも将来のスター候補だと思うが、すぐには無理だ。二年目の来季優勝するためには、もう少し強力な補強が必要だと思う。オレの知っているその選手は、名前をいっても、お前どころか日本のラグビー界の誰も知らないだろう。この十二月にニュージーランドの大学を卒業する予定で、いま就職先を探しているらしい。地元の日系企業を狙って就職活動をしていたものの、どうも満足できる会社に出会えていないということだった。ラグビーについては、続けようか迷っている」

「お前とはどういう関係なんだ」

湧《わ》いた疑問を口にする。

「二年前、城南大のラグビー部でニュージーランド遠征をしたときに見つけて声をかけた。それからはメールでやりとりしている」

「トキワ自動車を希望しているのか」

「まだ誘っていないからわからないが、当然興味を持つと思う。トキワ自動車にも彼を必要とする部署が必ずあるはずだ」

「ポジションはスタンドオフっていったよな」

君嶋は気になっていたことを口にした。「そんな選手が、ハマの代わりになるのか」

ラグビー選手として晩年を迎えたとはいえ、いまだに浜畑譲はアストロズのスター選手で、里村と人気を二分するチームの大黒柱として君臨している。

「なる」

柴門は断言した。

「そんな有力選手がなんで、そんなふうに燻《くすぶ》っている」

君嶋は当然の疑問を口にした。「そこまでの選手なら、他のチームだって放っておかないだろうに」

「怪我をしたんだ」

柴門はいった。「大学二年生のとき、試合で膝をやってその後のキャリアを棒に振った。だが、いまはもう完治して、問題はない。奴は当然プロ選手を目指していたが、怪我をして、考えを変えたんだ。リスクの高いプロより、安定的な人生設計を優先させた。その判断にとやかくいうことは誰にもできない。だが、トキワ自動車にくれば社員選手として両立できる。奴の求めている条件にぴったりと当てはまる」

そういうと柴門は頭を下げて頼み込んだ。「新入社員の枠をひとつ空けてもらってくれ、この通りだ」

「おい、いまからか」

君嶋は、考え込んだ。来年四月入社の内定者はすでに確定している。いまさらそれにひとり追加しろというのは、人事部に無理くりねじ込むような話だ。

「アストロズに必要な男か」

返事があるまで、何秒間かの間が挟まった。

「絶対に欲しい人材だ」

柴門は瞬《まばた》きすらしない目を君嶋に向けてくる。「一年目は優勝争いをするチームを作る。そして二年目は――」

優勝するために不可欠な戦力だと柴門はいっているのだ。

「わかった」

君嶋は最後までいわせず、手で制した。「オレから人事部長にねじ込む。ちょっと面倒かも知れないが、幸いウチは第二新卒や中途採用にも積極的だ。新卒枠は無理でも、そっちならなんとかなるかも知れん。それでいいか」

「よろしく頼む」

柴門の用件は難題であった。

「柴門監督、どんな話でした」

「案の定、戦力補強の話だ」

総務部に戻った君嶋のデスクには、多英が置いたらしい一通の書類が載っていた。

来シーズンの活動計画表だ。

「選手たちと話し合って、来シーズンのボランティアやイベントの計画を立ててみたんです」

小中学校の訪問、市内ゴミ拾いから始まり、老人ホームや小児病棟の訪問など、今シーズン以上に中味の濃いものになっている。

「選手たちがこれを？」

――あんなに文句をいってたのに。

「変わってきてるんですよ、あいつら」

席から立ってきた岸和田がいった。「ラグビーボールのプレゼントとか、少しお金の掛かるものもありますけども、なんとか予算、通していただけませんか。お願いします」

多英共々、頭を下げる。「もし、他になにかやった方がいいことがあれば、なんでもやります。少しでも多くのひとに試合を観に来てもらいたいんです」

「わかった」

短くこたえた君嶋のもとを、多英と岸和田は一礼して辞去していった。

脇坂の誘いはありがたい。だが、検討するまでもなく、自分がどうしたいか、君嶋はわかっていた。

オレはこいつらと一緒に、優勝を狙いたい。

名門アストロズを復活させ、ラグビーを愛するひとたちのために働きたい。

社内政治にあけくれる日々など、もうまっぴらご免であった。

席を立った君嶋は、空いている応接室に入るとスマホで脇坂にかけた。

「今日はありがとうございました」

「戻ってきてくれるか」

当然、そのこたえ以外あり得ないだろう——脇坂の口調にはそんな確信が込められていた。

「折角のお誘いですが」

君嶋は声を絞り出した。「私には横浜工場の総務部長として、またアストロズのゼネラルマネージャーとしてやり残したことがあります。彼らを見捨てては戻れません」

どれだけ沈黙していただろうか。やがて、

「そうか」

という乾いた声が君嶋に届いた。「残念だ。だが君嶋、一旦断った以上、もう次はないと思え。せいぜいしっかり働くんだな。ラグビーのシロウトだからこそ見られる夢があるのかも知れないが、私にいわせればそんなものは幻だ」

そんなひと言と共に、脇坂との電話は切れた。

――シロウトだろうが選手だろうが、そんなことは関係無い。これでよかったんだ。

〝トキワ自動車、オイル専門商社を大型買収〟

そんな記事が東京経済新聞に掲載されたのは、年が明けた一月上旬のことであった。

第二部

ハーフタイム

1

君嶋隼人が新予算案を携えて再び取締役会に出たのは、一月末日のことである。

「昨シーズン総合順位で三位に入り、観客動員数も飛躍的に向上いたしました」

予算額は、昨年とほぼ同額の十六億円。

昨年のこの取締役会では、低迷するチーム成績と観客動員数を引き合いに出され、徹底的に〝口撃〟されたのだが、今年は――。

「ここは成績発表の場じゃないんだよ、君嶋」

ひと通り説明した君嶋が発言を終えるのを待ち、そんなひと言を投げて寄越したのは、案の定、滝川であった。

「三位。平均観客動員数七千人超。それで？　いくら収支は改善したんだ」

滝川は神経質そうに予算案を指先で叩いてみせる。「一億か、二億か」

答えは、五千五百万円だ。

協会から安く仕入れ、アストロズの利益を乗せてファンクラブに卸したチケットの差額分である。協会から分配金がただの一銭も入ってこなかったのは、アストロズだけが集客をしても限界があるからだ。ホームのトキワスタジアムや秩父宮ラグビー場での試合が満員なのに平均観客動員数が一万人そこそこなのは、他会場での動員がふるわないからである。

かといって君嶋が協会に提案した改革案は一顧だにされず、嫌悪感とともに葬り去られたままだ。

「申し訳ございません。収支はさして改善しておりません」

君嶋はやむなく応《こた》えるしかない。「ですが、粘り強く日本蹴球協会には働きかけていくつもりです。ラグビー界の発展のためにも、ぜひ、ご承認いただきますようお願い申し上げ――」

「果たしてラグビー界に、そこまでの価値があるのか」

滝川が根本的な疑問を口にした。「君らはいったい、どうしたいんだ。アマチュアリーグとしてなら、十六億円ものカネはかけ過ぎだ。プロリーグにしたいというのなら、惨憺《さんたん》たる観客動員を放置しているのはどういうわけだ。強くしたいといっているが、海外のチームと試合をすれば強くなるのか。外国人選手を入れて戦えば強くなるのか。そんなものは一時的なものだろう。いま、野球でもサッカーでもなく、ラグビーをしたいという子供たちがどれだけいる。プラチナリーグが立ち上がってもう十六年も経つのに、やることはその場限り、構造を変えられないまま、どんどんファン層が高齢化している。無為無策とはこのことだ。このラグビー界に、十六億円も投資することが、果たして本当にいいことなのだろうか。私は、こんなスジの通らないカネは出さない方がいいと思う」

滝川は立ち上がり、取締役会に向かって訴えた。「ウチだけじゃない。プラチナリーグに参加している他のチームだって同じように考えているんじゃないか。君だって、本音ではそう思っているはずだ」

滝川はそう言い切って、君嶋に人差し指を突きつけた。

「日本蹴球協会の運営方針は、シロウト同然の拙《つたな》さで、まるで話にならないと思っています」

君嶋は正直にいった。「ですが、私は日本蹴球協会ではなく、アストロズを代表してここにいます。監督をはじめ、選手たちは昨シーズン、厳しくフィジカルを鍛え、あらゆる面でスキルアップして、今回の成績を獲得しました。一方で、地元密着の様々なイベントやボランティアに参加し、皆様の理解と声援も得ました。ジュニア・アストロズも設立し、子供たちのために練習環境を提供し、将来に向けた育成を図っています。この取り組みは緒《しょ》についたばかりですが、必ず、将来のラグビー界のためになると確信しております。なんとか予算案にご理解をいただけないでしょうか」

頭を下げた君嶋に、

「アストロズは進化している」

島本の救いのひと言が降ってきた。「今シーズンの活躍を見ないで、プラチナリーグを降りるつもりか、諸君。日本モータースなんかに負けて悔しくないか」

サイクロンズの日本モータースは、トキワ自動車と同業の自動車メーカーで、ライバル企業だ。

「サイクロンズを撃破せよ。そして優勝だ」

一方的に島本はぶちあげた。「期待してるぞ、君嶋くん」

滝川がそっぽを向いている。有無を言わせず、島本は押し通すつもりだろう。

「はっ」、と短く応じた君嶋は、そのまま一礼して足早に取締役会を出た。

いつもながら薄氷の――いや、島本の加勢による強引な予算案の承認だが、滝川の舌鋒の鋭さには、なまじ正論だけに論破するのは難しかった。いや、論破どころか、根っこのところでは君嶋だって同じことを考えているのだから質《たち》が悪い。

「部長、どうでしたか」

君嶋が帰ると、総務部で待ち構えていた多英と岸和田のふたりがやってきて問うた。

「なんとか通った」

冬だというのに額に浮かんだ汗を拭って君嶋がいうと、ふたりが顔を見合わせて安堵の表情を浮かべる。

「ところで、君嶋さん。この前、ウチの会社がオイル専門商社のカザマ商事を買収するという記事が出たの、覚えてらっしゃいますか」

岸和田が意外なことをいった。

「覚えてる。最初カザマ商事の買収にミソを付けたのは他ならぬオレだ」

「マジですか」

岸和田は驚き、「いや実は、研究所にいるオレの同期とこの前飯《めし》食ったんですが、あれは止《や》めた方がいいんじゃないかっていってるんです。いまから間に合うかどうかはわかりませんが、お耳に入れておこうと思いまして」

聞き捨てならぬ話であった。

「もちろん、まだ正式に企業売買契約を締結したわけじゃない。これからこちらの企業精査やら何やらの手続きがあるから、売買が成立するまではまだ何ヵ月もかかるはずだ」

君嶋はいった。「それで、止めた方がいいっていう理由はなんだ」

「カザマ商事が扱っている、バンカーオイルです」

「なんなのそれ」傍らで聞いていた多英がきいた。

「オレも知らなかったが、わかりやすくいうと船舶燃料、クルマでいうガソリンみたいなものだそうで」

岸和田は話を続けた。「話してくれたのは〝研究所〟の星野《ほしの》という男です。こいつは横浜工科大学の森下《もりした》――だったかな、そんな名前の教授の研究室出身で、去年、その森下教授からウチの研究室に依頼があって、あるバンカーオイルの分析を手伝ったっていうんですよ。テーマは、そのバンカーオイルが船のエンジントラブルの原因になるか否《いな》かってことだったらしいんですが、星野の分析によると、因果関係が認められる、と」

〝研究所〟というのは、トキワ自動車研究所のことだ。同じ横浜市内にある。

「つまり、カザマ商事のバンカーオイルは、船舶エンジンにトラブルを起こす可能性があるということか」

カザマ商事の売り上げに占めるバンカーオイルの割合がどれぐらいだったか、君嶋は記憶を辿《たど》った。バンカーオイルに依存した体質であれば、今後の業績になんらかの影響を及ぼす可能性も考えられる。

ところが、岸和田は首を横に振った。

「そうなんですが、問題は別のところにありまして。どうもそのバンカーオイルが、ある座礁《ざしょう》事故の原因になっているんじゃないかというんです」

「座礁事故？」

まったく予想もしなかった話である。

「君嶋さん、何年か前、白水《はくすい》商船のタンカーがイギリス沖で座礁した事故、ご存じですか」岸和田がきいた。

「たしかにそんな事故、あったよね」

と多英。かなり大きく報道されていたから君嶋も覚えている。何人かの死者を出した上、原油が数十万キロリットルも流出して深刻な環境汚染を引き起こしたはずだ。

「カザマ商事では、数年前から白水商船と契約してバンカーオイルを納品していたそうなんです。ところが、昨年あたりから白水商船の船舶にエンジンの不具合が発生していたと。事件後、白水商船は座礁の原因となったエンジントラブルについて、横浜工科大学にバンカーオイルとの因果関係を調べて欲しいと依頼してきたそうです。ところが、分析には相当な時間と労力がかかるため、一部を教え子のいるトキワ自動車の研究所に外注して、それを星野が手伝うことになったそうなんですが――」

ここが肝心とばかり、岸和田は声を潜めた。「因果関係があったはずだと星野はいうんですよ」

白水商船によるイギリス沖の座礁は、なんらかの理由でタンカーのエンジンが停止。折からの強風に煽《あお》られて流され、岩礁に激突したのが原因だ。

「その座礁事故の損害賠償は巨額に上って、保険で賄《まかな》いきれずに白水商船の業績も赤字に転落したそうです。星野の話では、因果関係が認められればカザマ商事に損害賠償が請求されるのではないかと」

それが事実なら、たしかにカザマ商事には巨額の訴訟リスクがあることになる。君嶋がカザマ商事の買収事案について検討し滝川と衝突したのは一年以上も前のことだが、少なくともそのときにはそんな話はなかった。

「詳しい話を聞かせてもらってもいいか」

君嶋が、岸和田とともにトキワ自動車研究所に向かったのは、その翌日、午後二時過ぎのことであった。

2

通された小さな会議室に現れた星野信輝《のぶてる》は、長身でひょろりとした印象だった。研究員らしい生真面目そうな男で、どこか芯の強さを感じさせる目をしている。

「すみません、わざわざ」

恐縮しつつ星野はいい、事情を語り始めた。「私はかつて横浜工科大学で森下章市《しょういち》教授の研究室に在籍していまして。森下教授の専門は、わかりやすくいうとエンジン性能の効率化ですが、昨年の九月に、森下教授の手が一杯なので、外部から頼まれた分析を手伝ってくれないかという依頼があったんです。ウチの研究所は森下教授とは親しくして毎年卒業生を受け入れてますから、それで話が来たんでしょう。分析を依頼されたのは、あるバンカーオイルで、それがエンジンに悪影響を及ぼす可能性があるか因果関係を調べて欲しいということでした」

「カザマ商事と白水商船の関係については――？」

君嶋がきくと、「知らされていませんでした」、と星野は首を横に振る。

「実は、後でこっそり森下研究室の後輩に聞いて知ったんです。それが無ければ知らないままだったと思います。ウチがカザマ商事を買収すると知ったときには正直驚きました」

そうした調査依頼は通常、秘密裏《り》に行われる。外部に情報が洩れれば、様々な影響が出るからだ。業績や株価を変動させる原因にもなるし、余計な風聞《ふうぶん》にもさらされかねない。

星野は、そうした影響は当然承知の上で、看過できない問題と判断したのだろう。

「もし、訴訟リスクを承知の上で買収が合意されたのでしたら、別にいいと思うんです。でも万が一、それについて知らされないまま話が進んでいたんなら、いますぐ中止した方がいいと思います」

訴訟リスクについてはおそらく、トキワ自動車側の当事者は知らないだろうと、君嶋は思った。そんなリスクを抱える会社を買収するはずはないからである。

カザマ商事はあくまで商社で、本来なら請求された損害賠償を製造元に転嫁することもできるはずだ。ところが、カザマ商事の仕入れ先はアジア各地で安価にオイルを製造する会社がメインで、その安さで大手との差別化を図っている。そんな製造元が賠償に堪えうるか怪しいし、仮に賠償金を回収できるとしても、長い時間がかかるに違いない。

「ひとつききたいんだが、なんで白水商船は、自分のところで調査せず、森下研究室に調査依頼したのかな」

「実証が難しいからですよ。それに独自調査では客観性に欠けます」

納得のいく説明だった。

「それで、肝心のエンジントラブルとの因果関係については？」

「因果関係有りです」

星野は断言した。「分析結果にもそうした所見を添えています」

「最終的に白水商船にはどう回答したんだろう」

もし事故との因果関係が認められたのなら、今頃大騒ぎになっているはずだ。

「それはわかりません。私はあくまで分析の下請けの立場ですし、白水商船の調査依頼だったことは知らないことになっていますから、きくにきけなくて」

星野はいった。「なので君嶋さんから確かめていただけませんか。あの話があっても買収っていうのは、通常の判断ならあり得ないと思うんです」

「話はわかった」

君嶋はこたえた。「私から森下教授に話を聞いてみるよ。君から話を通してもらっていいか」

「なんていえばいいですか」

星野にきかれ、君嶋は一計を案じた。

「オイルの分析について、相談に乗って欲しいとでも伝えてくれないか。それなら問題はないだろう」

3

横浜工科大学は、横浜市郊外の高台に広々としたキャンパスを擁していた。

冬の午後一時前、教室に急ぐ学生たちに交じりながら守衛に教えて貰った教員棟に向かってどんどん歩いて行く。

辿《たど》り着いたのは二階建てのモダンな建物で、一階エントランスに教授の名前がずらりと並んだ、掲示板があった。

森下章市教授の部屋は二階の二〇七号室だ。名前の上に在室を知らせるランプが点灯しているのを確認した君嶋は、エレベーターは使わず目の前にある階段を上っていく。

「お忙しい中、お時間をいただき、ありがとうございます」

「こちらこそ卒業生たちがお世話になっています。どうぞ、お掛け下さい」

にこやかに君嶋を迎え入れた森下は一旦席を外し、ホットコーヒーをふたつ持って戻ってきた。

年齢は五十代半ばだろうか。思索的な雰囲気に、あごひげを蓄えた顔は、いかにも大学教授然としている。

カップのひとつを君嶋に渡し、自分も近くの椅子をひいて掛けた。うまそうにコーヒーを口に運ぶのを見て君嶋も飲んだが、ひと口飲んでインスタントコーヒーと知れた。

君嶋が早速取り出して見せたのは、新聞記事のコピーである。

「実は先日、弊社ではカザマ商事という会社を買収することを正式に決めまして。これはそのときの東京経済新聞の報道です」

森下は、その記事を手に取ってしげしげと眺めてから顔を上げ、君嶋に先を促した。

「実は、先生が弊社研究所に依頼されたバンカーオイルの分析が白水商船の座礁事故がらみのものだったと、あるスジから耳に入りまして。それは事実でしょうか」

「それは応えにくい質問ですねえ」

森下は余裕の表情で鬚《ひげ》のあたりをさすった。「どこでどんな話を耳にされたかわかりませんが、正直、内容についてはお話しできないことになってるんです」

「詳しいことまでおききしようとは思いません」

君嶋はいった。「私どもとしましては、この買収を進めていいかどうかの判断をしたいだけです。ウチにはこちらの研究室の卒業生も多数在籍しております。差し支えない範囲で教えていただけないでしょうか」

「そういわれてしまうと弱いんだけどね」

森下は困ったような顔をした上で続ける。「私から聞いたことは他言無用でお願いできますか」

「もちろん」

君嶋がこたえると、わかりました、と森下は居住まいを正した。

「結論からいいますと、因果関係はありませんでした」

「なかった――?」

君嶋は、森下を見つめた。「カザマ商事のバンカーオイルは、エンジントラブルの原因ではない、と」

「そういうことになります」

森下は断じた。「ですから、御社の買収、進められても問題ないと思いますよ」

「ですが、ウチに依頼された分析では、エンジントラブルとの因果関係があるという結論だったようですが、それは――」

「ああ、あれね」

森下は頭の後ろあたりに手を置いて笑った。「御社に依頼した分析は、実際にトラブルを起こした別のバンカーオイルのサンプルです。ふたつのオイルを比較分析すれば違いがわかりますから。カザマ商事さんのバンカーオイルについては、品質に問題はありませんでした。安心されましたか」

「ええ、まあ」

拍子抜けして、君嶋はうなずくしかなかった。「お忙しいところをお騒がせして申し訳ありませんでした」

工場に戻り、すぐに星野にも連絡して内容を告げると、怪訝《けげん》な声とともに返ってきたのはしばしの沈黙だ。納得しかねるといった反応である。

「そんな分析をわざわざ外注するとは思えないんですけどね」

たしかに、いわれてみればもっともだ。

「心配するな、星野くん」

君嶋は、どうにも釈然としない様子の星野にいった。「この後、ウチの専門家チームがカザマ商事に企業精査に入る。一応、このことは経営戦略室に伝えるから。問題があればそこでわかるはずだ。君が責任感をもって情報を提供してくれたことは間違っていないし、有り難いと思ってる」

「いえ、もし私の勘違いだとすれば、君嶋さんにも迷惑をかけたことになります。本当に申し訳ありません」

謝罪する星野に、「いやいや。こういうチェックこそ大事なんだ。ありがとう」礼の言葉とともに君嶋は星野との通話を終え、その後脇坂に経緯を知らせるメールを書き送った。

かくしてこの件は一旦、君嶋の手を離れた――かのように見えた。その後、思わぬところから再び話が蒸し返されるまでは。

4

「デューデリの結果は、どうだった」

カザマ商事社長の風間有也《かざまゆうや》は、ぬる燗《かん》の入ったお猪口《ちょこ》を口に運ぶまで、滝川の顔色を窺うように見ていた。

デューデリ、つまりデューデリジェンスとは、売り手企業に対する〝身体検査〟のようなものだ。買い手であるトキワ自動車が、弁護士や会計士、税理士といった専門家チームをカザマ商事に派遣し、それぞれの専門分野から、企業の中味を洗い出す。企業売買にかかる複雑で面倒な一連の手続きの中でも重要なプロセスであり、ここで思わぬ問題が見つかることで、買収価格が大きく変動することもあるし、場合によっては売買そのものが不成立になることもある。

「特に大きな問題はなかった」

酒を一口含んだ風間の表情が緩んだ。「この精査の結果をもとに、売買価格についてもう一度、算定させてくれ。多少の価格変動はあると思うが、オレが見たところ大筋は変わらないだろう」

ひょいと乾杯の仕草でお猪口を掲げた滝川は、それを一気に呷《あお》った。

カザマ商事の創業は、いまから七十年以上前に遡《さかのぼ》る。

財閥系商社を経た祖父が、人脈を駆使して、日本陸軍が必要とする物資を供給するために設立した商事会社がはじまりであった。

祖父の才覚により会社の業容は急速に拡大。ところがその経営基盤は終戦と共に終《しゅう》焉《えん》を迎え、一転して低迷期に入る。危急存亡の秋《とき》にあったカザマ商事を救ったのは、手広く扱っていた品揃えを絞り、オイル関連の専門商社として再興を果たした父であった。

風間は父の経営する会社が異数の発展を遂げているときに生まれた一人息子で、幼い頃から、何不自由ない裕福な生活を送った。

有名私立の明成《めいせい》学園小学校に入ったのは、いわゆる〝お受験〟の末だ。考えてみればこれが人生初の、そして最後の、風間が経験したセレクション——試練だったかも知れない。

それ以後の風間は、試練の末になんらかの扉をこじ開けるということとは無縁の人生を送ってきた。学校は、中学、高校、そして大学までエスカレーター式に上がっていく。小学校からの仲間には、風間と同じ裕福な家の子が多く、遊びの多くは彼らに教わった。タバコや合コン、さらにいまだに通う銀座や六本木のクラブは、高校生時代からの馴染みだ。

金はいくらでもあった。母を早くに亡くし、社業で忙しい父は、子育てまで手が回らず、毎月困らないだけの金を渡して放任していたからだ。

そんな風間でも留年しないで大学までストレートに上がれたのは、単に校規が甘かったただけに過ぎない。

同じ大学で滝川桂一郎と出会ったのは語学のクラスであった。

風間から見た滝川の印象をひと言でいえば、暗い男だ。ダサイ男でもある。地方出で金はなく、スーパーの二階に赤札とともにぶら下がっているような冴えない服に、教科書の重みでいまにも破れそうな布カバンを提げて授業に出てくる。

受験組だから勉強は風間よりできるが、それで目立つわけでもない。

クラスの飲み会を仕切り、引っ張るのは、〝学園上がり〟――つまりエスカレーター式に下から上がってきた風間たちのような学生だった。

遊び慣れていて、金持ち。一方、地方から出てきた滝川は、田舎の貧乏人。価値観も話も合わないし、つるむ相手でもない。金回りの良さから一目置かれていた風間は、滝川のことを小馬鹿にしていた。

いまでも思い出すことがある――。

その日、珍しく学校に顔を出した風間は、教室の片隅に滝川の姿を見つけて声をかけた。

「おい、授業終わったらさ、渋谷行かない？　飲みに行こうぜ」

そのとき、滝川が見せた少し困ったような表情に、風間は内心、苛立ちを感じた。オレが誘ってやってるのに、たまに飲みに行くぐらいの金もないのか――そう思ったからだ。

「まあ、いいけど」

滝川がそういったので、同じ教室にいた〝学園上がり〟の友達ふたりにも声をかけた。出掛けたのは、渋谷のちょっと高級な店である。

最初は安い居酒屋にしようと思っていたが、貧乏くさい滝川を見て、底意地の悪い思いがこみ上げてきたのだ。

ひとり二、三千円もあれば飲み食いできる店を何軒も素通りして、向かったのは雑居ビルの八階にある、イタリアンであった。

「ここにしないか」

お洒落で料理も旨《うま》いが、それなりに値も張る店だ。学園上がりのふたりもそこそこ金回りがいいから、「おお、いいねえ」、とノリよく賛成する。

滝川が逡巡するのがわかった。

店の雰囲気から、安くないことはわかる。きっと財布の中のなけなしの小遣いと相談しているに違いない。

オレは帰るよ——そういうんじゃないかと思った滝川だが、結局、風間たちについてくることに決めたらしい。

ビールで乾杯し、声をかけた友達ふたりとメニューから前菜やパスタ、そしてメインになりそうな肉料理の皿をオーダーする。その間、滝川はメニューを見ていたが、ずっと口数少なく、聞き役に回っていた。

滝川は明らかに気後れしていたと思う。

きっと、メニューに書かれた値段に、血の気が引く思いだったに違いない。金をかけまいとす勧めても酒のおかわりをすることなく、最後は水を飲んでいる。金をかけまいとする意図が見え透いているので、風間は余計に意地悪くなって、これみよがしに自分は呑んでみせた。

風間が腰を上げたのは、二時間ほどしてからだ。

「ひとり八千円な」

そういったとき、滝川の頬が強ばるのがわかった。学生にしては、破格の出費である。〝学園上がり〟のふたりは、さっさと出した。

滝川は、どうしようか考えている。

この程度の金も出せない滝川に、風間は蔑《さげす》むような眼差しを向けた。

縫い目がほつれた布カバンから取り出した財布の中味をあらためた滝川は、困ったような表情を浮かべている。

どうするのか見ていると、ごそごそと布カバンの中を浚《さら》い、教科書やノートの隙間から一通の茶封筒を取り出した。

封筒の表に、学習塾のロゴが入っている。

風間の見ている前でその封を切ると、バイト代だろう、一万円札が何枚か入っているのが見えた。

頰のあたりを紅潮させた滝川はそこから一枚を抜くと、風間に差し出した。釣りの二千円を受け取ると、大事そうに財布に入れ、カバンに戻す。

「うまかったなあ。また行こうや」

店を出て言った風間に滝川は笑みを浮かべたが、それに同調することはなかった。

貧乏人め。

内心で嘲《あざけ》った風間は、駅で滝川と別れた。〝学園上がり〟のふたりと、それから繰り出す店をどうするか話し合う。

酔っ払って銀座や六本木の店の名前を口にするふたりの肩越しに、改札への階段を背を丸め、大事そうにカバンを抱えた滝川が登っていくのが見えていた。その姿がやけに印象的で、やがて滝川が改札方向へ見えなくなるまで、ずっと風間は目で追い続けたのであった。

考えてみればそれが、学生時代、滝川と個人的に交流した最後の機会だった気がする。

滝川は卒業と同時にトキワ自動車に入社し、風間は父親のコネで財閥系の商社に入った。家業に入るまでのいわば〝修業〟である。大きな組織の雰囲気や実際の受発注事務などをひととおり経験し、当時父が社長を務めていた家業に戻ったのは、二十七歳のときだ。

だが、時代の移り変わりもあって、そのときのカザマ商事は、すでにかつてのような順風満帆とはいいかねた。

大手資本に押され、カザマ商事のような専門商社は次第に影響力と存在意義を失いつつあったのである。

このとき、国内外の大手メーカーとの取引では将来がないと考えた父が目を向けたのが、アジアの中堅燃料メーカーだった。

ネームバリューもなければ販売網も弱いこうしたメーカーの燃料油には、価格が安いというメリットがある。そこに目を付けたカザマ商事は、アジアでの廉価な燃料油を取り扱う専門商社としての立ち位置を確立し、業界地図の中に自らの版図を得たのである。それは父の才覚以外の何物でもなかったが、その大胆な業容転換を、風間は他人事のように眺めていた。いや、そもそも専門商社という家業をどうこうしようという考えもなかった。生まれた時から裕福な風間にはハングリー精神の欠片《かけら》も危機感もなく、経営へのこだわりと呼べるものもない。三十五歳で取締役になり、父の急逝によって、四十歳にして社長になったときも、風間の職業観は依然として不変であった。

風間にとって社長業とは、自ら望んだものではなく、宿命的に押し付けられたものに過ぎない。

できるなら誰かに経営してもらい、自分は名前だけの取締役になって、気楽に遊んでいたいというのが風間の本音だ。ところが、父の代から仕えている役員たちは、そんな風間の意思などとは関係なく、父の死後、既定路線として風間を社長の座に担《かつ》ぎ上げてしまったのである。

かくして、過去三代で最も能力的に劣る風間が、最も難しい時代を任された。業績はジリ貧、戦略を立てようにも、カザマ商事はあまりに無力であった。専門商社として大儲けしていた過去は、いわば失われた栄光だ。いまや風間の会社は業界の荒波に揉まれ、なんとか沈まないようバランスを保っている小舟と変わらない。

本当はもっと前の段階で同業他社と合従連衡《れんこう》して備え、資本を強化しておくべきだったのかも知れない。またそうすることも実際には可能だったはずだが、父は独立資本に拘泥《こうでい》するあまり、時機を見失ったのだ。

それでも、風間が社長になってからアジアの中堅燃料メーカー製品の輸入販売は軌道に乗りはじめ、カザマ商事はそれなりの業績を上げるようになった。

風間が偉かったわけではない。それは単に、父が耕して種を蒔《ま》いた畑に、風間の時代になって花が咲いただけの話である。

かくしてカザマ商事の業績は回復したが、風間にはその社業をさらに伸ばしていく野心はなかった。

経営なんてチョロいもんだ。

風間がそんなふうに慢心したとき、ある事件が起きた。カザマ商事の屋台骨を揺るがす大事件である。

かつて同級生だった滝川桂一郎が、トキワ自動車の常務になっている——ある男からそんな話を聞きつけたのは、久しぶりに誘われて出掛けた、明成学園の同窓会でのことであった。

「買収時期だが、いつ頃になりそうだ」

風間がきくと、

「条件が詰まれば、即座に実現したい」

滝川は嬉しい返事を寄越した。「こちらで正式な契約内容を準備するのに、ひと月ぐらいの時間はかかる。そちらから何か希望はあるか」

滝川はきいた。「たとえば、三年間は社長を続投したいとか、従業員の雇用の継続とか——」

「特にない。オレはさっさと引退させてもらうよ」

風間はいい、「ただし――」、指を一本立てて付け加えた。

「会社売却代金は、オレにとって余生を送る大事な軍資金だ。今回徹底的に企業精査に協力させてもらったんだから、後になって難癖をつけて株を買い戻してくれとか、そういうのは一切無しにしてくれよ」

「わかった。それについては法務部にいっておこう。それにしても、よく踏ん切りをつけて価格を下げてくれた。おかげでウチも買収に踏み出すことができたよ」

改めて礼をいった滝川に、

「自分で再評価してみたのさ」

風間はなんなくいった。「オレも本業以外、いろいろな事業に手を出してきたが、果たしてそれにどれほどの価値があるかってな」

「ゴルフ場まであったな。あれには、島本が難色を示してね。説得するのにひと苦労だ」

トキワ自動車社長の島本は、本業を大切にし、それと無関係な事業への進出を特に嫌うところがあるらしい。その一方で、ラグビーにだけは惜しみなくカネを投じているというのだから、自家撞着《どうちゃく》もここに極まれりだ。

「ウチの売却価格の算定で、あのゴルフ場評価はタダも同然だ」

風間はいった。「なにせ、まだ完成していないしな」

神奈川県の片隅、海っぺりの土地にあるそのゴルフ場は、目下開発中で風間は完成を見る前に社長から退くことになる。

「あのゴルフ場には反対運動があるな」

「そんなことまで調べてるのか」

驚いた風間に、

「当然だろ」

滝川はこたえた。「もしかすると、ゴルフ場の開発は中止するかも知れないが、それはいいよな。一応、意向を確認してくれと経営戦略室には頼まれていてね」

「任せるよ。しかし、良いゴルフ場になると思うんだけどな」

「日本のペブルビーチか」

ペブルビーチは、アメリカにある名門コースである。それと同じように海沿いの土地を買い占め、戦略的なコースになるよう設計したが、もはやどうでもいいことだ。

買収話が持ち上がってから滝川とは二度ほどゴルフをしたことがあるが、驚いたことに滝川は、子供の頃からゴルフに親しんでいる風間と同じくらいの腕前であった。

接待ゴルフで鍛えたのだという。あの貧乏学生が、四十年後、上等なゴルフ道具をもって自分と対等にラウンドするなど、どうして予想できただろう。

人生の変節は、人の想像を遥かに凌《しの》ぐものだ。

滝川だけではない。かくいう風間自身が、まさにそうであった。

5

「君嶋部長、ヘンな連中がゲートに押しかけて騒いでるそうです」

守衛からの電話を受けた岸和田が君嶋に告げたのは、森下教授を訪ねた翌週のことであった。

一緒に工場の出入り口にあたるゲートに駆けつけてみると、そこに幟《のぼり》を持った数十人が詰めかけ、口々に何事か叫んでいた。

「なんだこれは」

対応していた守衛のひとりにきくと、困ったように眉根を寄せ、「ゴルフ場建設反対派の連中みたいです」、という返事がある。

「ゴルフ場？」

思わず岸和田と顔を見合わせたが、岸和田にも心当たりはなさそうだ。

割って入った君嶋が、とりあえず相手の一団を落ちつかせ、

「代表者はどなたですか」

と尋ねると、白髪の男がずいと進み出た。引退したサラリーマンといった雰囲気の

男で、警備員と激しくやりあったせいか、顔を赤くして怒りの表情を浮かべている。

「工場の前はトラックが出入りするので危ないですから、お引き取りいただけませんか」

「話をすり替えないでくれ」

鋭く言い返してきた。「あんた、責任者か」

「こういうものです」

男に名刺を差し出し、「失礼ですが」、と相手の氏名を問うと、自宅のパソコンで印刷したらしい安っぽい名刺が差し出された。

〝横浜マリンカントリーの環境破壊を訴える会　代表　苗場《なえば》章雄《あきお》〟とある。

ゴルフはやらないではないが、横浜マリンカントリーという名前に君嶋は心当たりがなかった。

「このゴルフ場の環境破壊とウチに、いったいどんな関係があるんでしょうか」

そう問うと、

「カザマ商事の親会社になるんだろう、トキワ自動車は」

意外な返事があった。「カザマ商事じゃあ、話にならないから、こっちに来たんだ」

「すみません、よく事情が呑み込めないんですが、カザマ商事とこのゴルフ場はどんな関係なんですか」

「あんた部長のクセに知らないのか」

苗場が食ってかかった。「横浜マリンカントリーは、カザマ商事が開発しているゴルフ場だろう。そのくらいのこと知っとけよ。子会社じゃないか」

「子会社ではありません」

君嶋はきっぱりと言い返す。「合意に向けた話し合いはしていますが、契約も結んでいない。いまのところ弊社にとって、カザマ商事はまったくの別会社です。抗議に来るんなら、そのぐらいのことは調べてからおいでください」

なんだと、と苗場は鼻息を荒くしたが、反論の術《すべ》はなく言葉はむなしく萎《しぼ》んでいく。

「だったら、買収が成立してから来ればいいのか」

「いずれにせよ、こんなふうに押しかけられても困ります」

君嶋は冷静に応じた。「きちんとアポを取ってください。こんなところで騒がれたんでは迷惑だし、そもそもあなた方、私のところに話し合いの申し入れすらしていないじゃないですか。それがあなた方の交渉のやり方ですか」

「じゃあ、どうすればいいんだ」

苗場が、声を荒らげた。「ここにはな、ゴルフ場に隣接する農家もいれば漁師もいる。ゴルフ場開発で自然が破壊され、生態系が変わり、撒《ま》かれる農薬によって我々の仕事にも影響が出るんだ。いくら地権者が売ったからといって、これを認めるわけにはいかない事情ってものがあるんだよ。教えてくれ、あんたにアポをとって話をすれば、ちゃんと話を聞いてくれるのか」

「スジの通った話なら、いくらでもお聞きします」

君嶋はいった。「そのためには、どういう影響があるのか、理路整然と説明して頂きたい。それならば聞く耳はあります」

信じられないだの、いままでは違っただの、腹立ち紛れのやりとりが続いたものの、理は君嶋のほうにある。反対派の一団は、すごすごと引き上げていった。

ところが――。

君嶋がそのゴルフ場について新たな情報を得たのは、その当日のことであった。

「今朝、横浜マリンカントリーの件で騒ぎがあったときいたんですが」

君嶋のデスクを訪ねてきたのは、工場内の横浜営業部に配属されているラグビー部の佐々だった。「実はあのゴルフ場の開発会社、ウチの新規のお客さんでして。カートの『ゴルゴ』を百台発注していただけるという話でまとまりかけてるんです」

佐々が担当なのだという。

「反対運動のことは知っていたか」

君嶋がきくと、「ええ、聞いてはいました。すみません、先に報告すべきでした」、と頭を下げる。

「まあそれはいいが、買収した暁には、その連中の相手をするのは我々だろう。いったい、どんな連中か知ってるか」

「横浜マリンカントリーの責任者の話では、あの苗場っていう人は、市内のバイクショップのオヤジだという話でした」

「バイクショップがなんで反対してるんだ」

「あのゴルフ場の近くに自分の果樹園があるそうで。いわゆる兼業農家なんです。近いところで農薬が使われると困るという話のようです」

佐々から意外な話が飛び出したのは、その後だった。「いまはまだマシな方で、代表が代わる前はもっと強硬に反対運動してたようですよ。なんでも、横浜工科大学の先生が旗振りをしていたとのことで」

「横浜工科大学？」

君嶋は聞き返した。「なんていう先生か、名前、聞いてるか」

「たしか森下――だったかな」

傍らで話を聞いていた岸和田が、驚きともつかない顔を君嶋に向けていた。

「なあ佐々よ」

君嶋は少し考え、デスクから身を乗り出した。「そのゴルフ場の責任者に、詳しい日のことであった。

君嶋が佐々と共に、横浜マリンカントリーの責任者、青野宏《あおのひろし》を訪ねたのは、その翌

「もちろんそれは大丈夫だと思います。連絡してみましょう」

話を聞けないかな」

6

横浜マリンカントリーの事務所は、工場からクルマで三十分ほどの同じ横浜市内にあった。

七階建ての雑居ビルの六階だ。ここは仮事務所で、佐々の話ではクラブハウスの完成とともに、事務所もそちらに移る予定だという。

事務所の入り口から内部が見えないので、どのくらいの社員が働いているのかはわからない。無人の受付にある呼び鈴を押すと、二十代とおぼしき女性社員が現れ、脇にある応接スペースに案内された。青いパーティテョンで仕切られただけの場所だ。

青野を待っていると、

「お待たせしました」

間もなくしてひとりの男が現れた。百九十センチはあろうかというがっしりとした

長身である。

「青野さんは、帝都大学のラグビー部だったんですよ」

案の定、ひと通りの挨拶の後、佐々がいった。帝都大は関東大学リーグの強豪で、青野はそれなりに知られた選手だったらしい。

「以前、佐々さんからアストロズの試合に招待していただいたことがあります。ありがとうございました」

青野は律儀に腰を折った。

「いえいえ。こちらこそ、本日はお忙しいところ恐縮です。実は昨日、こういう方たちがウチの工場に押しかけてきまして」

反対派リーダー、苗場の名刺を君嶋は見せた。「御社の親会社にあたるカザマ商事の買収はまだ正式契約前ですが、このまま進めば、今後、私どもが対応を引き継ぐことになります。御社がいままでどう対応してこられたか、それを伺っておく必要があると思いまして」

「そちらにまで押しかけたんですか」

青野は顔をしかめ、ご迷惑をお掛けしました、と頭を下げた。「対応といっても、実は大したことはしてこなかったんです。ああいう反対運動があるからといって事業そのものを取りやめるというのは、ちょっと……。かといって、妥協案があるわけでもないですし」

青野もまた、対応に苦慮しているようだ。カザマ商事は、このゴルフ場開発のために土地買収を行い、すでに開発の半分以上を終えているとのことだった。いまさら後戻りするわけにはいかないはずだ。「結局、あのひとたちは開発を取りやめろの一点張りで、落としどころがないんです」

「農家や漁師さんたちですよね。経済的な補償について具体的な交渉は？」

「ありません」

青野は首を振った。「そもそも、算出のしようがないですから。どれだけ影響があるといわれても、客観的な根拠のあるものではないですし」

「でも、まったく何も対応されなかったわけではないですよね」

「できれば地元の人たちとは良好な関係を築くに越したことはありませんから。実際、何度か話し合いの場は設けてきました。どれも平行線のまま終わりましたが」

「反対派のリーダーについてお伺いしたいんですが、以前、森下さんという横浜工科大学の先生がやっていらっしゃったそうですね」

君嶋はそれとなく切り出した。「どんな方でした？」

「かなり手強い方でして、取り付く島もないといいますか」

研究者然とした森下が怒る様を、君嶋は想像できなかった。

「森下教授は、いまも反対派にいらっしゃるんですか」

「いえ。昨年一杯でそういう活動からは手を引かれたときいています」

「なぜですか」

「さあ、わかりません」

青野は首を傾げた。「もしかすると、反対運動が面倒になったのかも知れません。そういうところのある方ですから。気難しいといいますか」

青野は言葉を選んだ。

「なるほど」

君嶋は少し考え、質問を一歩前へ進める。

「小耳に挟んだことですが、御社と森下教授の間には、意外なところで接点があるのをご存じでしたか」

「接点、ですか?」

青野が、問うた。「どういうことでしょうか」

「二年前、白水商船のタンカーがエンジントラブルを起こして、イギリス沖で座礁しました。三人の死者が出て、環境汚染も問題になった事故です。白水商船では、そのエンジントラブルの原因として御社のバンカーオイルに問題があった可能性を疑っていたようです。そこで、ある大学の研究室に因果関係について検証してくれるよう依頼した。それが、森下教授の研究室だったんです。そのことを、ご存じでしたか」

「いえ」

短くこたえた青野の感情は読めない。「ただ、白水商船が弊社のバンカーオイルについて、事故との因果関係を疑っていたことは知っています」

「どこでお聞きになりましたか」

君嶋が尋ねると、

「私はカザマ商事の役職も兼ねていまして」

新たな名刺を一枚差し出した。カザマ商事社長室長代理という肩書きの名刺である。

「ウチでも原因は調べたんですが、問題は見当たりませんでした。ただその後、白水商船側から、社内調査の結果、因果関係は無かったという報告はもらったと聞いています」

「最近、森下教授とお会いになったことはありますか」

「ありません。反対派から離脱されてからは全くの没交渉です」

それが青野が把握している事実のすべてのようであった。

7

君嶋が、反対派のリーダー、苗場章雄と正式に面談したのは、その翌週のことだ。メールで何度かやりとりを重ねた上、アポを取ってやってきた苗場は、開発規模の縮小を求める要望書を携えていた。

横浜工場の明るい応接室で、苗場は、半分ほど口を付けたお茶を前に、反対運動が発足してからの経緯について熱弁を振るったところだ。

「なにも二十七ホールも造る必要はないじゃないですか。十八ホールで十分でしょう。将来カザマ商事を買収したら検討していただけませんかね」

苗場の話では、反対派の当初の主張は全面中止だったらしい。大幅にトーンダウンしたのは、現実的な落としどころを探るためだという。

「まあ、お考えはわかりました」

ひと通りの話をきいた後、君嶋はいった。「今後、弊社がゴルフ場開発の当事者になった場合、要望は当該セクションにしっかり伝えます」

「いつもそういうんだよな」

苗場は懐疑的である。「青野さんも面と向かって反論はしないんだ。だいたい本部がうんといわないとか、そんな返事ばかり寄越す。あんたもそうじゃないのか」

　苗場の指摘に、君嶋は思わず苦笑いを浮かべた。

「本社に報告してその指示に従うという意味では同じですよ。サラリーマンですから。私が決められるわけではありません」

「調べたけど、トキワ自動車ってのは、ゴルフ場は持ってないんだろ」

「社風に合わないので」

　正確には、社風というより島本社長の好みに合わないからだ。

「だったら、開発を中止する可能性もあるよな」

「可能性ということであれば無くはないです」

　慎重に、君嶋は言葉を選んだ。「ただ、すでに工事が進んでいますから、そのまま他社に売却したりといった選択肢も含まれてくるかも知れません。これはあくまで私個人の見解ですが」

「この前、一旦はうまく行きかけたんだけどなあ」

　誰にともなくいった苗場のひと言を、君嶋は聞き逃さなかった。

「うまく行きかけたとは？」

「カザマ商事の製品を使っているタンカーが座礁事故を起こしたの知ってるかい」

　一緒に話を聞いていた岸和田と多英がそっと顔を上げる。「カザマ商事の製品が原因だとはっきりすれば、ゴルフ場開発どころじゃなくなったはずなのに」

「なんでそんな話をご存じなんですか」

驚いた口調できいたのは、岸和田だ。

「いやその――内緒にしてくれといわれてたんだけどさ、横浜工科大学の先生がその検証を担当しててね。こっそり教えてくれたんだよな」

森下教授のことに違いない。

「その話、横浜マリンカントリーの青野さんにされましたか」

君嶋の口調の鋭さに、苗場は気後れした顔になる。

「先生には内緒だっていわれてたんだけどさ、のらりくらりと言い訳する連中を少し焦らせてやろうと思って、つい……」

「その先生って、森下章市教授のことですよね」

多英の指摘に、苗場が目を丸くした。

「なんで知ってんだい」

青野は、森下教授が自社のバンカーオイルの調査を引き受けたことを、知っていたのだ。

「横浜マリンカントリーの青野さんは、森下教授が調査を引き受けたことは知らなかったと、おっしゃっていますよ」

苗場はきょとんとしたが、

「そりゃあ、あれじゃないの？　ここだけの話にしておいてくれって、オレが頼んだからだろ。あのひとは、割と律儀なところがあるんでね」

苗場が嘘を吐《つ》いているとは思えない。

「もう一度、横浜マリンカントリーの青野さんに会ってくるよ」

苗場を送り出してから、君嶋はいった。「彼はおそらく、真相を知っている」

8

横浜市内の雑居ビルに、横浜マリンカントリーの青野を再訪したのは、その翌日のことであった。

「今日はおひとりですか」

応接スペースで待っていたのが君嶋ひとりなのを見て、青野は少し驚いた表情を浮かべた。佐々はあえて連れてこなかった。こんな話を聞かせたくはなかったからだ。

「実は先日のバンカーオイルの件で、私なりに調べたことがありまして」

「まだお調べになってたんですか」

驚いた口調でいいつつ、青野が警戒するように目を細めるのを、君嶋は見ていた。

「ウチとは関係ないという結論、出てるんですよ。それに、先日まで御社のチームがウチに企業精査に入って、〝問題無し〟の結論を頂いてるはずですが」

「それは存じ上げています」

君嶋はいうと、「横浜工科大学の森下教授がその調査を依頼されたこと、青野さん、ご存じだったんですね」

青野の表情が固まり、眼差しが揺らいだ。

「ですから、私は何も知らないって――」

「苗場さんから話を聞きました」

青野が口を噤《つぐ》んだ。君嶋は続ける。「苗場さんは、森下教授からカザマ商事のバンカーオイルの件を聞かされていて、うっかりそれをあなたに話してしまったと、そうおっしゃっています。苗場さんのこの証言は、嘘でしょうか」

「すみません、なんのことか私には……」

乾いた言葉を、青野は吐き出す。「交渉では、いろんな話がでますから。真実もあれば嘘もある。いちいち覚えていられませんし」

「あなたのいっていることは、真実ですか」

改まって君嶋は青野と対峙した。「森下教授はウチの研究所にバンカーオイルの分析を依頼していました。分析結果は『クロ』なのに、森下教授が白水商船に出した報告書は、判定がひっくり返って『シロ』になっていた。どうしてでしょうね。その後、森下教授は、反対派の活動からも身を引かれました。偶然にしてはおかしなことばかりです」

「そんなこと私に言われても」

否定的な言葉とは裏腹に、青野の目は泳いでいた。「何がいいたいんです」

君嶋が並べたものはどれも状況証拠ばかりだ。

だが、指し示すものはおそらく真実だろう。

「正直に申し上げて、私はあなた方カザマ商事が、森下教授になんらかのコンタクトを取ったのではないかと疑っています。そして白水商船から依頼された検証に関与した。違いますか」

青野はこたえない。

「どう関与したかはわかりません。ただその結果、バンカーオイルの検証結果が歪《ゆが》められ、真実が隠蔽《いんぺい》された。あなた方はそれによって損害賠償の責を逃れ、同時に、弊社による企業精査も乗り切ったわけです。でも、それで本当に終わるでしょうか」

ここからが肝心なところだ。「白水商船はいまのところ、カザマ商事と事故は無関係だったと判断しています。ですが、巨額の損害賠償を抱えた白水商船は、今後も事故原因について追及しつづけるでしょう。近い将来、真実が明かされるのは目に見えています。なんなら、私からこうした状況証拠を白水商船に話してもいい。彼ら、どう思うでしょうね」

青野から表情が消え、硬直していく様を、君嶋は見ていた。

「近い将来、カザマ商事に対して巨額の損害賠償請求が行われるのはほぼ確実です」

君嶋はあえて断言した。「弊社とのM&A成立後にその事実が発覚したらどうなりますか。トキワ自動車は、カザマ商事の親会社として決して無関係ではいられない。御社を買収するために投じた巨額の資金が無に帰すどころか、途轍《とてつ》もない損失を被る可能性がある」

青野は、床の一点を見据えたまま、黙って聞いている。

「あなたは真相を明かすべきです」

君嶋は語りかけた。「この隠蔽工作には、相当の資金が動いたでしょう。あなたがその秘密を守る立場にあることはわかります。でも、それは不正だ。あなたはそれを承知の上で、我々トキワ自動車や世間を欺《あざむ》こうとしている」

証拠があるのかと問われれば、君嶋には何もなかった。

そこを突き、しらばくれることも青野にはできただろう。だが、そうはしなかった。

「青野さんは、ずっとラグビーをしてこられたんですよね」

はっとした青野の目に、微細な罅《ひび》が走ったように見える。

「ラグビーの精神はフェアなことでしょう」

君嶋は訴えた。「ラグビーが教えているのは、試合中のルールだけじゃない。人生のルールでもあるはずだ。あなたはいったい、ラグビーから何を学んできたんです」

長い沈黙が挟まったが、もう君嶋からその沈黙を埋めることはない。

いまボールを持っているのは青野だ。これからどうするか、判断するのは青野である。

どれだけそうしていたか、

「ご迷惑をお掛けして申し訳ありません」

やがてそんな言葉が青野から洩れてきた。

「話していただけますか」

顔を歪《ゆが》めた青野から、訥々《とつとつ》とした言葉がこぼれてきた。

9

議事は、淡々と進行していた。

いや、進行していたというより、さっさと片付けられていったといった方がいいかも知れない。

深い議論にならないのは、取締役の誰もが些末《さまつ》な案件には気も漫《そぞ》ろで、最後に控える重要議案に比べれば「どうでもいいもの」に思えてしまうからだ。実際のところ、工場に必要な修繕案件や、海外事業所の移転、あるいは設備のリース契約更新といった話は、真剣に議論を戦わせるまでもない区々《くく》たる事案に違いなかった。

そしていま——。

取締役会久々の大型議案が俎上《そじょう》に載せられようとしている。

カザマ商事買収の正式契約に関する事案だ。

「それでは、最後の議案——」

淡々とした島本の声がマイクを通して響き渡った。「これは滝川くんだな」

「それでは、カザマ商事の買収について、私から説明をさせていただきます」

議案の趣旨説明に備えて、滝川が立ち上がる。「カザマ商事との買収合意以来、弊社デューデリチームによる精査を終え、先方代理人を務める東京キャピタルと最終的な売買価格について値決めをいたしました。そこに書いてありますが——七百九十億円です」

議場の気配が張り詰めた。

「この買収により、我が社が製造する乗用車、軽作業用車、小型船舶などのオイル、燃料の供給元を抱えることになります。さらに、販売網で扱うメンテナンスでもビジネスチャンスを得ることにもなり、買収によって大きな相乗効果を期待できます。また弊社傘下に入ることによってカザマ商事の信用が補完され、新たなビジネスチャンスの創出につながり、今後エネルギー分野での事業拡大によって将来の収益部門へと成長していくものと確信しているところです。この買収事案は、我が社にとって、新たな未来を切り拓く一歩になり得ると、自信をもって断言いたします」

力強く滝川は言い切り、睥睨《へいげい》するかのように居並ぶ取締役たちを見回した。「巨額買収ではありますが、将来にわたる収益性、成長性を勘案の上、みなさんのご承認を頂きたい。これは我が営業部が威信を懸けて挑む事業です。必ずや成功させてみせます」

しめくくりはさながら、滝川の決意表明のようになった。

言葉の端々から漲《みなぎ》る強い自信と強烈な意志は、まもなく到来するだろう「滝川時代」を彷彿《ほうふつ》とさせるものに見える。

この買収は、滝川にとって輝ける功績以外の何物でもないように見えた。豪腕の評価を不動のものとし、近い将来、経営のトップに上り詰める栄耀《えいよう》の花道になるだろう。

滝川の発言に、取締役たちから賛嘆のため息が洩れてきた。

久々に迎える大型案件だ。かつて一度は見送りお蔵入りになった買収事案を、見事に再生させた滝川の執念、描いてみせたその英図《えいと》に多くの取締役たちが舌を巻いている。

「滝川くん、ありがとう」

発言の終わりを受けた島本は、会のメンバーを見回した。「何か意見があればどうぞ。私は、このゴルフ事業というのが気にくわないがね」

そうひと言いい添えたが、あらかた予想していたことなので、滝川は平然とやり過ごしている。

「よろしいでしょうか」

発言の許可を求める声があがり、全員の視線がひとりの男に集まった。挙手しているのは、経営戦略室の脇坂だ。

「カザマ商事について営業部が行った企業精査ですが、特に問題がない、ということで本当に間違いはありませんか」

「どういう意味だ」

案件をぶち上げ、上機嫌で腕組みしていた滝川が笑顔を消した。経営戦略室と営業部は水と油だ。この期《ご》に及んでまだ買収案件にケチをつけるつもりか——。そこには同期入社でありながら上下関係にあるふたりの複雑な思いも絡んでいるように思える。

「経営戦略室は企業精査には直接関与していませんが、営業部の企業精査には重大な見落としがあるのではないかということです。あるいは、意図的に見逃されたのかも知れませんが」

「脇坂君、もう少し具体的に説明してくれないか」

島本の催促によって、脇坂は持参した資料を会議テーブルについている取締役たちに配付して回った。ひとりずつ丁寧に、最後に滝川の傍らにまで行くと、「どうぞ」、と馬鹿丁寧な態度でそれを目の前のテーブルに置く。

「私ども経営戦略室でカザマ商事に関する重要な経営情報を得ましたので、報告させていただきます。いまお配りしたお手元の資料をご覧ください」

おもむろに自席に戻りながら、脇坂は発言を続けた。「最初のページには、二年前、白水商船のタンカー、瑞祥丸《ずいしようまる》がイギリス沖で座礁した記事についての詳細をまとめております。同商船はイギリス沖でなんらかの理由によりエンジンが停止、折からの強風により流されて座礁。二十七万キロリットルという大量の原油流出事故を起こし、深刻な環境汚染を招き、さらに巨額の損害賠償を求められ極めて大きな問題となりました」

いったいその事故とこの買収案件がどう結びつくのか。怪訝《けげん》な沈黙が、脇坂に話の続きを促している。「この賠償額は巨額にのぼり、保険で賄《まかな》い切れない分は白水商船が賠償責任を負うことになります。賠償はあまりに広範囲に及びいまだ解決しておりませんが、この予定された損失の引当金を積んだ結果、白水商船の前期は、同社史上最大の赤字を計上するに至りました。問題は、エンジントラブルがなぜ起きたのか、ということです」

脇坂は続けた。「事故以来、白水商船では様々な角度からエンジントラブルの原因について調査してきたようです。エンジンの不具合、メンテナンスの不備などありとあらゆる理由を検証した末、最終的に着目されたのはバンカーオイル——つまり船舶用の燃料油です。瑞祥丸が使っていたバンカーオイルはカザマ商事から納品されたものでした」

まさか——。

取締役の間にどよめきが起きた。

「ちょっといいか」

滝川が割って入った。「君はもしかして、カザマ商事のバンカーオイルがエンジントラブルの原因だとでもいいたいのか？　であれば、企業精査の段階で、この座礁とバンカーオイルについては無関係だという白水商船の意見書を確認している。君、そのことは知っているのか」

滝川は、言葉の端に怒りを燻《くすぶ》らせて指摘した。目に見えないシーソーが、滝川と脇坂の間で揺れ動いているようだ。

「もちろん知っていますよ」

脇坂は、当然の口調である。「私が問題にしたいのは、その白水商船の意見書がどういう根拠で提出されたか、ということです。私どもの調査によると、白水商船は、カザマ商事が納品したバンカーオイルのサンプルをとある大学の研究室に持ち込み、エンジントラブルとの因果関係について検証を依頼しました。横浜工科大学の森下章市教授の研究室です。ちなみに、ウチにも森下教授の研究室から何人か卒業生を受け入れております」

「で、その結果はどうだったんだね」

島本がきいた。

「因果関係無しとの結論が出されました」

話の先が見えず、取締役たちはお互いの顔を見合わせた。「白水商船はそれに基づき、カザマ商事に対して〝シロ〟であることを書面で回答しております」

「何がいいたいのかさっぱりわからないな」

滝川が憤然として頰を震わせた。「だったら何の問題もないじゃないか」

「いえ。問題は大有りですよ。カザマ商事は、森下教授が白水商船から検証を依頼されたことを事前に察知していたんですから」

脇坂は、取締役会の場に新たな謎を投げかけた。

だからなんなのか。

それでどうしたのか。

「カザマ商事は森下教授に働きかけ、検証データを偽装し、結論の書き換えを要求しました。そのために教授に支払った額は、三億円です」

会議室が一気にどよめいた。その騒擾《そうじょう》の中、脇坂が声を張り上げる。「粗悪なバンカーオイルが事故の原因だったとなれば、桁《けた》違いの損害賠償を要求されます。それを逃れるためなら、三億など大したことはありません」

「なんの根拠があって、そんなことをいうんだ」

滝川は喧嘩腰で顔を真っ赤に染め、脇坂にかみつかんばかりだ。「だいたい、そんな金額が動いていたなら、企業精査で問題になっただろう」

「会社から支払われていれば問題になったでしょう」

脇坂はいった。「ところが、その資金は風間社長の個人口座から引き出され、現金で支払われました。この買収が実現すれば風間社長には、八百億円近いカネが転がり込む。隠蔽資金としては、安すぎるくらいです」

「みんな君の想像じゃないか」

滝川が声を張り上げた。「そういうことはな、証明できなければ話にならないんだよ。そこまでいうんなら、物証があるんだろうな」

「もちろん。物証もないのに、こんなことを申し上げるほど、経営戦略室は甘くない。営業部とは違いますから」

脇坂は、まっすぐに滝川を見据えて言い放った。「風間社長の指示により、森下教授に現金を運んだのは横浜マリンカントリーの責任者、青野宏氏です。これは本人から証言され、お手元の資料には、その供述書も添付されております。青野氏は数日前に、同社を依願退職され、目下求職中とのことです。また、白水商船に確認したところ、事故を起こしたときのバンカーオイルはまだサンプルが保存されていました。つまり再検証すれば真実は明らかになる。そしてこれが——物証です」

ファイルに入った資料を、脇坂は掲げてみせた。「森下教授による、三億円の受領書のコピーです。そして現金を引き出した風間氏の通帳のコピー。三つある口座からそれぞれ同日に一億円ずつ引き出されています」

会議室は騒然とし、議事の行方は混沌として読めなくなっていた。そこに、脇坂が楔《くさび》となるひと言を打ち込んでいく。

「カザマ商事を買収すれば、我が社は巨額の訴訟リスクを負うことになります。滝川さん、先ほどあなたはこの買収が営業部が威信を懸けて挑む事業だとおっしゃった。

必ずや成功させてみせるとも。ですが私にいわせれば、そんなものは見通しの甘い夢物語に過ぎません。現実のカザマ商事は、とんでもない爆弾をひた隠しにして売り急いでいるジョーカーそのものです。ウチがそのババを引くんですか。あなたはそれでも、成功させられるんですか」

問いが発せられると、会議室は鉛を呑んだように静まりかえった。

全員の視線を浴び、反論を試みようとした滝川であったが、ついにその言葉は出てはこない。

「どうやら、我々は真実を見誤っていたようだな。なぜこんなことになったのか、きちんと原因を究明する必要があるだろう。皆さん、この買収案件について、今回は見送るのが妥当な判断だと思うが、いかがか」

島本の問いかけに異論を示す者は、ない。

かくして、稀《まれ》に見る大型買収案件を問うた取締役会は、予想外の逆転劇のうちに、その幕を閉じたのであった。

10

「結局、部長の調べたことは全て脇坂室長の手柄になったわけですか」

顛末《てんまつ》を知った多英は、やりきれない表情で吐息を洩らした。「聞くところでは、脇坂室長が指示して、横浜工場に調べさせたということになってるらしいですよ」

「社内政治なんてそんなもんだ」

そういったものの、正直、君嶋の気分は冴えなかった。

青野からヒアリングした内容をレポートにまとめ、脇坂に提出したのは取締役会の一週間も前のことである。

そのレポートを脇坂は、滝川を追い落とすための道具として使った。

結果的に——。

今回の一件が、滝川桂一郎の威信に深い傷を付け、社内での存在感を著しく毀損《きそん》したことは間違いない。

この買収に威信を懸ける——と鼻息の荒かった営業部のメンツは丸潰れだ。島本の指示で、合意形成のプロセスに問題がなかったのか、社内調査委員会が設置されることにもなった。

滝川の目論見《もくろみ》は潰《つい》え、代わりに社内でのプレゼンスを増したのは、あわや大惨事の訴訟リスクを直前で回避せしめた経営戦略室長、脇坂賢治というわけである。

「釈然としませんけど、ウチにとってはよかったんじゃないですか」

そういったのは岸和田だ。「ラグビー部廃部論者の滝川さんがいなくなれば、ウチ

「いや、そんな単純な話じゃないな」

もやもやしたものを抱えながら、君嶋はいった。

「企業スポーツってのは、何時《いつ》でも誰でも、安泰なんてことはない。それに、滝川さんの指摘は厳しくはあったが、正直なところ正しかった」

その証左として、ジュニア・アストロズ創設など、地域密着を進めるための追加予算について、滝川は反対しなかった。

「滝川さんは論客だが、ラグビー部廃部ありきの議論はしなかった。なぜ観客が増えないのか、なぜ赤字の垂れ流しでよしとするのか——。どれもごもっともだ。その意味でオレたちは、正しい評価者を失ったかも知れないんだ。それはラグビー部にとって、いや日本のラグビー界にとって決していいことじゃない」

このときになって君嶋は、はじめて気づいた。

滝川桂一郎は、天敵であった。

だが、天敵の存在がバランスを生むことだってあるのだと。

滝川の不手際はまさに痛恨に違いない。だが、それを社内政治に利用した脇坂の底意にこそ、君嶋は言い知れぬ気味悪さを覚えたのであった。

第三部

セカンド・ハーフ

第一章　ストーブリーグ

1

「君は、小学生の頃からお父さんの仕事の都合でニュージーランドに在住して、地元の大学まで出たわけですよね。そのまま現地で働こうとは思わなかったんですか」

その質問は、至極真《ま》っ当《とう》なものであった。

大手町にあるトキワ自動車本社、その広々とした面接会場である。

普段、何に使われている部屋なのかはわからない。

セミナールームなのか、会議室なのか。

その部屋で、ひとりの若い男が、三人の面接官を相手にしていた。

どの面接官も年齢は三十代から四十代前半といったところだろうか。

若い男は、この日の面接までに、すでに三度の面接を経《へ》ていた。トキワ自動車への入社は、狭き門だ。

「父の仕事の都合で向こうにいましたが、永住することは考えていません。すでに父はセミリタイヤして日本に戻り、国内の関連企業に転籍しています。長く住んできましたが、就職は日本企業でと考えていました」

「なぜ、ウチを選んだんですか？」ひとりがきいた。

「国際的な自動車メーカーだからです。海外での生活が長く、学部では法律を学んできました。国際的なビジネスに関わる仕事がしたいと思って勉強してきましたし、トキワ自動車さんはニュージーランドでも人気で、性能に対する信頼は群を抜いていました。日本で就職したいと考えたとき、まっさきに浮かんだのはトキワ自動車さんです」

「日本モータースは考えなかったんですか」

意地悪な質問が飛んできた。「あそこだって国際企業だし、ニュージーランドでも人気だと思いますが」

「実は、この面接の前に、父のつてで、何人かのトキワ自動車さんの社員の方に会わせていただきました。外から見ているだけではわからない内情もあると思って、率直な意見を伺ったんです。皆さん素晴らしい方ばかりで、トキワ自動車さんの社風がいかにすばらしいか、よくわかりました。同じように日本モータースさんの方にも実は会っています。学生によっては日本モータースさんを選ぶ人もいると思いますが、私はこうしてここにいます。上手く説明できませんが、これは相性のようなものだろうと思います」

「なるほど」

質問した面接官は短くこたえ、それ以上はきいてこなかった。

「ところで、君の入社について、ちょっと気になることがあるんですが」

面接の終盤になって、そう問うたのは、どうやら三人の中ではリーダー格らしい年輩の男だった。

書類を手にしたまま、黒縁の眼鏡を少しずらし、感情の読めない目を若い男に向けてくる。

「君はずっとラグビーをやってきたんですよね。趣味欄にもそう書いてある。そして、君についてはアストロズから是非入社させて欲しい、という特別な希望が添えられている。これは実はかなりイレギュラーなんです。というのも、普通、ラグビー部採用は別枠です。でも、君はこうして一般枠でしかも第二新卒の募集枠で面接を受けてきた。君はラグビー部に入りたいんですか。それとも、それとは関係無く、一般社員として働きたいのか。そこを教えてくれませんか」

「正直、決めかねています」

男はこたえた。「実はトキワ自動車さんを選んだ理由のひとつは、柴門監督に勧められたからでもあります」

「柴門監督とはどういう関係？」別のひとりがきいた。

「恩人です」

意外なひと言だったのだろう、面接官はしばし黙って、こちらを凝視した。

「もしよかったら、教えてくれませんか。恩人とはどういう意味ですか」

「私は怪我で、大学三年生から四年生までのシーズンを棒に振りました。柴門監督はそうなる前の私のプレーを見て気に留めて下さり、ずっと手紙をくれていたんです。それにどれだけ励まされたかわかりません。自分のプレーを見て、理解してくれ、忘れないでいてくれる人が少なくともこの世界にひとりいるんだ。そう思えました。それが柴門監督です」

「なのに、なぜ決めかねてるんですか」

質問が続く。

「怪我をしてみて、スポーツで生きていくリスクに気づいたからです。ラグビー一筋で生きてきたのに、たったひとつのタックルで将来の道が断たれることもある。そのことは、柴門監督にも伝えてあります」

「柴門監督はなんと？」

「気の済むまで考えたらいいといわれました。それで納得する答えがでたら、そのときは待っていると」

「なるほど」

相手はしばし何事か考えて、面接を締《し》め括《くく》った。「君の不安は理解できます。だがウチには、ラグビーをやりながら仕事でも成功する者が大勢いる。ウチは君が考えているよりもっと柔軟な会社なんだ。もし縁あってトキワ自動車に入社したなら、君にはやりたいことを精一杯やって欲しい。それを受け入れるだけの度量が、ウチにはあります」

2

「例の新人、第二新卒枠での入社が決まったそうだが、話はしたか」

クラブハウスの監督室を訪ねると、デスクにいた柴門は顔を上げて少々難しい顔をした。

今年入部見込み選手は全部で四人。そのうち三人までは、問題なく入部が決まっているが、残るひとりはいまだ気持ちを決めかねているという。

柴門が推薦した七尾《ななお》圭太《けいた》という男だ。

「とりあえず、仮入部という形で預かりたい。それでいいか」

「仮入部か……」

アストロズに試用期間はない。仮入部という扱いも特別だが、その間、給料の半額負担は不要だと柴門がいうので、

「まあ、よかろう」

君嶋は了承した。

七尾はすでに、海外事業部への配属も決まったらしい。

「それと――明日、本社に呼ばれてる。役員に異動があって、滝川さんがラインから外れるらしい。脇坂経営戦略室長が、常務取締役に昇格する人事が内定した。その脇坂さんが今後のことを話し合いたいというんでな」

ラグビー部の所管は総務部だが、常務になった脇坂は広報、経理、そして総務といった事務部門を統括する総責任者になるらしい。

脇坂の意見が今後、ラグビー部の存続に影響を与えることは間違いないところだ。

「お前も本社に引っ張られるんじゃないか。元上司だろう」

柴門は勘が鋭い。「そうなったら、四月から本社復帰か」

「人事のことはわからないよ」

君嶋は浮かない顔で答えた。「ただ、今回の役員人事はあまり気分のいいものじゃや

ないな」

「手柄を横取りされたしな」

「あんなものは手柄じゃない」

君嶋は真顔で否定した。「カザマ商事の秘密を暴いたのは事実だが、そうしたのは、会社のためであって別に誰かを陥《おとしい》れるためじゃない。なのに、脇坂さんは、それを出世の道具に使った。取締役会まで伏せておいて、土壇場で滝川さんに事実を突き付けたんだ。やり方が汚い。あれじゃあ滝川さんも浮かばれないだろう」

「天敵じゃなかったのか」

柴門がからかったが、君嶋は首を横に振った。

「少なくともラグビー部に関しては、あの人の意見は正しかった。オレも同じことを思ったからこそ、改革に着手しようと思ったんだ。これが今シーズンの活動計画のたたき台だが、どうだ」

君嶋がイベントやボランティアのリストを差し出すと、柴門は真剣な表情でそれに目を通した。

「去年より増えてるな」

「無理か」

「全部できるかどうかわからないが、やってみよう。必要なことだからな。チームの活動計画に組み入れてみる」

「おかげで、昨シーズンの観客動員数は前年の約三倍にまで増えた。一試合約三千五百人だった平均観客動員数が、一万人を超えるところまで改善したからな」

ホームのトキワスタジアムに限っていえば、満員の一万五千人を集めた。

「問題は、他のチームだな」

柴門のいう通りだった。アストロズだけが地域密着路線で努力したところで、効果は限られている。

「何チームかはウチのやり方に興味を持って話を聞きに来た。今後も広がっていくと思う」

希望的観測を君嶋は口にした。「ただ、問題は日本蹴球協会だ。いまだに打てど響かず、暖簾《のれん》に腕押しの状態だ」

「変わるさ、そのうち」

柴門はいった。「そう信じてやるしかない。お前がいうように、日本のラグビーはこのままではダメになる。だが、いまならまだ間に合う。そのためにも、まずウチが成功事例になるしかない」

昨シーズンは目新しさもあってか、アストロズの人気は地元を中心に急速に高まった。今年はそれをさらに盛り上げて行かなければならない。それと同時に必要なことは、より強くなることだ。

そのためにやるべきこともわかっている。

二月。すでに君嶋にとっての新たなシーズンは開幕を迎えていた。

3

藤島《ふじしま》レナは、書類を見て、眉を顰《ひそ》めた。

横浜営業部から送られてきた海外販売のデータである。必須の入力項目のいくつかが空欄のままで、このままでは事務処理が滞る。

「まったく、勘弁してよね」

ため息まじりにいいながら書類作成者の欄を見たレナだが、そこに浜畑の名前を見つけ、不機嫌はどこへやら、たちまち表情を緩ませた。

横浜営業部の浜畑といえば、あの浜畑譲以外には考えられない。

レナにとって浜畑は、グラウンドに君臨する王であり、絶対君主のようなものだ。

レナは、アストロズの試合となれば、全試合駆けつける、自他共に認める熱狂的なファンである。

あの創意工夫に溢れたプレーの前には、こんな書類不備のひとつやふたつ、何の問題もないのであった。

とくに、昨シーズンの浜畑は良かった。というか、チーム全体がすばらしかった。秩父宮ラグビー場でのサイクロンズ戦は、惜敗こそしたものの、近年レナが観た試合の中でもっともエキサイティングなゲームだったと思う。

そんなわけで、いつもなら「不備有り」と書類を突き返すレナだが、この日は嬉々として横浜営業部に連絡を入れた。

「海外事業部の藤島と申します。本日いただいた輸出書類の件なんですが。浜畑さんをお願いできますか」

午後一時過ぎである。営業であればすでに出てしまっているかも知れないと思ったが、幸運なことに浜畑はまだ社内にいた。

「はい、浜畑です」

太い声は、レナを痺《しび》れさせた。いまこの瞬間、あの浜畑と、電話で繋がっている。

「海外事業部の藤島と申します。いただいた書類の件で」

「ええと、何か問題あったかな」

その言い分はどこか急いでいるようにも、あるいは、あまりそうは思いたくはないが、面倒くさそうにも聞こえる。

「ええ、そうなんです。書類に少し抜けがあったので電話したんですが。――あの、十月のサイクロンズ戦、観てました。すばらしい試合でした」

なにいってんだ、私。

自分でも呆《あき》れながら、伝えずにはいられなかった。実際、すばらしかったから。

「ああ、そりゃどうも」

浜畑のこたえはあっさりしたものだ。負けた試合のことは、あまり語りたくないのかも知れないと思い、口にしたことを後悔したりする。「ところで、ご用件は」

「あ、すみません」

レナが書類の不備について尋ねると、答えの代わりに、

「あれ、それは朝、電話で伝えたんだけどな」という意外な返事があった。

「えっ、ウチに、ですか」

「ああ。必要事項が洩れてるのはわかってたんだ。急ぎだったんで、先に案件の概要だけ送って必要事項は、お宅の七尾君に入力を頼んでおいたんだけど。彼、そこにいないの」

「七尾に、ですか」

また、あいつか。

レナは内心舌打ちしながら、新入社員のデスクを睨み付けた。

デスクは空だ。そういえばさっき食事に行ってきます、といって出ていったなと

苦々しく思い出しながら、

「すみませんでした。七尾にきいてみます」

せっかく浜畑と話せたというのに、みっともないことになってしまい、心底がっかりである。

「ああ、いいよいいよ。いまもう一度いうから。その方が早いだろ」

浜畑は、仕事のできる男に違いない。グラウンドの中と同じで、瞬時の状況判断はバツグンだ。

「今年もがんばるから。応援よろしくね」

浜畑との電話は、そんなひと言で終わった。そつもない。

ひそかな興奮とともに受話器を置いたとき、フロアの入り口から、ふらりと戻ってくる人影が見えた。

「ちょっと、七尾くん」

今し方の明るい表情とは真逆のコワイ顔になって、レナは七尾圭太を呼びつける。

「君さ、横浜営業部の浜畑さんから何か聞いてなかった」

「聞いてましたよ」

思わず拍子抜けするほど、素直な返事があった。

「さっきの書類、抜けてたけど」

「すみません、入力してから見てもらおうと思ったんですけど」

いわれて、七尾がチェック中の書類を、完了したものとして勝手に処理しようとしたのは自分だということにレナは気づいた。

「すみません、ほんとに」

「もういいよ。今後は、聞いたらすぐに入力しといて。それと、決済がからむこの手の書類はもっと早く回して。食事に行くのはいいけど、本来はその前に回しておかないとダメだよ。トラブルの元になるから」

「はい、これから気をつけます」

悪びれることのない、明るい返事を七尾は寄越す。

いつもそうだ。

怒られても、説教されても飄々《ひょうひょう》として、何を考えているのかわからない。それがレナを苛立《いらだ》たせるのであった。

父親の仕事の都合で海外の大学を卒業したという七尾が、第二新卒枠で入社してきたのは今年二月、つまり今から三ヵ月前のことであった。

英語は堪能《たんのう》。ただし長く海外生活を送った者にありがちではあるが、逆に日本語については問題なく話せるものの、難読漢字や専門用語を読み書きできる自信がないという。入社と同時に配属された海外事業部で、レナは、七尾の教育担当という立場だ。教育期間は半年間。その間、レナは自分の仕事を七尾に割り振り、手取り足取り、仕事を教えなければならないのだが、これは社命で断れない。

「なんか疲れるんだよな……」

今年二十七歳になるレナは、どちらかというと後輩に恐れられている存在だ。認めたくはないが、ちょっとお局様《つぼね》みたいなところもある。

「よりによって、なんでこんな極楽《ごくらく》トンボが私のところに来ちゃったのかなあ」

嘆息まじりにそう思うのであった。新人は他にもいるのに。

そして、他の新人は皆しおらしく、初々しい。

なのにこの七尾は、もう十年も前から会社にいるような顔をして、まったりと毎日を過ごしているように見える。ただひとつ、言われていた日本語についてはほぼ問題がなく、ニュージーランド時代、将来の日本帰国に備えて相当、勉強してきたに違いなかった。海外事業部には、長期間の海外生活経験者が他にもいるが、そういう者の多くは日本語を話すことはできても、読み書きは小中学生レベルということも少なくない。

それより、この能天気というか、ほがらかというか、そっちの方がよほど日本人離れしているとレナは思う。

ひと昔前、新入社員を「新人類」と呼んだ時代があったらしいが、レナから見ると七尾はまさにそれに近い。

自分だって、かつてはこうして先輩から仕事を教わった。だが、

「私はもうちょっと優秀だったけどなあ」

そんなふうに思うのである。

これはもう、運が悪かったと諦めるしかない。

4

レナが、同じラグビー好きの女友達、中本理彩《なかもとりさ》と横浜にあるトキワスタジアムに向かったのは、翌土曜日のことであった。

まだラグビーシーズンが始まる前の五月に、こんな形でイベントが開かれるのは、昨年に続いて今年が二回目だ。

午前中はアストロズの選手たちが直接指導する親子ラグビー教室があり、午後から昨年創設されたジュニア・アストロズの子供たちの試合、さらにこれから始まるメインイベント、アストロズ「紅白戦」の後には、握手会もセットされていた。ファンだけでなく、ファミリーが一日遊べるいい企画だ。

レナの見たところ、昨シーズンからアストロズは明らかに変わった。

なにより、ファンサービスのイベントが増えた。レナも横浜に住んでいるからわかるが、アストロズの選手たちはいま様々なボランティアに積極的に参加して、市民との交流を深めようという意図が明確にわかるようになった。

そして、強くなった。

試合にはよく客も入っている。

降格圏で低迷していた一昨年までのアストロズとは別のチームだ。

「柴門監督を選んだのは、やっぱり正解だったよね」

スタンドで、初夏を思わせる明るい日射しを受けながら、理彩がいった。「君嶋さんがゼネラルマネージャーになったのがよかった。最初聞いたときは、マジかって、ひっくりかえりそうになったけど」

理彩は経理部に所属しており、経営戦略室時代の君嶋とはなにかと仕事上のつながりがあった。それによると、君嶋は切れ者として周囲から一目置かれる存在であったらしい。そして、少々頑固で偏屈なところも。営業本部長の滝川桂一郎と買収案件を巡って確執が生まれ、結果、横浜工場総務部長という畑違いの「僻地《へきち》」へと飛ばされたとのことであった。

滝川が、その買収案件を巡る大失態から社内での信用を失い、出世争いから敗れ去ったのは先日のことである。

今度の組織改編で、滝川は関連会社の社長に転出し、経営戦略室長の脇坂賢治は常務取締役へ昇格した。脇坂が次期社長レースに躍り出た瞬間である。そしてそこにはもうひとつ、秘《ひそ》やかな噂も混じっていた。

脇坂が手柄にした買収案件の不備の指摘は、実は君嶋によるものだった、というものだ。

部下の手柄は自分の手柄。部下のミスは部下のミス——それを地で行くような話である。その脇坂の評判は、決して良くはない。

「ラグビーについてはシロウトだったんだよね。君嶋さんは」

レナがきくと、

「まったく興味がないって、洩らしてたらしいからね」

理彩は周囲に目を凝らしながらこたえた。おそらく、君嶋はこのスタンドのどこかで、このイベントの成り行きを見守っているはずだ。

「左遷させられた上に、ひどい嫌がらせなんじゃないかって、みんないってたさ。だけど、君嶋さんはラグビーはシロウトでも、やっぱり経営はプロなんだよ。聞いた話では、日本蹴球協会ともやりあってるらしい。君嶋さんだからこそ、アストロズを変えられたんだと思う」

レナは、君嶋と直接仕事をしたことはなかった。だが、こうしてアストロズが目に見えて変わっていく姿を見ると、勇気をもらえる気がする。

二年前だったら、本番の試合でも見たことのないぐらい多くの観客が、この日スタンドに詰めかけているのは、君嶋が推進した地元密着路線の結実を如実《にょじつ》に表していた。

たったひとりでも、ここまで組織を変えることができる。それを証明してみせられているかのようだ。

グラウンドではジュニア・アストロズの試合が終わり、拍手に迎えられながらアストロズの選手たちが現れたところだった。

ハーフウェイラインを挟んで、グラウンドの右と左で紅白戦前のウォーミングアップが始まる。メインスタンドに座っているレナたちの右が紅《あか》いファーストジャージー、左が白いセカンドジャージーの選手たちだ。

「紅組の右プロップに友部が入ってるのは、注目だよね」

理彩がいった。理彩は筋金入りのラグビー通で、贔屓《ひいき》は一昨年入部した友部祐規だ。外見はむさ苦しいが、選手名鑑に曰《いわ》く、〝チーム一の綺麗好き、練習着の洗濯に柔軟剤を入れる〟というギャップが気に入ったらしい。

「浜畑さんも紅組だ」

レナは、深紅のジャージーの10番を見つめた。ファーストジャージーのチームは、昨シーズンのスタメン選手を多く集めている。一方の白組、セカンドジャージーの方は、どちらかというとベンチに入れなかったノンメンバー組の選手が多い。

スタメン組対控え組、メンバー組とノンメンバー組の戦いというと言い過ぎかも知れないが、そんな感じである。

アストロズの選手は五十人近くいるが、リーグ戦でのベンチ入りが許されるのは毎試合二十三人のみだ。常にスタメンで出場する選手がいる一方、その二十三人の枠、つまり〝メンバー〟になるためにしのぎを削っている選手もいる。当然、熾烈《しれつ》なポジション争いが存在するわけで、紅白戦といっても、真剣勝負である。

レナは浜畑の動きを目で追った。入念なウォーミングアップを観ていても、その動きは他の選手とは違って見える。

大学時代から強豪東西大学のスタンドオフとして活躍し、鳴り物入りでアストロズに入部した浜畑は、押しも押されもしない不動のスタメンであり、アストロズのラグビーを統《す》べるコンダクターに似た威厳があった。

その浜畑も三十六歳。もう日本代表に呼ばれなくなったのは残念だが、円熟味のある華麗なプレースタイルはまだ健在だ。アストロズには、ほかに若いスタンドオフがふたりいるが、重要な試合では浜畑こそ絶対不動の司令塔である。

そのとき、グラウンドに見知った顔が現れ、スタンドが沸いた。

柴門琢磨、その人である。

実物を間近で見るのは初めてだが、昨年一月まで城南大学の監督をつとめ、三連覇の偉業を達成した監督の顔は、ラグビーファンなら知らない者はいない。

不敵な風貌だが、こうして実物を見ると思ったより若く、そして知的な雰囲気があった。今シーズンも、アストロズは大相撲羽衣部屋に特別入門し、昨年以上に激しいフィジカルトレーニングを積んだという話題は、ネットニュースにも取り上げられるほどであった。

今年は、柴門が城南大監督時代に目を付けていた選手も加入して、選手層も厚くなっている。

まさしく、優勝を狙えるチームだと思う。そしてこの日の紅白戦は、地元ファンを大勢招いての〝お披露目〟の意味もあるはずだ。

キックオフの時間が近づいてきた。

大勢のファンが見つめるこのグラウンドで、新生アストロズはどんなチームに仕上がろうとしているのだろう。

柴門監督が、選手たちをどう見極め、起用してくるのか楽しみだ。

両チームが左右に分かれ、コイントスで、深紅のジャージー、つまりスタメン組の攻撃でスタートすることが決まった。

「なんか、練習とは思えない緊張感だなあ」

理彩がいった。

「これだけ入ってれば、そりゃ力が入るよ」

歓声とともに浜畑が蹴ったボールが緩い弧を描いて相手陣内に落ちていく。

だがそのとき——。

「なんだあれ」

グラウンドにあまりにも意外なものを見つけ、レナは自分の目を疑った。

キックオフされたボールに突進して行く選手たちの中に、見慣れない選手——いやグラウンドでは見慣れないが、個人的にはあまりにも見慣れた顔を見つけてしまったからである。

「七尾！」

思わずレナは名前を口走っていた。「なにやってんだ、あいつ。こんなところで」

その七尾は、控え組の白ジャージーを着て走っていた。

キックオフされたボールをキャッチした控え組選手が、ハーフウェイライン付近でタックルされ、ラックになる。

「ターンオーバーだ」と理彩。

選手が折り重なる混沌の中で、紅組がボールを取り返したらしい。

自陣近くからボールを展開した紅組の攻撃が、正面突破を図ろうとしたところでタックルで止められた。

すかさずフォワードが突進して、白組の選手たちを捲《まく》り上げるように吹き飛ばしていく。ボールを拾い上げた紅組のスクラムハーフ里村が、戦況を瞬時に判断し、ひとり飛ばしのパスを投げた。決まればかなり効果的なパスだったろう。しかし——。

予想外のことが起きた。

ボールが途中で消えたのだ。

インターセプトだ。

ボールを奪ったのは、どこからともなく現れた白ジャージーの選手だ。錐《きり》のような鋭さで紅組選手たちの密集を走り抜けていく。

七尾だった。

「嘘でしょ」

レナは思わずつぶやいていた。

タックルを軽快なステップでかわされ、最後に体をぶつけにいったフルバックの岬が、いとも簡単にハンドオフで地面に叩き付けられると、もはや七尾を止められる者はいなくなった。

そのまま七尾は、軽々とゴールポストのどまん中へとボールを運んでいく。

トライだ。

開始わずか三分。

スタンドがどよめいている。

控え組の仲間たちに祝福されている七尾を、レナは言葉もなく呆然と見つめるしかない。

七尾が着ている白ジャージーの背番号がそのとき見えた。

10番。

七尾は、控え組のスタンドオフだったのだ。

「すごいね。誰なの、あれ」

目をまん丸にした理彩が振り返る。「レナ、知ってる？」

「知ってる」

レナはそう答えるのがやっとだった。「ウチの職場の新人」

5

ちょっとした番狂わせが起ころうとしていた。

すでに後半も十五分が過ぎている。試合時間は前後半二十分ハーフだ。あと、五分。

スコアは、二十対十五で、リードしているのは白組のほうだ。期待通りの、本番さながらの熱量を放つ試合だった。ポジション争いの激しさがそのままプレーに出ている。

それにしても——。

レナはいま、白組のジャージーを着た10番から目を離すことができないでいた。

あの飄々として理解不可能な新人——むろんそれはレナの個人的な感想にすぎないが——七尾圭太が、ここでは別人のように輝いている。

いや、それはまさに〝君臨〟といっていい活躍であった。

バックスに指示を出し、サインプレーに順応し、さらに多彩な攻撃を組み立てている。

密集を切り裂き、スペースにパントを蹴り、ダミーパスで欺《あざむ》き、ブラインドパスで相手を翻弄する。

その七尾にボールを供給しているのは、やはりシーズンでは控えに回ることの多いスクラムハーフの佐々であった。

佐々が入部二年目。七尾に至っては——。

いったい、いつの間に入部したのかレナも知らないぐらいだ。

よもやの展開に、紅組の選手たちの顔つきに険しさが増した。

スクラムが崩れて長い笛が鳴った。

「コラプシング！」

レフリーの声が聞こえた。取られたのは、劣勢の紅組のほうだ。

コラプシングとは、スクラムを意図的に崩したとして取られる反則だ。

「どうするのかな」

理彩がつぶやく。

場所は、紅組陣内10《テン》メートルラインより少し入ったところだ。

ペナルティキックを選択してゴールが決まれば三点が入る。

すると点差は八点になり、もはや一トライ、一ゴールでは追いつけないところまで紅組を突き放すことができる。

おそらくそうするだろうと思ったレナは、七尾が紅組陣内の深いところにボールを蹴り出したのを観て、驚いた。

「ペナルティゴール、狙わないいんだ」

理彩も驚いたようにつぶやく。

あえてそうしないのは、自信があるからだ。

紅組を相手にもうひとつトライを取る、その自信だ。

「なんかギャンブルだよね。自信過剰じゃないの？」

理彩はなかなかの見巧者《みごうしゃ》だ。

ラグビーというスポーツで勝つためには、折々の戦局での判断力が大きくものをいう。

ラグビーとは、ある意味判断力のスポーツだ。

ボールを持ったとき、選手は常に瞬時の判断を求められる。ランか、パスか、キックか。

状況を見据え、ペナルティキックでゴールの三点を狙うのか、トライを狙いにいくのかの判断も勝敗を左右する大きな分かれ目だ。過剰な自信は、判断を誤らせる。

紅組ゴール前でのラインアウトで、プレーが再開されようとしていた。

いま、レナの見つめる視線の先にいるのは、浜畑だ。

両軍フォワードがにらみ合う列の後方で、険しく燃える浜畑の目には真剣勝負の気魄《はく》が漲《みなぎ》っている。自分たちが舐《な》められたことへの屈辱と勝負への執念が、うなりを上げて立ち上っているかのようだ。

ボールが投げ入れられ、白組がマイボールのラインアウトをうまく制した。スクラムハーフの佐々にトスされる。

パスが繋がり、選手たちがスペースめがけてゴールライン手前から右方向へ駆け上がっていく。

ゴール前に出来たラックの中で、白組がボールをキープしているのが見えた。おそらく、ここまではサインプレーだろう。

紅組のディフェンスラインがゴール際に横一列で並んでいた。腰をかがめ、突進に備えている。

これだけ揃ってしまうと、突破は難しいかな。

レナがそう思ったとき、ラックの中から七尾にボールが出た。

「えっ」隣の理彩が小さく驚きの声を上げた。

七尾が放ったのは、意表を衝く左へのロングパスだ。

歓声を乗せ、レナの目にも、ボールがスクリューのように回転しているのがはっきりと見える。弧というより直線に飛んでいるような鋭いパスだった。ところが——

ロングパスに走り込んだ選手がキャッチしたと思った瞬間、狙いすましたような鋭いタックルを受け、ボールが後方にこぼれた。

転々とする楕円《だえん》のボールが試合を左右することは多々あることだが、このときもそうだった。

ルーズボールを拾い上げたのは、深紅のジャージーの選手だった。

浜畑だ。

攻守が一転し、対応しきれないディフェンスの乱れを突いて、浜畑が抜けていく。そのステップは、往年のプレーを彷彿《ほうふつ》とさせる切れ味があった。イマジネーションに溢れ、相手の動きを予測する嗅覚《きゅうかく》を感じる突進だ。スタンドの上空に向かって、歓声が舞い上がる。

「よしっ！」

レナが拳を握り締めた。「行けっ！　逆転だ！」

しかし——。

信じられないことが起きた。

どこからともなく白い塊が走り込んできたかと思うと、強烈なタックルで浜畑の体を地面に叩き付けたのだ。

ばちん、という肉体がぶつかる音がレナにも聞こえたほどである。

タックルした選手の背番号が見えた。白ジャージーの10番だ。

「七尾？」

いったいどうやって戻ったのか。浜畑の手からこぼれたボールは、嘲笑《あざわら》うかのように跳《は》ね上がり、グラウンドの外側まで転がって、止まった。

フルタイム——試合終了を告げる笛が鳴ったのはそのときであった。

紅白戦とはいえ、白熱した試合展開に歓び、健闘を讃える拍手が鳴り止まない。

「すごいじゃん、おたくの新人」

理彩が感心したようにいった。「でもホントに新人？　何かの間違いじゃないの」

そのとおりだ、とレナも思った。グラウンドから目を離すことができない。

いま自分が見ていたものが、いま目の前で起きたことが、信じられなかった。

だいたい、七尾がラグビーをやるなんてまったく知らなかったし、ラグビー部に入っていることすら知らなかったのである。

だが、七尾の活躍は、紛れもなく本物だった。特に、浜畑を一撃で倒したタックルは、レナの脳裏にこびり付いて離れない。

「ねえ、レナ」

隣から、理彩がいった。「七尾って、何者なの」

「わからない」

レナは虚ろに首を横にふった。「わかっているのは、彼がウチの部の新入社員だってことだけだよ」

第二章　楕円球を巡る軌跡

1

その夜の「多むら」での飲み会は、通夜のようにしんみりしていた。

テーブルを囲んでいるのは、この日の紅白戦で紅組に入っていたスタンドオフの浜畑、スクラムハーフの里村、プロップの友部、キャプテンのナンバーエイト、岸和田の四人だ。

浜畑はむっつりと黙り込み、普段よく喋る里村も口数が少なく、友部はまるで叱られてでもいるようにうなだれている。

「でもまあ、いい紅白戦だったんじゃないか。お客さん、喜んでくれたし」

当たり障りのない発言で沈黙を埋めたのは岸和田だ。

「それだけは、たしかに唯一の救いかもな。だけど、オレはちょっと喜べないな」

里村は、ふと何かをいいかけ、その言葉を手元のビールで流し込んだ。

何がいいたいのか、岸和田にはわかった。おそらく、友部にもわかったはずだ。

七尾圭太のことである。

同じスタンドオフとして、日本代表キャップを持つ浜畑が、今日はいいようにやられた。特に終了間際、逆転につながるトライかと思われた場面でのタックルは凄まじかった。

「さして連係を練習してたわけじゃないのにな」

そういったのは、当の浜畑本人である。

新加入選手として、七尾圭太がチームに紹介されたのは、三ヵ月前のことだった。中途半端な時期に加入したのは、七尾が一般の新入社員枠ではなく、第二新卒枠としてトキワ自動車に入社したからだ。

ニュージーランドの大学を卒業するまでラグビー部に所属していたという話は聞いていた。

だが、その話に驚く者は誰もいなかった。誰も七尾圭太のことを知らなかったからだ。

いくらラグビー強国のニュージーランドで経験があるとはいえ、それだけで通用する甘い世界じゃない。同じポジションを争うことになる浜畑など鼻で笑っていたくらいだ。

「お手並み拝見といこうじゃないか」

この日、白組のスタンドオフに七尾が指名されたとき、柴門の起用に驚きながらも、浜畑はそう下に見ていた。

相手は大学を卒業したばかりの若造だ。胸を貸してやるぐらいのつもりだったのだ。

それが、ここまで予想だにしない結果になるとは——。

「本当は、五十対ゼロぐらいで勝つつもりだったんだけどな」

里村が悔しそうにいった。

本音だろう。

深紅のファーストジャージーを渡された紅組メンバーのほとんどは、昨シーズンのリーグ戦出場選手だった。いわばレギュラーだ。片や白組は控え組中心である。勝つのは当たり前。そもそも勝負にならないと、誰もが思っていたに違いない。

「監督はどう考えてたんだ、テツ」

深刻な顔で浜畑がきいた。

「どうって、何がです」

「だからさ、なんであんな組み合わせにしたのかってことだよ」

浜畑は真剣そのものだ。「普通に考えてみろ。スタメン組が圧勝するはずだろう。なのに、監督はあえてスタメン組と控え組に分けたんだ。おかしいと思わないか。試合を面白くするんなら、シャッフルして力が釣り合うようにするだろう」

それは、言われてみればもっともな指摘であった。里村も友部も、黙って考え込む。やがて、

「もしかして、力が釣り合うと思ってたとか」

遠慮がちに友部がいった。

ますます気持ちが沈んでいくひと言だ。

「それはなにか？　佐々と七尾の力をそこまで評価してたってことか」

里村の目に不穏なものが宿り、友部は困った顔で押し黙る。

昨シーズン、カンファレンス一位を争うサイクロンズとの大一番で、前半だけで交替させられたことを、里村は根に持っていた。表立っては口にしないまでも、柴門に対する不信感は相当なものだ。

里村は、昨シーズン行われた日本代表のテストマッチでもスタメン出場を果たしたスクラムハーフだ。それが、実力未知数で経験値も少ない新人スクラムハーフに交替させられたのだから。

浜畑がコメントをしないのは、交替して後半出場した佐々のプレーを評価している

からだろうと岸和田は思った。それを口にすれば、人一倍負けず嫌いの里村がむくれる。

「ハマさん、こりゃオレたち干されるかもよ」

里村が自虐的に笑っていった。「よくあるじゃないですか。監督が代わって、前任監督の主力選手を外して自分流をアピールするって」

浜畑はうなずくでもなく、黙ってビールを呑んでいる。

友部はうなだれた。

「柴門監督は、そんな人じゃないよ。もっとフェアだ」

岸和田が、弁明した。「あの人には、そんな曲がった自己顕示欲はない。それはわかってるだろう。負けは負け。なんで負けたか考えようや。次につながるヒントがあるんじゃないのか」

「オレの代わりに、佐々を使えばいいんじゃないの」と里村。

「そう拗《す》ねるなよ、サト。お前、本当に負けずぎらいだな」

冗談めかした岸和田は、そのときふと口を噤《つぐ》んだ。里村の目の奥で、熾火《おきび》のようにちらつく焔《ほむら》が見えたからだ。

柴門への不信がその目から透けて見えた。

ひとつの交替、ひとつの起用が、監督と選手との関係を壊すことがある。

――シーズンが始まる前に、なんとか里村のわだかまりを解かないと……。

こいつは面倒なことになったな。

盛り下がるテーブルにいて、岸和田は悟られないよう深いため息を洩らした。

2

フルタイムの笛が鳴った瞬間、サイクロンズ監督の津田が浮かべたのは感嘆の表情であった。

まっさきに浮かんだ感想は、紅白戦とはいえ、内容の濃い好ゲームだったということだ。そして、気になる選手も出場していた。

白の10番だ。

「アストロズがファンサービスで紅白戦を見せるそうですよ」

そんなことを鍵原が聞きつけてきたのは、つい半月ほど前のことだった。「どんな調子か、観にいきませんか」

そんなもの観る必要はない――津田は言下に言い放とうとして、ふと言葉を呑み込んだ。昨年の激闘は、強気の津田をしても、打ち消しがたく印象に残っている。

長く低迷していたアストロズの復活は紛れもない本物で、認めたくはないが柴門が采配を振る二年目の今年はさらに、立ちはだかる大きな壁になるだろう。

「行ってみるか」

津田はいい、「だが、柴門にはひと言断っておけよ」、と気を遣うのを忘れなかった。

ファンサービスの紅白戦を、ライバルチームの監督が視察するのだ。こそこそしたことはしたくない。

その鍵原から、「柴門は、ぜひいらしてください、といってます」、と聞いたのは、その直後だ。

「どんな感じだった」

気にした津田に、

「喜んでましたよ」

意外なこたえを鍵原は寄越した。「津田監督が敵情視察にいらっしゃると聞けば、選手も喜びます。そうお伝えくださいとのことです」

気前がいいのか、単なるバカか。はたまた、それぐらいの自信があるのかはわからない。

「それじゃあ、遠慮なく見せてもらおうか。アストロズの紅白戦とやらが、どれぐらいの本気か知れたものではないがね」

だが、その津田の予想は完全に覆された。

全員が本気で戦った試合だったと思う。その意味では、いまのアストロズのレベルを知る最高の機会だったといえるのかも知れない。

この季節にこれだけのレベルの試合を見せられるのは、柴門の手腕だ。本気でやらない練習に意味はないが、その意味でこの日の紅白戦は実に内容のあるものだと認めないわけにはいかなかった。

試合終了後、柴門にひと言掛けようと思いピッチサイドに降りると、逆に柴門の方から近づいてきた。

「観て頂き、ありがとうございました」

礼とともに右手を差し出される。「いかがでしたか」

「いいものを見せてもらったよ。こちらこそ、ありがとう」

そんなふうに答えた津田は、どうしてもあの選手のことをきかずにはいられなかった。

「あの、白組の10番をつけていた選手はなんというんだ」

「七尾圭太といいます」

「ナナオ？」

津田だけでなく、鍵原まで首を傾げる。主要な選手であれば、たとえ高校生だろうと知っているのが鍵原だが、その鍵原ですら知らないというのは意外だ。

「大学までニュージーランド在住でした。ですから、監督はご存じないと思います」

「なるほど、それを君が発掘してきたというわけか。手柄だったな」

津田は皮肉っぽい口調でいい、ファンサービスでグラウンドを回っているアストロズの選手たちを眺めやった。

「それにしても、いいのか。私に手の内を見せてしまって。本番では手加減しないから、そのつもりでいてくれ」

「こんなものじゃありませんから」

柴門の目に、闘争心が宿っていた。「ウチはもっと強くなって、今年こそサイクロンズを撃破します」

「君はまだ若い。せいぜい今のうちに強がりをいっておくことだ。その前に、ホワイトカンファレンスで好成績が収められるか、そこが問題なんじゃないか」

昨シーズン、サイクロンズはプラチナリーグ優勝を果たした。一方のアストロズは、プレーオフに進出したものの、決勝戦には進めず成績は総合三位。順位によって組分けするリーグ規定により、今シーズンのサイクロンズとアストロズは、それぞれ別のカンファレンスに入ることになっている。サイクロンズがレッドカンファレンス、アストロズがホワイトカンファレンスだ。

「必ずカンファレンス一位になりますから」

柴門はいった。両カンファレンスの上位二チームまでがプレーオフに進出し、優勝から四位までを決める仕組みだ。

「だったら、我々が戦うのはプレーオフの決勝だな」

津田は余裕の表情で応じた。「そのときはウチが勝つ。君の目の前でサイクロンズの二連覇を見せてやろう」

「楽しみですね」

不敵な笑いを浮かべた柴門に、右手を上げると、津田は初夏の日射しが降り注ぐピッチサイドからそのまま球技場内の専用通路から外へ出た。関係者しか通れないはずだが、津田をたしなめる者は誰もいない。

ラグビー界において、津田の威光は絶対である。

「お疲れ様でした、監督」

鍵原が労《ねぎら》いの言葉をかけてきた。「練習試合とはいえ、観ておいてよかったですね。少なくともプレーオフには出てくるでしょう」

津田も同感である。

「手の内を見せるとは柴門もバカな奴だ。ウチはそんな愚かなことはしない。しかるべき手も打つことだしな」

はっ、とかしこまった鍵原の唇に、意味ありげな笑いがこびりついていた。

里村のスマホが鳴ったのは、紅白戦から幾日かたった日の夜のことであった。

表示されている電話番号に心当たりはない。一瞬、出ようか迷った里村だったが、通話ボタンを押して、「はい」、とだけ答えた。

「里村さんの番号で間違いないでしょうか」

聞こえてきたのは、男の声だ。声の印象からすると、五十歳前後だろうか。

「そうですが」

警戒感を解くこと無く短くこたえた里村に、相手は意外な名前を告げた。

「私、サイクロンズのゼネラルマネージャーの鍵原です」

直接話したことはないが、お互いに顔と名前は知っている。

「驚かせて申し訳ない。この番号は南原《なんばら》から聞いたんだ」

鍵原が口にしたのは、大学時代同じラグビー部で、いまサイクロンズに在籍している男の名前だ。

ああそうですか、としかいいようがない。

「実は話を聞いてもらいたいことがあってね。どこかで時間をもらえないか」

「話というのは……」

「ちょっと電話では」

鍵原は言葉を濁した。「ただ、君にとって悪い話ではないはずだ。たとえば、明日か明後日、練習が終わった後でも、どうだろう」

「九時過ぎになりますが」

「構わないよ」

きさくな調子で鍵原はこたえた。「指定の場所まで出向くから。三十分でいい」

だったらと、里村は自宅近くにあるファミレスを指定した。時間は九時半。店は十一時過ぎまでやっているから問題ない。

「わかりました。じゃあ、よろしく」

鍵原はいい、最後にひと言付け加えた。「このこと、内密にしてもらえるか」

この段階で、話の内容は、おおよその見当がついた。

「じゃあ、明日。楽しみにしてるよ」

鍵原との通話が切れた後、自宅のリビングで里村はしばし考えた。

どうやら、思いも寄らないところから、将来の扉が現れたらしい。問題は、そのドアを開けるかどうかだ。

3

「ちょっと七尾くん――」

藤島レナが声をかけると、隣席の七尾が手を止めて立ってきた。

レナが手にしている書類を一緒に覗き込む。先ほど七尾が作成してきた事業案件の書類だ。役員会用の重要資料である。

「事業の将来予測は、横浜工場の見立てだから仕方ないとして、コストの見積もりに抜けてる項目がいくつかあるんだ。それを入れたら、こんな数字にはならないと思うよ」

「ああ、なるほど。どうもうますぎると思ったんですよねえ」

七尾は相変わらず、どこかのんびりとした返事を寄越す。

「だったら、もっと疑いなさいよ」

締まらないというか、素直というか――。

こういう態度に接すると、普段のレナならもっとカリカリするところだが、この日はそうはならなかった。

七尾圭太が果たして何者か、興味があったからだ。

先週末、紅白戦で見た七尾のプレーは、いまだ鮮明に脳裏にこびりついて離れない。

たしかに、七尾の身長は百九十センチ近くあって、見るからに頑健そうな体育会系だ。レナも忘れていたが、新入社員歓迎会のとき、誰かが七尾にきいたのだ。何かスポーツをやってただろうと。

そのとき、昔ラグビーを少々とかなんとか——答えていたような気がする。が、七尾の性格だ。どうせちゃらちゃらした草ラグビーで遊んでいたんだろうとしか思わなかった。そんな自分が悔しい。

「そういえば去年、タカオカ商事で同じような事例があったと思うから。ちょっと待ってて」

レナは、過去の事業企画書が並んだキャビネットでファイルを探し始めた。

「なんていう、案件でしょうか」

ファイル名をきいた七尾も一緒になってキャビネットを覗き込む。そうしながら、私、紅白戦、スタンドから観てたんだ——。

そんな言葉が何度も喉元まで上がっては意志の力で、引っ込められる。

いつラグビー部に入ったの？　いままでどこでラグビーやってたの？　アストロズから引っ張られてウチに入ったの？　なんであんなプレーができるの？

ききたい事は次から次へと湧き出してくる。

「あの、藤島さん――」

戸惑うように、七尾がレナを見ている。

「いま持ってるそれ――そうじゃないですか。タカオカ商事ってなってますけど」

「ああ、これよこれ」

目が滑って、意識が飛んでいた。そしてついに、レナは我慢しきれなくなった。

「あのさ。ちょっとききたいんだけど。君、ラグビー部に入ったの？」

あまりに唐突な質問だったかもしれない。だが、

「ええ。入りましたよ。仮入部ですけど」

書類をぱらぱら捲《めく》りながら、拍子抜けするほどの軽い答えが返ってきた。

「仮入部？」

はたしてラグビー部にそんな制度があったか記憶にない。

「あのね、そういうこと、なんで私にいわないわけ。聞いてなかったんだけど」

そもそも七尾の教育担当の――いや、熱狂的なアストロズファンで、デスクにミニチュアの応援旗まで立てている自分に話さないとは何事か。

「すみません。仕事とは関係ないと思ったんで」

不思議なこともある。たしか、ラグビー部の練習は毎日三時からだが、平日、七尾

が会社を抜けたことは一度もなかった。

「どういうことなの」

ますますわからなくなって、レナはきいた。「仮入部ってなに?」

「平日のチーム練習は免除で、週末だけ横浜のグラウンドで一緒に練習することにしてもらったんです。少なくとも海外事業部での仕事を覚えるまでは。ラグビーは好きですけど、ぼくにとってはこの仕事のほうがもっと重要なんで」

それでよくあんな連係プレーができたもんだ。レナはひそかに戦慄した。

「ゲームプランとかの決め事は、監督から説明してもらってましたし、土日の練習もありましたから」七尾はあっさりしたものである。

「どこでラグビー、やってたの」

レナはきいた。

「ニュージーランドの大学で。ずっとラグビー部でした」

どういうわけか七尾は急に表情を消した。

「ラグビー入社しようとは思わなかったの?」

「二年のとき怪我をしたんです。それで出場機会がなくなって、結局、どこからも声はかかりませんでした。それで普通に就職しようと思ったんです。向こうの学校は十二月に終わるんですが、そんなときに柴門監督から声がかかって、ウチにこないかって」

「なんで仮入部なの」

そこが気になった。

「怪我をしてみて、ラグビーに前のめりになってたことの恐ろしさがわかったんです。あくまでラグビーは趣味で、ぼくはこの会社に、ビジネスがやりたくて入社しました。ラグビーで生きていこうとは思いません。いえ、正しくはラグビーでは到底、通用しないとわかっているからです。世界にはすごい選手が一杯いるんですよ。想像を絶するような体格で、曲芸まがいのオフロードパスを普通に投げる。日本人だったら吹き飛ばされてしまうようなタックルを受けながらです。ぼくにはそこまでの素質はありません」

「それは、努力しても得られないものなの」

七尾は少し考え、「ええ」、と答えたが、それがどこか自分に言い聞かせているように聞こえたのは気のせいだろうか。「だから、まずは仕事最優先でいきたいと思っています。こうしてきちんと教えて頂ける先輩もいるし。本当にありがとうございます」

「そりゃどうも」

こそばゆいような、複雑な気分だ。

だけど、本当にそれでいいのか、とも思う。

長くラグビーを観ているが、紅白戦で見た七尾のプレーは素晴らしかった。あんなに才能のあるラガーマンが、ある意味ラグビーを諦め、ビジネスに生きようとするのはあまりに勿体《もったい》ないのではないか。

七尾がボールを持ったときの切れ味。最初は半信半疑で、あるいは目を疑うような気分で観ていた。しかし、途中からその思いは、興味と期待に変わったのだ。それだけのものが、七尾にはある。あの浜畑を一撃で倒したタックルの強さと速さは、一流選手の何よりの証明ではないのか。

「実は私、この前の紅白戦、観てたんだ」

七尾の顔に驚きが浮かんだ。

「すみません。気がつきませんでした」

「教えてくれる？」

レナは改まって尋ねた。「いったい、君はいままでどういうラグビー人生を送ってきたの。それが知りたいんだ。ひとりのラグビーファンとして」

七尾は少し戸惑うような表情になったが、「大した話じゃないですけど」、そう前置きして語り出した。

それは、楕円球を巡るひとりの男の軌跡であった。

4

七尾圭太ははじめ、サッカー少年だった。

地元のサッカーチームに入ったのは小学校二年生のときだ。動機は、仲の良かった友達が入ったから。

チームカラーの赤いユニフォームを着て、ボールを追いかけてグラウンドを駆け回る。

ボールがあるところにゴールキーパーを除く全員が群がる無秩序なサッカーに、やがて規律が生まれ、年次が上がるにつれてシステムと呼べるような形が出来上がってくる。だが、七尾はそのシステムとはあまり関係がないところにいた。

五年生の頃になるとゴールキーパーに任命されたからだ。チームの中でもっとも体格に恵まれていたために、コーチはなんのためらいもなく七尾のポジションをゴールキーパーに決めた。

それが不満だった。本当にやりたいのはミッドフィールダーなのに、体が大きいというだけでキーパーというのは納得がいかない。このチームで、自分がもっとも足が速く、パスも上手いという自信があるのにだ。

ぼくはミッドフィールダーになりたい——ずっとそう訴えていた七尾だが、結局、その希望が叶うことはなかった。コーチがポジション変更を許さなかったのでなく、羊毛を扱う専門商社に勤務していた父の海外転勤が決まったからである。

かくして六年生に上がる直前、七尾は、両親と妹の家族四人で、ニュージーランドに移り住むことになった。七尾がはじめてラグビーに出会ったのは、それから間もなくのことである。

サッカーチームに入りたいからどこか探して——。

海外で暮らす日本人家族にとって、当地の日本人コミュニティは頼みの綱になることが多いが、七尾一家も例外ではなかった。

ところが、その日本人コミュニティの友人の紹介で母が探してきたのは、サッカーチームではなく、地元の子供たちが通うラグビーチームだったのである。

「似たようなものだし、大丈夫だよ」

とは、いまでも覚えている母の大胆なコメント。七尾の能天気さは、きっとこの母の遺伝によるところが大きい。ちなみに体格と腕っ節の強さは父から受け継いでいる。父は大学時代にホッケーの選手として活躍したアスリートで、本人曰く日本代表の手前までいったらしいが、結局社会人になると同時にホッケーは引退し、たまに大学のOB会に出掛けて呑んだくれる程度である。

サッカーがいいといいつつも、近くにチームがないのでは仕方が無い。切り替えの早い性格は当時からすでに健在で、「まあ、やってみるか」とチームの末席に入れてもらい、生まれて初めてラグビーの楕円球に触れたのであった。

驚くべきことに、ここで七尾は、すぐにスタメンになった。

おそらく、才能があったのだろう。だがそれは、その後七尾の前に立ちはだかることになる圧倒的才能とは次元の違うものであったが。

ニュージーランドはラグビー大国として知られているが、国自体は驚くほど小国だ。

人口は約四百七十万人。東京都の半分に満たない。羊の数は、約二千七百万頭。なのに、同国のラグビー代表である「オールブラックス」の世界ランクは一位で、各国代表戦でも圧倒的な勝率を誇っている。

最初ラグビーというスポーツのルールすら知らなかった七尾だが、始めてすぐに気づいたことがあった。

このスポーツは自分に合っている、ということだ。

ボールを持つといつも、創造力を試されているような気がする。

様々なプレーの選択肢を瞬時に判断し、的確にこなしていく。

状況を見分け、意表を衝《つ》くパスを投げる。あるいは走る。そうしたことを考えるのが七尾は好きだった。

現地の子供たちの中にあっても、体の大きかった七尾は当たり負けすることなく、足も速く機転が利いた。

かくして、チームに入って半年も経たない頃、試合前にコーチに呼ばれ、スタメンを言い渡されたのである。

背番号は10。チームの司令塔だ。サッカー時代を通じて初めて、グラウンドを駆け回る役割を手にした瞬間であった。

七尾が入ったチームは、ニュージーランドの教育システムに合わせて、最高年齢十三歳までで構成され、十四歳になると、自動的に十八歳までで構成される上部チームに移行することになる。

上部チームはレベルが高く、その世代のオークランド代表が三人もいた。そこで七尾が学んだのは、戦略や技術といった、頭で考えれば理解できることばかりではない。

生涯の友情、思いやり、高潔さ、勝利へのあくなき執念。これこそが、七尾がラグビーというスポーツから贈られた最高のギフトだ。

グラウンドの中だけでなく、人生に通用する原理原則である。

このチームで七尾は輝き続け、創造力溢れる10番としてグラウンドに君臨し続けた。

だが同時にこの頃になると、七尾は自分の能力の限界をそれとなく悟るようになった。

まだ十八歳ぐらいまでは、同世代の州代表や国の代表に選ばれる選手と互角に渡り合える自信があった。自分だって国籍さえあれば代表チームに入り、彼ら以上の活躍ができるはずだと。

ところが、実際の七尾は、代表チームからは遠くかけ離れた存在であった。

小学生の頃から日本国外にいたため、日本代表とも無縁。日本のラグビー関係者にとって、七尾は全くの無名、存在しないに等しい選手だった。それでも――。

いつか、プロのトップチームでプレーしたい。

そう七尾は考えていた。代表から呼ばれなくても、このまま活躍し続ければ、どこかで誰かの目にとまるはずだ――。

だが、オークランドの大学に進学してラグビー部に入ってみると、そこにはニュージーランドを代表する多くの才能が集まっていた。大男のタックルにも当たり負けしない強靱な肉体を持つライバルが犇《ひし》めいていたのだ。

そこでのポジション獲得は、かつてない狭き門であった。

5

「怪我をしたの、大学二年生のときだっていったよね」

海外事業部フロアの端にある小さな自販機コーナーで、レナは七尾の話をきいている。

小さなテーブルとスツールがあって、窓からは大手町のビル街を見下ろすことができた。

レナはスツールにかけ、七尾は壁にもたれてその景色を見下ろしながら話している。中途半端な時間帯だからか、他に社員はいなかった。

「どこをやっちゃったの」

「膝です」

立ったまま七尾は右膝を手で触れる。「試合で後ろからタックルされて。膝前十字靭帯《じんたい》断裂です」

聞いたことがあった。ラグビーなどのコンタクトスポーツに多い怪我で、重傷なら選手生命に関わる。復帰には相当長い期間を要するはずだ。

「それからはリハビリばっかりやってました。当たり前ですけど試合にも出られないし、選手登録もされないままです。あれじゃあ、誰の目にもつかないのは当然です」

七尾は視線を外に投げたまま寂しげな笑いを浮かべている。

「でも治ったんだよね」

気の毒になってレナがきくと、「たぶん」、という曖昧な返事があった。

「治ったというか、いまのところ治ってる、といった方がいいかも知れません。自信が持てないんです。爆弾抱えてるようなものですし。でも、良かったこともある」

七尾はきっぱりといった。「怪我のおかげで、自分の人生を考え直すことができたと思うんです。もしラグビーの道を選んだ後でこの怪我をしたら、そのときにはもう先がありません。学生時代だったから、ラグビーに距離をおく決心ができたと思うんです。それは間違っていなかったと思います」

七尾のことを、少しだけ見直した。

頼りない後輩だと思っていたが、彼は彼なりに苦労し、挫折して、いまここにいる。

「自分がどこまでできるのか、試してみようと思わないの」

自然に出た質問だが、七尾はすぐには答えなかった。

表情が引き締まり、それが七尾にとって何らかの決意を要するものであったことがわかる。

「今年の一月に、柴門監督から直接連絡がありました。会いたいと。ちょうど、就職がうまくいかずに困っているときで、こちらの事情を理解した上で、だったらトキワ自動車に入って一緒にやろう——そう誘ってくれたんです」

「うれしかった？」

「ええ。うれしかったですね。もう本格的にラグビーをやることはないと思ってましたから。でも、ふんぎりがつかない自分がいて——」

七尾は俯《うつむ》き、やがて顔を上げると窓の外に視線を投げた。「高校時代も大学時代も、どの世代でもぼくは結局、代表には呼ばれませんでした。そして大学の最終学年になっても、ぼくに声をかけてきた社会人チームはひとつもありませんでした。だけど、柴門監督はぼくが怪我をする前の試合を見てくれていて、ぼくに注目してくれた。それは偶然だったかもしれないけど、選手として、こんなうれしいことはありません。またラグビーができる」

——またラグビーができる。

七尾は迷っているかも知れない。だが、その言葉の、なんと生き生きとして喜びに満ち輝いていることか。

この前の紅白戦——。

あの輝きは、そのまま七尾の喜びだったのかも知れない、とレナは思った。

再びグラウンドに立つことができた感動。自分を必要として呼んでくれたことへの感謝。そしてラグビーを再びできることへの感激――。そのすべてが、あの素晴らしいプレーに結実していたのだろう。

怪我さえなかったら七尾はどこまでいっただろうと、レナは考えた。

ラグビー選手としての七尾のスケールは、日本人離れしている。

その選手が、仮入部だろうと、アストロズのユニフォームに袖を通したのだ。

「迷ってる場合じゃないよ、七尾くん」

レナはいった。「自分のことを必要としてくれる場所があるなんて、とても幸せなことなんだから。君はアストロズに必要なんだよ。勝つために。ラグビーをやるかやらないかは君が決めることだけど、中途半端は許されない。みんな真剣にやってる。君はもうラグビーに夢はないの」

七尾は答えなかった。窓の外へ視線を投げ、じっと何かに思いを巡らせた七尾から、

「一度でいいから、満員のお客さんの前で決勝戦に出たいな」

そんな答えが出てきた。「もしアストロズに入れたら、活躍できたら、優勝したいです」

怪我への恐怖は、ラグビーをやったことのないレナにはわからない。まして、七尾

はトップレベルのプレーヤーだ。肉体のコンディションに求める水準は、一般人とは比べものにならないだろう。

普通の人にとってのほんの僅《わず》かな不安が、プロスポーツの世界では極大化するように、七尾の中にも、踏み切れないだけの何かがあるのかも知れない。

「だったらチャレンジしよう」

レナは七尾の背中を押した。「逃げ回ってるより、ぶつかっていく方がずっと簡単なんだよ。必要なのは勇気だけ」

はっと七尾の表情が変わり、思慮を含んだ眼差しがまっすぐに前を向いた。

返事はないが、レナのひと言がその胸の中へゆっくりと落ちていくのがわかる。

「いまやらなきゃ後悔するでしょう」

レナも七尾の傍らに立ち、暮れ残る大手町界隈を眺め下ろした。「柴門監督は君を見捨てなかった。怪我しても、ラグビー以外の道を模索してても、誘ってくれた。私にはなんで誘ったかわかるよ」

レナは、七尾を振り返った。「君なら、アストロズを変えられるから。私は強くなったアストロズが観たい。それを思いっきり、応援したい」

七尾は横顔で、レナの気持ちを聞いている。

おそらく、近いうちに七尾はこの部署から横浜工場に異動になるだろう。

いまレナにしてやれることは、こうして励ましてやることだけだ。

「がんばれ、七尾」

レナは、その背中をぽんと叩いた。「人生は一度きりしかないんだよ。なのにいつも大切なものを見失う。君にとって大切なものはなに？　それを考えたほうがいい」

レナは、もっていた紙カップを傍らのゴミ箱に放りこむと、ひとり七尾を置いて海外事業部のデスクへと戻っていった。

七尾圭太が、アストロズへの正式入部を表明したのは、それから間もなくのことであった――。

第三章　六月のリリースレター

1

「わざわざ来てもらって、悪かったな、君嶋」

その日、本社の経営戦略室を訪ねると、脇坂は上機嫌で迎え入れた。「実はいま、四月以降、私の管理部門になった事業について自分なりに見直しをかけているところだ。そこで、ラグビー部の展望について、君の意見を聞きたいと思ってね」

「昨シーズン以上の成績を収められるよう強化を図っていきたいと思っています。どうぞよろしくお願いします」

「柴門は、優秀な監督のようだな。それを引っ張ってきたのは、君の功績だと思ってるよ」

「ありがとうございます」

礼を口にした君嶋だが、続いて出た脇坂の質問にふと身構えた。

「なあ、君嶋。ところで、君は本音ではどう思ってるんだ」

「本音、とは？」

脇坂は笑顔を消すと、

「実際、アストロズを存続させるだけの意味があるのか、それがききたい」

単刀直入に問うてくる。

「それは、脇坂さんがアストロズにどんな意味を求めるのかによります」

脇坂も自分と同じく、ラグビーについてはシロウトである。一方で、長年にわたって経営の数字を見続けて染みついた習性がある。

不採算部門、つまり赤字をひたすら忌《い》み嫌う習性だ。

「いま、アストロズには年間十六億円以上の資金を投入している。それに対して、リターンはほとんどないに等しい。君の努力はわかるし、アストロズの試合に関しては、前シーズン比大幅な観客動員増を達成している。大変結構なことだ。だが、日本蹴球協会が同じような問題意識を持ち、取り組んでいるかというと、甚《はなは》だ疑問だ。そんな中、このまま存続していれば、この収支の不均衡が改善するだろうか。私はしないと思う。君の意見は」

脇坂は直球の質問を投げかけてきた。

「たしかに、日本蹴球協会に対する脇坂さんの意見はごもっともです。ですが、我々の取り組みに賛同して追随するチームも出てきました。こうした動きが重なっていくことで、収支の不均衡は改善されるでしょう。でも、それがいつかはわかりません」

「たしかに、いつかは改善できるかも知れないね」

脇坂は「いつかは」と「かも」に力を入れていった。「だが、ウチがそれに付き合う必要はないんじゃないか」

「それはラグビー部を廃部にするということですか」

問うた君嶋に、いやいや、と脇坂は顔の前で手をひらひらさせた。「いまそこまではいわないよ。せめてチームをリストラして予算を縮小してはどうかな。十六億円は捨て金にしては大きすぎるだろう」

口調は軽いが、脇坂は本気だった。

「おっしゃりたいことはわかります。でもこれは、ギリギリの額なんですよ、脇坂さん。プラチナリーグに参戦する以上、必要不可避のコストなんです。ご理解いただけませんか」

「だったら――」

脇坂は、肘掛け椅子の背から体を離すと、じっと君嶋の目を覗き込んだ。「やめれば」

冗談でもなんでもない、本気のひと言に、君嶋は押し黙った。

「心配するな。今年はいいよ、もう予算案通っちゃったんだから。だけど、来年以降はもうないと思ってくれ。各部門ともムダなコストを少しでも削減しようと血の滲《にじ》むような努力をしているんだ。なのに、こんなバカげた遊びに付き合っているほど、トキワ自動車は暇じゃない。少なくとも、この私はね」

君嶋は反論の言葉を探したが、脇坂は聞く耳もたずとばかり立ち上がって退席を促す。

取締役会に呼びつけられ、滝川と対決したとき、そこには仲裁役の島本がいた。しかしそれ以前に、滝川には断固としてラグビー部を潰そうという意志はなかったように思う。

指摘できることを指摘し、改善を促す。

廃部をちらつかせながらも、島本のひと言で折れてきたのは、滝川のラグビーへの理解の裏返しだったのではないか。

だが、脇坂は違う。

この男は本気でラグビー部を潰しにきている。

ラグビーに対する愛情どころか、容赦の欠片《かけら》もない。

脇坂こそ、アストロズにとって真の敵に違いなかった。

けであった。

そんな噂が流れ出したのは、その後に開かれた取締役会での、脇坂の発言がきっかけであった。

2

アストロズの強化費が今期限りで削られるかも知れない——。

その場で脇坂は、来期以降の課題として、アストロズの強化費の大幅削減を提案したのである。

その取締役会に出ていた新堂工場長の話では、脇坂の発言は、日本蹴球協会の旧態依然たる体質批判と強烈な不満、ラグビーの不人気と観客層の高齢化、チケット販売低迷解決への無策、参加チーム企業に支えられて自立する意思もない〝ごっつぁん主義〟など、多岐にわたったという。

「私も発言を求められたんだが、さすがに将来のラグビー像はどうなんだといわれると、答えようがなかった」

新堂はそのときのことを思い出しながら額の汗を拭《ぬぐ》った。「まさか、あの場でそんな話が出るとは思わなくてね。きちんと反論できなくて申し訳ない」

「いえ。しかし、新しいシーズンまであと二ヵ月しかありません。脇坂さんもこんな大事なときに、その発言はないですよ。あんまりだ」

だが、君嶋にはわかる。

脇坂はそういう男なのだ。

これからというタイミングを見計らって、わざと水を差すようなことをする。潰そうと決めたら、相手が一番嫌がることをやってくる。脇坂はそれを戦略だと思っているだろう。たしかに戦略には違いないが、同時にそれは卑劣な思考回路の証明でもあった。

「いつもラグビー部のことが話題に上るのは予算シーズンのときだけだった」

新堂は眉間《みけん》に深い皺《しわ》を刻んだ。「それがこの時期に議論を吹っかけてきたのは、脇坂さんの本気の表れじゃないだろうか」

「島本社長はなんと」

「黙ってきいていたよ。いますぐ結論を出せることではないが聞いてほしい——そんな脇坂さんの枕詞《まくらことば》もあったんでな。短絡的に決められる問題ではないとわかっているからこそ、周到に、いまから問題提起したんだろう」

おそらく、この話は早晩、選手たちの耳にも届くだろう。

「選手たちに動揺が広がらないといいんだが」

新堂が口にした不安に、君嶋もただうなずくしかなかった。

3

「ちょっとお話があるんですが」

声をかけられて振りかえると、そこに里村が立っていた。工場の品質管理課で働いている里村は、トキワ自動車の上っ張りを着て、丸めた作業帽を手にしている。

スクラムハーフには小柄な選手が多いが里村も例外ではなく、言われなければラグビーの選手だとはわからないだろう。

「ああ、どうぞ」

応じた君嶋は、そのとき里村の顔を見て、おや、と思った。何か問題を抱えている表情だったからだ。空いていたミーティングルームに入り、

「何か困ったことでもあったか」

君嶋は尋ねた。選手たちが抱える悩みはグラウンド内のものばかりではなく、多岐に及ぶ。そうした悩みへの対応は、総務部長でありゼネラルマネージャーでもある君嶋にとって大切な仕事のひとつだ。

「いえ、困っているというわけではないんですが、その――」

ミーティングルームで向き合っている里村は、そのとき視線を外して自分の手元を

じっと見つめた。それが君嶋に戻ったと思いきや、

「ウチの部の強化費が削られるっていうのは、本当でしょうか」

唐突に、そんな質問が飛びだし、君嶋は内心驚いた。「もしそうなったらプラチナリーグには在籍できないですよね」

「たしかに、脇坂常務がそういってるのは事実だが、それはあくまで脇坂さんの個人的な考えを述べたに過ぎないさ。実際にどうなるかは別の問題だ。実業団チームならどこでも同じような話はあるし、だからこそ我々に必要なのは、反対意見を封じ込めるだけの実績だ」

「去年三位ですよ、君嶋さん。それでも、そんな話が出てくるわけでしょう。頑張ったところで同じじゃないですか」

「そんなことないって。地域密着型のチームを切ることは、地元とのつながりを切るのと同じなんだ。単に経済合理性だけで存廃を決めることはできない。企業の社会性を考えても、アストロズは必要なんだ。お前もそう思うだろう」

説得を試みた君嶋だったが、そのとき里村は決然とした顔を上げた。

「チームを辞めさせていただけませんか」

吐き出されたのは、全く予想外のひと言である。

「おい、里村。ちょっと待て」

君嶋は驚き、相手を落ちつかせようとした。だが、里村は冷静そのものの面差しで端座している。そして、

「日本モータースに行かせてください」

これまた、驚愕としかいいようのないひと言を告げたのであった。

唖然《あぜん》とした君嶋は、穴のあくほど里村を見つめる。

「本気でいってるのか、里村。ウチを辞めてサイクロンズに入るってことか」

絞り出すように、君嶋はきいた。

「ラグビー選手として、よりよい環境を追い求めるのは当然のことですよね。オレは、いつ強化費を削られるかわからない、まして廃部になるかも知れないようなチームではプレーしたくありません」

「だからそれは、脇坂さんが勝手にいってるだけだっていってるだろう」

君嶋は言葉に力を込めた。「いまお前に抜けられたら困るんだ。チームの要《かなめ》だし、柴門監督だって、お前ありきでチーム構想を練ってるんだ。考え直してくれ」

突如《とつじょ》の移籍表明に、君嶋は激しく動揺していた。と同時に怒りも覚える。アストロズにとって、到底受け入れ難いことが起きようとしている。

「我々と一緒に、優勝目指してがんばろう。頼む」

両膝に手をつき、頭を下げた君嶋はそのとき、「優勝なんて」、という里村の声に顔

を上げた。

「なんだって？」

里村の唇に、歪《ゆが》んだ笑いがこびりついている。

「優勝なんて、できるわけないですよ」

君嶋は唖然として里村を見据えた。「アストロズが優勝だなんて、無理ですよ」

「本気で、いってるのか」

「当たり前ですよ。主要メンバーはピークを過ぎてるし、それは浜畑さんを見てもわかるじゃないですか。かといって、世代交代ができるほど若手が育っているかというとそうじゃない。結局、いままで若手を育ててこなかったツケが回っているんですよ。昨シーズンの三位は出来すぎです」

チームを批判的に評価する里村に、そのとき君嶋は悟った。

廃部や強化費の削減を心配してみせたのは、単なるゼスチュアではないか。この部が存続しようと無くなろうと、そんなことは関係ない。この男の胸は、強豪チームのサイクロンズへの移籍で最初から固まっていたのだ。

「サイクロンズから誘われたのか。それとも君から移籍を希望したのか」

怒りを覚え、硬い声で君嶋は問うた。

「どっちでもいいじゃないですか、そんなこと」

里村は薄く笑って吐き捨てるようにいう。「サイクロンズには、日本代表で一緒に戦っている選手が大勢いるんです。若手の選手層も厚い。オレはそういうチームに行きたいんです」

「アストロズを見捨ててか」

里村は失笑してみせた。

「プラチナリーグ優勝なんて、小さな夢なんですよ。オレの夢は、ヨーロッパのプロリーグで活躍することです。そこで活躍するためには、アストロズにいたんでは無理です。そういうこと君嶋さんだって、本音ではわかってるんじゃないですか」

「いや、わからないな」

君嶋は里村を睨《ね》めつけたまま、言下に否定した。「オレはみんなを信じている。これからも同じだ」

「所詮《しょせん》シロウトだからな、君嶋さんは」

里村は小馬鹿にした調子でいった。「とにかく、オレはもっと上を目指したい。これは考えに考えた末の結論です。移籍させてもらいますよ。検討の余地はありませんから」

「それが社会人としての態度か、里村」

あきれ果てた君嶋に、里村はこたえなかった。「自分がどうしようと自分の勝手だとでも思ってるのか。お前は何の恩義も感じないらしいけどな、お前も含め、いままで会社がどれだけのものをアストロズに投じてきたと思ってるんだ。その恩恵を被《こうむ》ってきたのを忘れたか」

「それはどこのチームも同じですから」

里村はいった。「アストロズだけじゃない。どこだってそうですよ。ラグビーってのは、そういうものです」

その反論に、君嶋は悲しみに近い感情を覚えた。

「違うぞ、里村。ラグビーだけが特別なんじゃない。学生ならともかく、社会人でスポーツをやらせてもらえる身分なんだ。会社やチームに対する感謝の気持ちがなくてどうする。カネを出してもらって当然だと思ってるんなら、そんな奴はこっちから願い下げだ。辞めたけりゃ勝手に辞めろ」

「だから、もう辞めるっていってるじゃないですか」

里村は平然とこたえた。「それとひとつお願いがあるんですが——オレの移籍承諾書《リリースレター》、お願いします」

移籍承諾書を出せば、里村の移籍を承諾したことになる。

プラチナリーグ規約では、現チームからの移籍承諾書が発行されない選手が他チームへ移籍した場合、一年間、公式試合への出場ができない。

移籍承諾書を発行するかしないかは、チームの胸ひとつだが、いままでアストロズでは移籍承諾書を発行しなかった例が無いことは君嶋も知っていた。発行して当然だと、里村も思っているフシがある。

「随分、ムシの良い話だな、里村」

冷ややかに、君嶋はいった。「オレが、そんなもん出すと思うのか」

「オレはたぶん次の日本代表のテストマッチにも呼ばれるんですよ、君嶋さん」

里村は自信満々だ。「そのオレに移籍承諾書を出さないっていうのは、日本のラグビーに対する挑戦ですよ」

「ふざけるな」

一喝した君嶋は、怒りの表情を里村に向けた。「オレはアストロズのゼネラルマネージャーだ。日本のラグビーの将来を考えても、こんなスジの通らない移籍を、はいそうですかと認めるわけにはいかないんだよ。社会人としてな」

里村から、短い吐息がもれたかと思うと、「まあ、そのうちわかるでしょう」、そんなひと言とともに腰を上げた。

「今月いっぱいで、ラグビー部も会社も辞めさせてもらいます。お世話になりました」

作業服の内ポケットから辞表を取り出した里村は、憤然とする君嶋の前にそれを置き、一礼してミーティングルームから出ていった。

「里村さん、どうかしたんですか」

君嶋の硬い表情に気づいたのだろう、総務部に戻ると多英が真っ先にきいてきた。

岸和田も心配そうな顔で耳を傾けている。

「辞めたいといってきた」

君嶋のこたえに、

「マジですか」

岸和田が顔色を変えた。「引き留めていただいたんですよね」

「引き留めるのは無理だ」

そういってひと言付け加える。「アイツはダメだ。腐りきってる」

「だけど、なんでこんな時期に」

多英のいうように、問題はこのタイミングだった。「ウチにとって、自分がどれだけ重要な存在かわかってるはずなのに。チームを裏切るのと同じじゃないですか」

「サイクロンズから引っ張られたってよ」

君嶋は吐き捨てた。「移籍承諾書を出せといいやがった。出して当然の口ぶりでな」

「ウチの看板選手なのに」

多英は、その眉間《みけん》に深い皺《しわ》を寄せた。

「あいつは、そんなこと露《つゆ》ほども気にしてないさ。頭にあるのは自分のことだけだ」

「どうするんです、君嶋さん」

岸和田が青ざめた顔できいた。

「とりあえず、柴門に相談してみる。それにしても――」

君嶋は、ため息まじりにいった。「人の心ってのは、わからないもんだな」

4

「おい、聞いたか。里村の話」

浜畑から声を掛けられた友部は、広い社員食堂のテーブルにいた。ちょうど昼食を食べ終えたところで、いまは自販機のコーヒーを前にひとりくつろいでいるところだ。その前に定食のメニューを山盛りにしたトレイを置いた浜畑が座る。同じラグビー部で営業部に所属している安西《あんざい》と西荻《にしおぎ》のふたりも一緒だ。

「里村さんが、どうかしたんすか」

「辞めるらしいぞ」

浜畑のひと言に、友部はしばし言葉を失った。

「どこへ行くんです」

スター選手の里村がラグビーをやめるわけはないから、辞めるといえば移籍を意味する。

「サイクロンズだってよ」

軽く顔をしかめていったのは、安西であった。安西も西荻も身長百九十センチ、体重は百キロを超える巨体でよく目立つ。ふたりともフォワードの選手で、椅子をどかして六人掛けの席を四人で使う。

「この時期に、ですか」

「ひでえよな」

西荻が顔をしかめた。

「逃げたんだよ」

そういったのは浜畑だ。「強化費が削られるかも知れないって話、あるだろ。だから先手を打った。もしかすると、まだ続く奴が出るかも知れない。お前、大丈夫なんだろうな」

疑わしげな目を向けられ、友部は、「まさか」、と顔を横に振る。

「だけど、本当に削られちまうのかなあ、予算。そのときオレたちどうなるんですかね、ハマさん」

安西にきかれ、「さあ、どうかな」、と浜畑自身もため息まじりに首を傾げた。

「いや強化費削減ぐらいならマシですよ。もしかすると、廃部かも知れないわけでしょ」

さらに危機的なことをいったのは西荻だ。「そうなったら、オレたちにはふたつしか道がないです。移籍か、辞めるか」

数秒間の重たい沈黙が挟まる。

「そのときはオレはやめて一般社員に戻るしかねえな。こんな年寄り、採用してくれるチームなんかねえから。トキワ自動車には恩義もあるし」

浜畑がいった。「お前らはどうする。どこかに移って続けるのか」

問われ、安西も西荻も、そして友部も考え込んだ。「どうなんだ、友部」

「オレは、この会社、気に入ってるんで……」

それは真実である。「だけど、ラグビーは続けたいです」

「そのときは移籍だな、お前も」

あっさり浜畑は決めつけ、「お前らもだ」、とあとのふたりにいった。「今シーズンはこのまま行けるだろう。だけど、来シーズンはわからないんだから、そういうことも頭に入れておいた方がいいかもな」

「なんかイヤなこと聞いちゃったなあ」

そういって西荻は小さく唸《うな》った。「来年もあるかないかわからないチームで、どうやって戦うんです。気が散って戦う気になれないですよ」

「同感」

と安西。「オレも就職活動しとくか。里村のやつ、うまいことやったな」

「アイツはいいよ、移籍先があるからさ。何せ日本代表のスクラムハーフだからな。引く手あまただろう。だけどオレたちは違う」

西荻はいう。「そもそも受け入れてくれるチームがあるかわからないし、仮に移籍できたとしても、試合に出られる保証はない。ヤバイな」

「だけど、本当に里村さん、強化費の削減とか、そういうのが理由なんですかね」

ふと疑問を呈したのは友部だった。

「なんだよ友部。他になにかあるのか」

浜畑に問われ、「いえその――」、友部は自分の中にあった思いを口にする代わり、「チームをこんなふうに裏切る人かなと思って」、と言い替えた。

思いついたのは他の可能性だったが、それを口にするのは、少々憚《はばか》られたからだ。

しかし、この問いには、三人の誰からも返事はなかった。

「だけど、君嶋さんは移籍承諾書、出すのかな」

安西にきかれ、「さあ、どうかなあ」、と浜畑も顎の辺りをさすって考えている。

「あのオッサンはかなり頑固なところがあるからな。しかも相手はサイクロンズだ。今年は優勝を狙おうって息巻いてるのに、敵に塩を送るようなこと、するかな」

「しないでしょうね。でも、その方針、オレは賛成だな」

西荻がいった。「この時期にチームの要の選手が移籍を表明するなんて、あり得ないですからね。しかもライバルチームに行くだなんて。最初からウチを困らせるための策略だったんじゃないかと疑っちゃいますね」

「津田監督策略説か」

と浜畑。

勝つためには手段を選ばないのが津田流だ。名将と誉れ高い一方、ダーティな策士たる一面をいままで幾度も見せてきた。それでも表立って非難できないのは、長年に亘《わた》ってそれを黙らせるだけの結果を出してきたからだ。

「だけど、こんなことで今シーズン、戦えるんですかね」

友部は、どうしようもなく胸にこみ上げてきた不安を口にする。

「たしかに、戦う前に負けてるようなもんだな」

浜畑はいい、冷たくなりかけた食事に手を付けた。気まずい雰囲気がその場に漂い、「ごちそうさまでした」、と体に似合わぬ小声でいった友部は、半分ほど残ったコーヒーカップをもって席を離れていった。

5

午後になって雨脚《あまあし》が強くなってきた。

三日続きの雨で、昨日まで予定していたチーム全体練習は室内練習に切り替わっていたが、どうやらこの日もそうなりそうな気配であった。ズボンの裾を濡らしながらアストロズのクラブハウスまで出向いた君嶋が、監督室に柴門を訪ねたのは、午後二時過ぎのことである。

「柴門、ちょっといいか」

開け放した監督室のドアから顔を出して君嶋がいうと、デスクで何事か考えていた柴門の視線が上がり、無言でソファを勧める。

「悪い知らせだ。里村が、辞めるといってきた」

柴門の表情がしばし動かなくなり、視線が君嶋に固定されたままになる。その目の奥底で、無数の思考の歯車が回転しているのが見えるかのようだ。やがて、

「どこだ」

という問いが発せられた。移籍先のことをきいたのである。

「サイクロンズだ」

柴門は両手を頭の上で組み、君嶋に目を向けたまま椅子の背に体を投げた。

「ふざけてるな」

そんなひと言が発せられる。「六月だぞ」

「六月だ」

君嶋はこたえ、監督室にあるソファに腰を下ろした。「どうする、柴門。オレにはできる気がしないが、お前ならまだ引き留められるかもしれん。サイクロンズから引き抜かれたのか、自分から売り込んだのかはわからない。どっちにしても、移籍承諾書よろしく、だとよ」

柴門はこたえず、瞑目《めいもく》してじっと考えている。やがて、

「直接話して、意向を確かめたい」

柴門がその場で里村に連絡して受話器を置くのを待ち、

「オレも同席していいか」君嶋はきいた。

「かまわん」

難しい顔で椅子の背にもたれた柴門に、「じゃあ後で」、とひと言い残して君嶋は再び雨の中を足早に工場まで戻っていく。

せっかくここまで来たのに——。

低迷するチームを預かり、柴門を招聘《しょうへい》し、地元の人たちとの交流を深め、アストロ

ズは徐々にではあるが君嶋の思い描くラグビーチームへ成長を遂げようとしているところだ。

　柴門は約束通り昨シーズン三位の成績を上げ、さらに強化されたチームで今年は優勝を狙おうというところなのである。この移籍は、そんなチームの上昇志向に冷水を浴びせかけるようなものだ。

「柴門監督はなんとおっしゃってましたか」

　デスクから立ってきた多英がきいた。

「里村と話をすることになった。オレも立ち会う」

「君嶋さん、お願いがあるんですが。選手たちに直接、話してやってもらえませんか」

「話すって、なにを」

「いったいラグビー部がどうなるのかということです」

　真剣そのものの表情で多英は訴える。「取締役会で誰がどんな発言をしたとか、予算が削られるとか、廃部になるかも知れないとか、いろんな噂が飛び交って選手たちは動揺しています。でも、彼らが耳にしているのはどれも伝聞ばかりです。自分たちの将来に関わることなのにそれはないんじゃないでしょうか。みんな知る権利があると思うんです。いままでチームのために本気で戦ってきたのに、現状をも知らされず、ただ不安だけが大きくなっていくのは良くないと思います」

「オレからも頼みます。君嶋さん」

岸和田も君嶋のデスクまでやってきて頭を下げた。「いまどういう状況なのか、正確なところを教えて下さい。そして君嶋さんの意見も聞かせて下さい。オレたちがどうするべきなのか、それが知りたいんです。こんな状況じゃ、みんな練習にも身が入りません」

「わかった」

重たい吐息混じりに君嶋はこたえた。「明日、柴門に時間をとってもらう。それでいいか」

「ありがとうございます」

「よろしくお願いします」

多英と岸和田は口々にいって、自席へと戻っていく。

とはいえ、君嶋には自分がどう話せば選手たちを安心させられるのか、想像もつかなかった。

考えた末に辿《たど》り着いたのは、結局のところ、ありのままの事実を話すしかないということだ。

そしてその前に——里村の件もある。

柴門がいったいどんな話をするつもりなのか、わからない。移籍承諾書を出すべきなのか、拒絶すべきなのか——いやチームの利益を考えれば明らかに後者だが、果たしてそれでいいのか。

アストロズは混迷の渦に巻き込まれようとしていた。

6

開放した監督室のドアの向こうに、里村が現れたのは、午後三時を少し回ったところであった。

そこに君嶋もいるのを見て、ちょっと気まずそうにしたが、

「まあ、座れ」

柴門にいわれ、ひょいと頭を下げてソファにかける。

「このたびは申し訳ありませんでした」

出てきたのは、そんな殊勝な詫びの言葉だ。

「話はきいた。驚いたよ」

柴門はいい、長年アストロズを支えてきたスクラムハーフの目を覗き込んだ。「ウチは今季優勝を争おうとしているし、その可能性も十分にあると思ってる。それで

も、移籍するのか」

里村は視線を両膝の上で組んだ手元に合わせて硬い表情を見せた。

「もし本当にそうなら、移籍したくはありません」

そういった。「それでも、廃部になるかも知れないチームでは、将来が不安です。少なくともラグビーに集中できる環境にいたいと思っています」

「なんでこの時期なんだ。チームに迷惑がかかると思わないか」

柴門の口調は、非難めいてはいなかった。どこか、淡々と諭《さと》すような包容力を感じるきき方だ。

「実はその──かなり迷いました」

顔を伏せたまま、里村は声を絞り出すようにこたえる。「決めかねてたんです。ただ、来シーズン以降のアストロズがどうなるかわからないという状況を聞いて、それで決断することにしました」

「来年どうなるかは、このオレにもわからん」

柴門はいった。「アストロズがどうなるのか。このまま継続できるのか、強化費を削られ、弱小チームに転落するのか。おそらくそのときには、このチームの大勢が散り散りになるだろう。おそらく、オレもいない」

「要するにそうなってから移籍するか、そうなる前に移籍するかということだと思ったんです」

「そうか……」

柴門はふうとひとつ息を洩らすと、「もうサイクロンズには、返事をしたのか」、ときいた。

里村に逡巡《しゅんじゅん》が過《よ》ぎった。どう答えたものか迷ったのだろう。

「はい。先日、伝えました」

「移籍承諾書が出ない可能性については、伝えたか」

里村の顔が上がり、しばしの間が挟まる。

「一年プレーできなきゃ、今年移籍する意味はないよな。津田監督もバカじゃない。この一年は棒に振ってでもお前が欲しいと、そういうことか」

「そうだと思います。でも、監督――」

里村の目に狼狽の色が浮かんだ。「移籍承諾書、出していただけないんでしょうか」

「それはオレが決めることじゃない。フロントが決めることだ」

里村が君嶋を一瞥《いちべつ》したが、君嶋は黙っていた。

「ラグビーという競技でもっとも大切にされるのはフェアかどうかだ。ラグビーで反則とされるものは全て、それを認めてしまったら公平じゃないからだ。それはお前もわかってるだろう。いまお前に移籍されれば、アストロズは選手起用で大穴が空く。

一方でサイクロンズには強力な一枚が加わることになる。それがフェアか」

里村からは返事がない。

「今回の移籍は、グラウンド外のオフサイドみたいなもんだ。お前はいまオフサイドポジションにいる。だが、まだ撤回はできる。どうする。今年一年を棒に振るか、今年はウチでプレーして、来年サイクロンズでプレーするか。どっちが賢い？」

理詰めの柴門の説得に、里村は押し黙っている。俯《うつむ》きながら、里村は、懊悩《おうのう》している。長い沈黙の後、

「オレは——」

やおら上げた里村の顔は真っ赤で、目が潤んでいた。「それでもサイクロンズに行きます。あそこには、日本代表で一緒に戦った仲間が大勢いるからです。プラチナリーグの試合に出られなくても、日本代表のテストマッチには出る権利はあります」

「試合に出ていない選手を呼ぶほど、日本代表は甘いか。オレなら呼ばない」

柴門は、里村の目の奥底まで見通すような強い視線を向けた。突き放すようなひと言に里村は息を呑み、唇を噛んで背を丸めている。

「サイクロンズには刺激があります。一緒に練習したい仲間もいる。だから行くんです。移籍させてもらえませんか。ご迷惑をかけるのは承知でお願いします」

里村はそういって頭を下げた。

その態度は、昼間、君嶋に対するものとは別人だ。

それを冷ややかに、君嶋は眺めていた。

移籍承諾書が発行されないかも知れないという、想定外のオプションを目の前に突きつけられて自分の愚かさを悟ったのだろう。

いまチームが直面しているこの事態そのものに、君嶋は無性に腹が立って仕方がなかった。

7

「全員集合」

柴門の号令一下、グラウンドに散っていた選手たちが、ピッチサイドに集まってきた。

選手たちだけでなく、コーチやスタッフたちも全員が集まり、柴門と君嶋のふたりを囲む輪ができた。

この日は昨日まで降り続いた雨が止み、四日ぶりのグラウンド練習になった。蒸し暑く、間近に控えた真夏の到来を感じさせる六月下旬の夕方、午後六時過ぎだ。

「君嶋GMからみんなに話がある。聞いてもらいたい。じゃあ――頼む」

柴門から簡単に発言を促された君嶋は、ひとつ頷き「みんな練習中に邪魔してすまんな。実は、聞いて欲しいことがある」、チーム全員に向かって語りかけた。

話の内容は、ずばりアストロズの今後についてだ。

話の受け止められ方次第では今シーズンの、いや将来のアストロズの動向を左右するかも知れないと思うと緊張するが、だからといって、その場凌《しの》ぎの言い訳や聞こえのいい解釈で誤魔化すわけにもいかない。

これは、選手たちの人生に関わる問題でもあるのだ。

「先日の取締役会でアストロズのことが話し合われたことは、みんな知ってるよな。発言したのは脇坂さんという経営戦略室長で、つまりオレの元上司だ。今期から常務取締役に大出世して、発言力を増している。その脇坂さんが、アストロズの巨額コストについて問題視していて、アストロズの命運がかかっているといっていい強化予算の削減、さらには廃部にまで言及した。オレは、それに対してあらゆる手を使って抵抗し、せっかく地域に根ざしたチームとして成長しようとしているアストロズを全力で守るつもりだ。だが、申し訳ない。それでも、本当に守り切れるかどうか、正直なところわからない。しかし、これだけは約束する。オレは、お前らとアストロズのために全身全霊を懸けて戦う」

君嶋は渾身《こんしん》の言葉を放ち、しばし全員の顔を見回して続ける。「どんな会社でも業績が悪化すると、リストラが話題になる。トキワ自動車の場合、そこまでの業績不振には見舞われていないが、コストダウンは、常に最重要課題だ。企業スポーツの多くが、実際、過去において経営不振をはじめ様々な理由で活動を休止してきた。ウチもそうなるのかと不安だろう。だが、ひとついっておく。いつも安泰の企業なんてどこにもないんだ」

君嶋は語りかけた。「長く事業をやっていれば、いいときも悪いときもある。そうした事業の浮き沈みに振り回されるのは、企業スポーツにとってのいわば宿命だ。企業のスポンサードを得て活動する以上、企業が抱える様々な事情で、活動休止のリスクは必ず存在する。安穏として、ラグビーだけをやっていればいい気楽な環境なんて、世の中のどこを探してもない。これから先もないだろう。我々は社会人としての責任を常に背負ってここにいる。我々に必要なのは、変化する環境に対応し、そして常に逆境を乗り越える精神力なんだ。どんな状況だろうと負けない気持ちの強さだ。そういう精神力を持ったチームだけが生き残り、強くなれる。そういうものだと思う」

自分の気持ちがこの連中にしっかりと伝わっているだろうか。君嶋にはそれはわからない。だが、いま君嶋を見つめる男たちの目には何かが宿り始めた気がする。真剣な戦う気力が、この円陣の内側に放たれ、渦巻き、感応しあっている。

「いまこそ、オレたちの真価が試されてるんだ。我々はひとりの社会人として、ラグビー人として、常に全力で戦おう」

君嶋の言葉が、果たしてどれだけ選手たちに響いたかはわからない。だが、この気持ちだけは、ゼネラルマネージャーとしての誠意だけは、

——何とか届いてくれ。

そう君嶋は、心から念じたのである。

8

里村がアストロズでの最後の日を迎えたのは、六月末のことであった。

試合形式のミニゲームでは、この日チームを去る男とは思えない積極的なプレーで、あらためてその才能を示したといっていい。

練習が終わったのは、午後八時を過ぎた頃だった。

湿気をたっぷりと含んだ空気がたちのぼり、あたりには、六月の天然芝の匂いが一面に満ちている。点灯している照明に無数の虫が群がっており、夏の到来を彷彿《ほうふつ》とさせる蒸し暑さだ。

集合の合図のもと、ハーフウェイライン付近に汗だくになった選手たちが集まって

きた。

里村の移籍の件は、すでにチーム全員の知るところで、誰もが押し黙っていまチーム全員の前に立った里村を見つめている。

「みんなお疲れ様。知っての通り、今日で里村はこのチームを去ることになった」

柴門らしいさっぱりとした調子だ。「いままでウチのためにがんばってくれたことに感謝したい。ありがとう、里村。最後にひと言、頼む」

ここにいる誰ひとりとして、里村のチーム離脱には納得していないだろう。

リーグ開幕まであとふた月ほど。移籍期限ギリギリ、まさに土壇場での離脱劇で、しかも移籍先は、因縁のサイクロンズだ。

促されて一歩前に出た里村は、自分を見つめるチームメイトたちの視線を一身に浴び、

「オレは自分のために、みんなを裏切った。One for all, all for one――そのラグビーの原則を踏みにじったも同然の行為だと思う。申し訳ない」

里村は腰を折り、深々と頭を下げてチームメイトに謝罪してみせた。

謝ってはいるものの、言葉は上滑りして、誰の腹にも落ちなかったに違いない。里村の言葉は丁重だが、やっていることは正反対の裏切り行為だ。

「サイクロンズへの移籍を決めた理由はふたつある。ひとつは、今以上にラグビーに

打ち込める環境を得るためだ。もうひとつは、もっと大きな舞台で活躍するために自分にとって必要だからだ。サイクロンズには、日本代表で一緒にやってきた選手が何人もいる。彼らと日頃からコミュニケーションを取り、練習することで得られるものは少なくない。それは皆もわかるだろう。ポジション争いも熾烈《しれつ》で、そうした競争こそが、いままでの自分に足りなかったものだと思う」

君嶋は、佐々の表情をひそかに見ていた。

佐々は同じスクラムハーフだ。このチームに競争が足りないという里村の発言は、そのまま佐々の力不足を指摘しているようなものである。

「オレの夢は、世界の舞台に立つことだ。日本代表、そして海外のクラブチームで活躍して、その経験を日本に持ち帰りたい。そのために、どこにいるのが最短距離なのかを、真剣に考え、サイクロンズを選んだ。ムシの良い話だとみんなが怒るのは無理はないが、オレは自分の選んだ道を行くことに決めた。いつかリーグ戦のグラウンドで対戦できる日を楽しみにしてる。いままで——お世話になりました」

里村の挨拶はそれで終わりだった。

拍手はない。

不信と怪訝、割り切れなさの入り混じった感情が見送る側の選手ひとりひとりを翻弄しているようにも見える。

「それじゃあ、テツ」

柴門から指名され、キャプテンの岸和田が前に進み出た。

「よくもオレたちを袖にしてくれたな、サト」

それは、荒っぽい岸和田流の挨拶であった。「必ず後悔させてやるから、覚悟しておけ。オレたちはサイクロンズをこてんぱんに負かして、優勝する。そうだな、みんな」

このときばかりは、おう、という獰猛《どうもう》な声が上がった。「オレたちはこれからどんどん強くなる。お前が抜けたからといって、何が変わるわけじゃない。オレたちを甘くみると痛い目に遭う」

岸和田は挑戦的に言い放った。「お前は自分がいないとオレたちが勝てないと思ってるかも知れないが、オレたちは平気だ。だから、お前がどこへ行こうと勝手にやるがいい。だが、だらしないプレーをしてアストロズの名を汚すことだけは絶対に許さない。最後に、オレたちからお前に餞別《せんべつ》がある。これは、オレたちからの決意表明であり、お前に対する挑戦状でもある。君嶋さん、お願いします」

まったく、こいつらときたら――。

君嶋は、ため息を吐《つ》きながら、つい先日の出来事を思い出した。

新堂と共に、里村の移籍について最終的な協議をしたときのことである。

里村移籍の報告をきいた新堂は、収まった肘掛け椅子の中でしばし瞑目し、

「そうか」

と無念のひと言を吐き出した。「里村が抜けるのは痛いが、そこまで意志が固いとなれば仕方ないか」

工場長の執務室であった。新堂と反対側のソファに、君嶋は、柴門とふたり並んでかけている。

「力及ばず、申し訳ありません」

頭を下げた柴門に、「別に君のせいじゃないだろうさ」、と新堂はこたえた。「これは、我々フロント陣の責任だ。里村が、身分の不安定なことを移籍理由に挙げたのは、正直、ショックだ。それは現場ではなく、あくまで経営管理側の責任だからね。我々の方こそすまなかった、柴門監督」

新堂はそういって詫びた。

「ところで、里村の移籍承諾書ですが――」

君嶋が切り出した。「出さない方向で検討したいと思います」

「やむを得ないか」

いままで、アストロズの慣例では、移籍を希望した選手には全員、移籍承諾書を渡して送り出していた。「この時期に移籍希望を伝えられても、ウチは対策の取りよう

がないし、対サイクロンズ戦で不利になるからな。監督の考えは、どうですか」

新堂に問われた柴門は、「出すか出さないかは、経営判断としてお任せします」、という意見を述べた。下駄《げた》を預けた格好だ。

「里村の移籍はいってみれば本人の我《わ》が儘《まま》だ」

新堂は続けた。「来年に延ばすこともできただろうからね。では、君嶋くんのいうように、今回は移籍承諾書を出さない方向でいこう」

君嶋の意見に同意した新堂は、柴門に確認した。「そういうことでよろしいですね、監督」

ところが――。

打ち合わせを終えた君嶋が自席に戻ると、それを待っていたかのように岸和田がデスクの前に立ったのだ。

「君嶋さん。実は選手全員で話し合ったことがあります」

厳しい表情の岸和田が言いにくそうに切り出す。「里村に、移籍承諾書を出してやってくれませんか」

君嶋は唖然《あぜん》とし、しばし岸和田の顔を見つめた。

「お前ら、それでいいのか。フェアじゃないだろう」

「同感です。フェアじゃありません。ですが、理由はどうあれ、あいつはあいつなりに悩んで移籍を選んだはずです。いくらルールでも一年間も試合に出られないようにするのは、おなじラグビー人として気持ちのいいものではありません。あいつにとっても、日本のラグビー界にとってもマイナスだと思うんです」

「それはお前らの総意か」

「そうです」

岸和田はうなずいた。「お願いします、君嶋さん。移籍承諾書、出してやっていただけませんか。オレたちはあいつのいるサイクロンズを破って優勝したいんです。お願いします」

人がよすぎるんじゃないのか——。

そんな言葉を呑み込んだのは、岸和田の真摯《しんし》な眼差しを見てしまったからだ。

「わかった」

君嶋はいった。「新堂さんに話して、出す方向で検討しよう。その代わり、サイクロンズ戦、必ず勝てよ」

そしていま——。

岸和田は君嶋から受け取った書類を里村の前に差し出している。

「移籍承諾書だ」

おそらく、移籍承諾書は出ないと里村は覚悟していたはずだ。

その表情に驚愕の色を浮かべた里村は、おずおずとその書類に手を伸ばす。

「いいのか、テツ」

里村がきいた。

「みんなと話し合って、こうすることに決めた。ほら、もっていけ」

岸和田は悔しそうに顔を歪《ゆが》めながら、最後のひと言を絞り出した。「サイクロンズでの、——健闘を祈る」

里村は、やおら全員に向き直り、「みんな、すまん」、そういって深々と頭を下げた。

9

クラブハウスのミーティングルームで里村の送別会が開かれている間、君嶋はずっと気になっていたことがあった。

佐々の態度だ。

話の輪に加わるでもなく、ウーロン茶を片手に、会の間中、思い詰めた表情でミーティングルームの片隅で黙って立っていた。その傍らには、何を話すでもなく七尾が付き添っている。

とくに気になったのは、佐々の目だ。

刺すような鋭い目をしていた。それを時折、里村に向けている。

先ほどの里村の言葉は、同じポジションにいる佐々など相手ではないといっているのと同じだ。

それはある意味、失言であった。佐々にとっては、侮辱的としかいいようのないひと言だからである。

オレがふがいないからよそのチームへ行くのか——そう解釈したかも知れない。

送別会は一時間ほどでお開きになり、選手たちはその後、いつもの「多むら」へ流れていった。

それには参加せず、一旦総務部に戻った君嶋がやり残した事務を片付けて職場を出たのは、一時間ほど後のことだったろうか。

工場の屋根越しにグラウンドの照明が点灯しているのが見えた。

消し忘れか。最初はそう思った。だが——。

近付いた君嶋が人の声らしきものを聞いたのはそのときだ。「まだ誰か、残っているのか」

工場の建物を回り込み、練習グラウンドに向かった君嶋はそこで立ち止まった。柴門の姿を見つけたからである。

柴門はグラウンドを囲むフェンスの片隅に立ち、中の様子をじっと見つめていた。君嶋が近づくと、黙って右手を上げてみせ、またすぐにネット越しの光景へと視線を戻す。

その先に、佐々がいた。

七尾もだ。そして、プロップの友部もその練習に付き合っている。

腰を落とした佐々に向かって、友部が突進していく。

そのタックルを避けながら、離れたところにいる七尾に鋭いパスが放たれた。

パスの長さ、角度、スピード。パターンを変え、何度も同じ練習が繰り返されている。

佐々のパスは、スタンドの明かりを受けて美しい鉱物のように輝いてみえた。ときに七尾からも佐々にパスが投げられ、さらに友部も攻守を替えてそれに参加する。

いつまでも見ていたくなるような、流れるが如《ごと》き練習が続く。

「すげえな、佐々」

君嶋はいった。「里村の控えでなかなかスタメンでは出られなかったけど、かなりいけるんじゃないか」

実際、去年のサイクロンズ戦後半のプレーは素晴らしかった。

「これが、里村が移籍を希望した本当の理由だ」

やがて柴門が口にしたのは、君嶋も驚く意外な真実であった。「あいつがサイクロンズに移籍するのは、別にアストロズの強化費が削られるからでも、刺激がないからでもない。本当の理由は、自分が控えに回ることがわかっていたからだ」

君嶋は言葉を失い、柴門を見つめた。

「去年一年で、佐々は途轍《とてつ》もない成長を見せた。だから、オレは昨シーズンのサイクロンズ戦の後半に勝負をかけて、佐々を起用した。いま佐々の実力は、確実に里村よりも上だ」

柴門は断言する。「佐々はいまや、日本のプラチナリーグでも屈指のスクラムハーフだ。日本代表に呼ばれるのも時間の問題だろう。それに、あの七尾も、そして友部もだ」

君嶋は改めて、グラウンドの練習に目を凝らす。

「タレントは揃っている。戦略もある」

柴門はいった。「あとは戦うだけだ。結果はおのずと――ついてくる」

開幕戦までの二ヵ月は、あっという間に過ぎていった。

第四章　セカンドシーズン

1

リーグ戦の開幕を迎えたその日――。

横浜市郊外にあるトキワスタジアムの上空には真夏の夜を思わせるねっとりとした大気が居座っていた。

九月第一週の土曜日である。キックオフは午後七時。一時間前の開場と同時に客席が埋まり始め、試合開始十分前には自由席までほぼ満員の状態にまで膨れあがっていた。

「こんなに大勢のお客さんに来ていただけるなんて」

多英は万感胸に迫る表情で、ピッチサイドからスタンドを見上げている。

「ただ満員御礼というわけじゃない」

君嶋はいった。「このお客さんの平均単価は約二千円だ」

通常のプラチナリーグのチケット平均単価は千円ちょっとで、その倍近い価格で販売していることになる。

この一万五千人分のチケットのほとんどをアストロズが協会から安く買い取り、自前のルートで売り捌《さば》いたのだ。

新たに開設したアストロズ・ホームページからのチケット販売、いまや会員数二万五千人を誇るアストロズ・ファンクラブ——このふたつの販売チャネルは、どちらも君嶋が立ち上げた。

肝心なことは、どこの誰が、どんなチケットを購入したか把握できることだ。性別や年齢、職業まで把握しており、君嶋はこの日の観客の男女比が六対四で、購入者の平均年齢が三十二歳であることも知っている。

日本蹴球協会からチケットを安く卸してもらい高く売ることで、アストロズはこの試合で約一千万円のチケット収入を得た。さらに、アストロズのファン層が特定できたことで、ホームページやスタジアムの広告主を絞り込み、チケット収入を上回る広告収入の獲得にも成功している。

それはどれも日本蹴球協会の運営に依存していては、絶対に実現しなかったものばかりであった。

日本蹴球協会は、売れないチケットを投げ売りし、あるいはスポンサー企業に押し付け、せっかくスタジアムに足を運んでくれるのにファンのプロフィールを把握することもなく、集客にも無頓着だ。

君嶋の経営感覚からすると、プラチナリーグの平均入場者数三千数百人という数字は完全なる落第点だ。それを継続的に許容している日本蹴球協会という組織は、どんぶり勘定のシロウト経営そのものだ。運営しているのは、リーグ参加企業から受け入れている元ラグビー選手たちで、経営のプロではない。そういう連中が君嶋をラグビーのシロウトだといって小馬鹿にしているのだから、これはもうどうしようもない。ラグビーという競技の崇高な理念に——その真偽はさておき——共感してカネを出してくれている大企業がなければとっくに崩壊、協会など跡形も無くなっているに違いなかった。

君嶋がメインスタンドの関係者席に着くと同時に、選手たちが入場してきた。

開幕戦の相手であるサクラ製鋼インパルスは強豪で油断ならない相手だが、満員のファンで埋まったホームで迎え撃てるのはアストロズにとって大きなアドバンテージに違いない。

電光掲示板と場内アナウンスが出場選手を発表して盛り上げていく。

背番号3のプロップ友部が紹介されると、スタジアムに一段と大きな拍手が湧き上がった。友部は休みになると必ず市内の病院を回って、特に小児科で入院している子供たちを励まし続けてきた。

友部ひとりで、どれだけお土産のラグビーボールを使ったか知れないほどだが、君嶋はそれをひと言の文句をいうことなく出し続けた。そのボールこそ、新たな世代へラグビーをつなぐパスになるからだ。

どよめきが起きた。

ハーフ団——つまりスクラムを組むフォワードと、トライゲッターのバックスとのつなぎ役である、スクラムハーフとスタンドオフのふたりが発表されたからだ。

背番号9、スクラムハーフは佐々である。

「佐々って控えのスクラムハーフじゃん」

「里村をサイクロンズに取られちゃったからなあ」

君嶋の耳にも、そんな会話が聞こえてきた。だが、佐々は昨年のサイクロンズ戦で後半投入されていい働きをしたから目の肥えたファンは納得したに違いない。

本当のどよめきを生んだのは、スタンドオフ七尾圭太がコールされたときであった。

——浜畑じゃないのか。

誰もがそう思ったに違いない。

浜畑は、ミスター・アストロズといっていいほどの看板選手だ。だが、柴門が開幕戦のスタメンに選んだのは日本代表の経験もあって大舞台も経験している浜畑ではなく、新人の七尾だった。

「七尾って誰よ。浜畑は故障してるのかな」

そんな会話が、君嶋の耳にも入ってくる。

ここにいる客のほとんどが、七尾についてはほとんど何の知識もない。

しかも、驚くべきはその若さだ。

ハーフ団は、いわば攻撃のしきり役である。なのに、佐々が二年目で七尾が一年目だ。

大学生に毛が生えたようなふたりのスタメン起用に、詰めかけたアストロズファンが首を傾げているのがわかる。

この重要な開幕戦に、ベテランの浜畑を最初から出さないのは何故だ。こんなハーフ団で本当に戦えるのか――と。

だが、それが単なる杞憂《きゆう》であることを、誰もが間もなく気づくだろう。

居心地の悪い怪訝な囁《ささや》きが歓声に変わる、その時が近づいている。

煌々と照らされた緑の芝が、夜の底に浮かび上がるように美しかった。そのグラウンドに立つ選手たちを見ることなく、同じメインスタンドの、君嶋から少し離れたところにいる柴門は瞑目し、何事かを考えている。

やがて電光掲示板に映し出された時計の針が七時を指して——キックオフの笛が鳴った。

2

「七尾、すごいな。浜畑さんを押しのけて出てるよ」

理彩の驚きのコメントに、レナはうまく答えることができなかった。

まるで自分がピッチに立っているかのように、緊張していたからだ。グラウンドに立つ七尾は、紅白戦で初めて見たときより、精悍に見えた。

一旦は諦めたラグビーを再開するために、七尾がどれだけ真剣に考え、悩んだか、レナは知っている。

ラグビー部への入部を決めてからも、七尾は必死になって海外事業部の仕事を覚えようとしていた。寸暇を惜しんでレナの説明を聞いてはノートに記録し、実務を通じて知識と経験を得ていった。出来の悪かった新人が、みるみる逞《たくま》しくなっていく。見違えるほどに。それは教える側のレナにしても、濃厚な時間だったと思う。

——きみはやっぱり、ここにいるべきなんだよ。

七尾にとって、ラグビーがいかに尊く、愛しいものか、いまレナは理解しているつもりだ。そのために、七尾は持てる力の全てを注いでここにいる。

——がんばれ、七尾。

グラウンドにいる三十人の選手たちが一斉に動き出した。

キックオフされたボールをキャッチしたインパルスの選手が、走り込んできたアストロズの選手にタックルされて倒れ込む。インパルス側にボールが出たものの、鋭い出足のアストロズにプレッシャーを受け、陣地回復を狙ったキックはさして効果的なものにならなかった。

最初のラインアウトだ。スクラムハーフの佐々が素早く捌《さば》き、ボールが七尾に渡る。

密集に走り込み、あとわずかで抜けようというところで惜しくもタックルされたが、その瞬間、ボールは逆サイドからスピードに乗って走り込んできたバックスの選手にパスされていた。

完璧なオフロードパス——タックルされながらのパスだ。虚《きょ》を衝《つ》かれた相手ディフェンスの対応が遅れ、小さな穴が出来た。それを見逃すことなくアストロズのバックスがゴールポスト横へと走り込んでいく。

あっけないほどの先制トライが生まれたのは、開始わずか五分のことであった。

たったこれだけのプレーでも、佐々と七尾のコンビネーション、さらに七尾の瞬時の判断力とフィジカルの強さが見て取れる。パスやランの力強さやスピードは見違えるようだ。去年までのアストロズには無かった新鮮さに溢れている。

「あの七尾って、新人の割にはなかなかやるじゃん」

大きくリードして前半を折り返したとき、そんな声が背後から聞こえ、

——こんなもんじゃないよ。

そうレナはいいたかった。

試合が終わったとき、誰もが七尾圭太の名前を胸に刻みつけるに違いない。いま私たちが目にしてるのは、単なる試合じゃない。伝説の幕開けなんだと。

3

ノーサイドの笛が鳴ったとき、君嶋は安堵《あんど》のため息とともに立ちあがると工場長の新堂、そして多英と握手をし、歓声と惜しみない拍手が贈られているグラウンドに視線を向けた。

電光掲示板が表示しているスコアは、三十六対十の大差だ。

いま君嶋はそれを信じられない思いで、見上げていた。

前半に三つ、後半に二つのトライを奪い、逆に強豪インパルスのトライをひとつだけに抑え込んだ完勝だ。

脳裏に生々しく焼き付いているのは、七尾を中心とする華麗な攻撃の数々だ。意表を衝くオフロードパス、いったいどうやって投げたかわからないほどのショートパス、大胆な一人飛ばしパス、佐々やバックス陣との多彩なサインプレー。さらにとくに印象的なのは、時に効果的に繰り出される正確なキックパスであった。走り込むトライゲッターのウイング目がけて蹴られたキックパスは、ディフェンスラインを上げてきていた相手を混乱させ、翻弄したのである。

アストロズの選手たちがメインスタンド前で整列していた。

――七尾！

誰かが叫ぶと一段と拍手が湧き上がる。

里村や浜畑に代わるスターが誕生した瞬間だった。

アストロズを牽引《けんいん》し、複雑で多彩で、そして華麗な攻撃を組み立てられる、超攻撃的スクラムハーフとスタンドオフ。圧倒的な才能が表舞台に登場したのだ。

これが柴門が作った二年目のアストロズか。

自身惜しみない拍手を贈りながら、君嶋は痺《しび》れるような感動を覚えていた。

スタンディング・オベーションの観客席を、ゆっくりと柴門が降りていくのが見える。やがてその姿がピッチサイドに現れると、再び拍手が起きた。

——頼むぞ、柴門。

君嶋は選手とともに観客席に両手を上げて応える柴門を見ながら思った。

——お前はグラウンドでの戦いに勝ち続けろ。オレは、グラウンド外での戦いに挑む。必ずこのアストロズを守ってみせるから。

選手たちがグラウンドから姿を消すと観客たちが帰路につき始め、スタンドの出口に向かう人の流れができた。

工場長の新堂が、多英の案内で選手たちを祝福するため下へ降りていく。

「——君嶋くん」

思いがけず声をかけられたのは、君嶋も向かおうとしたときだ。

「滝川さん——！」

そこに立っていたのは、滝川桂一郎その人であった。「いらしてたんですか」

かつて常務取締役として権勢を誇った滝川が、本社の役員を外れ、業績の悪化した金融子会社の社長に転じたのは三月のことであった。

一説には、島本社長から再建を託されたという話もあるが本当のところはわからない。いずれにせよ、その滝川がアストロズの試合を観戦すること自体、あり得ないことのように思えた。

「まさか、こんなところでお会いできるとは思いませんでした」

「嫌みか」滝川は笑っていた。

「いいえ。滝川さんには、アストロズの運営について非常に有意義な指摘をいただいたと思っています。ありがとうございました」

「その成果が、この試合なんだろうな」

滝川は、観客たちが帰路に向かい始めたスタンドを改めて眺めやる。そして、「ここまでよくやったな」

そうひとり言のように呟くと、君嶋を見た。「さすがだ」

「ありがとうございます。でもまだ、今シーズンは始まったばかりです」

「そうだな。だが、今シーズンしかないかも知れない」

滝川は、バックスタンドに目を向けたままいった。「脇坂が潰しにかかってることは聞いたよ。新たな敵の出現というわけだ」

「まあ、脇坂さんがおっしゃることもわからんではないですが。正直、滝川さんの方がマシでした。ラグビーに愛情がある分だけ」

「全くお前というやつは……」

滝川は小さく笑って一旦俯《うつむ》き、それから改めて顔を上げた。「ラグビーに愛情か。

なんでそう思う」

「本当に潰そうと思えば、潰すことができた。違いますか」

返事はない。「それに、滝川さんが指摘したことは、アストロズに限らず日本のラグビー界がいままさに抱え、解決しなければならない問題ばかりです。ラグビー部のことを、真剣に考えて頂いてたんだと思っています。事実、地元密着のチーム作りのための予算案には反対されませんでした」

「座らないか」滝川にいわれ、並んでシートにかけた。

「私のオヤジはラグビーをやっててな。子供の頃には、正月は花園《はなぞの》へ高校ラグビーを観に行くのが恒例だったよ。正直いうと私も、一度ぐらいラグビーをやってみたかった」

初めて聞く話であった。

「ラグビー部には入らなかったんですか」

滝川は少し淋しげに首を横に振る。

「高校のときは勉強で忙しかったし、大学へ入った頃には、オヤジが経営していた家業の用品店が左前《ひだりまえ》になっちまってな。学費は奨学金でなんとかなったが、私は生活費を稼ぐためにバイトに明け暮れた。体育会なんか入ってる連中はそもそも恵まれた奴らだ。私は貧乏学生でな。あの風間が私のことをバカにしてるのはわかっていた」

滝川は、どこか悔しそうだった。「客観的に考えていたつもりだったんだが、やっぱり、どこかに風間を見返してやりたいって気持ちがあったのかなあ」

思索的に真情を吐露《とろ》する滝川はいま、敵でも味方でもなく、君嶋の知っているひとりの男である。天敵とさえ思った男が、どこか郷愁に似た思いを君嶋の胸に運んでくるのは、不思議としかいいようがない。

「ひとつ申し上げておきたいんですが」

君嶋はいった。「あのカザマ商事の隠蔽工作を暴露した報告書ですが、あれは——」

「君が調べたんだってな」

滝川は知っていたが、君嶋がいわんとすることはそこではない。

「そうです。ただ私は、あの報告書を取締役会の一週間も前に脇坂さんに上げていたんです。それは、取締役会であんなふうに使われるためではありません。もっと前の段階で、営業部に事実を知らせることだってできたし、そうすべきだったと思います」

「だが脇坂は、それを私を追い落とすために使った」

淡々と語る滝川は、澄み渡った瞳に硬質な性格を映していた。

「私には滝川さんを追い詰める意図はありませんでした。それだけはお伝えしておきます。その後、風間さんとは何かやりとりはありましたか」

「ないね」

滝川はこたえた。「彼が私に近づいてきたのは、自分の会社を買ってもらいたかったからだ。目的が頓挫《とんざ》してしまえば、もう用はないんだろう。いまの彼は、生き残るために必死だ。代理人の東京キャピタルを通じて、この件をなんとか伏せてくれといってきたよ。白水商船には知らせないでくれと」

滝川は呆れたふうに笑った。「知らせるもなにも、我々には白水商船とのパイプはない。あればもっと前に、真実に行き着いていた」

おそらくいま、カザマ商事は、それ自体が座礁《ざしょう》寸前の船舶さながらだ。

「だが、君もよく調べたな。正直、あの報告書には感服した」

ぽんと膝を打って立ちあがりながら、滝川はいった。「自分の目がいかに節穴か、頭から冷水を浴びせられたような気分だった。脇坂がどうやって調べたのかと思ったが、後で実は君の仕事だと聞いて納得したよ。資金が引き出された銀行口座の明細まで調べ上げるとはね。私の負けだ」

立ち去ろうとした滝川は、ふと怪訝《けげん》な眼差しを君嶋に向けた。「どうかしたか」

「いえ」

君嶋は小さく首を振ってから、「いま、資金が引き出された銀行口座の明細まで調べ上げたとおっしゃいましたか」、そう改めて問うた。

「それがどうかしたか」

「私の報告書に、その項目はありませんでした。たしかに現金を渡したという青野氏の証言と、森下教授の受領書のコピーがあっただけです」

疑問を浮かべた滝川の目が、君嶋に向けられる。

「どういうことかね、それは」

「わかりません」

君嶋がこたえると、滝川は数歩歩きかけたところで足を止めた。そして、

「君を、横浜工場に飛ばしたのは、私じゃないからな」

意外なことを口にした。「私は、そんなケチなことはしない。いつも論敵ではあったが、お前のような奴は経営戦略室には必要だと私は思っていた。いまもそうだ」

呆然《ぼうぜん》とする君嶋にそれ以上いわず、ひょいと右手をひとつ上げて、滝川は去って行く。やがてその姿が客の流れに紛れて見えなくなるまで見送ると、君嶋は選手たちの待つロッカールームへと急いだ。

4

会話を終えて受話器を下ろしたとき、

「どうかされましたか、君嶋さん」

多英が尋ねた。「なにか問題でも？」

インパルス戦があった週末が明け、月曜日の朝だった。

いま君嶋は不機嫌な表情でデスクの固定電話を睨み付けている。その横には、朝からずっと読みふけっていた書類が置いてあった。

「これだよ」

その書類を多英に見せた。

「取締役会議事録？」

「今年の二月。カザマ商事買収が流れることになった取締役会の議事録だ」

この日の朝、経営戦略室の元部下に連絡し、内々で送らせた内部資料だった。

「実は、土曜日の試合に滝川さんが来てた」

「あの滝川さんが、ですか」

多英が驚くのも無理はない。役員関係者用の招待席は一杯だったから、おそらくは自費でチケットを買って観に来たはずだ。

「そのとき、どうもひっかかることをきいてな」

滝川とのやりとりについて、君嶋は椅子の背にもたれて話し始めた。「脇坂さんがカザマ商事の不正を暴露した報告書には、資金が引き出された銀行口座の明細まで添付されている。ところが、オレの調査は横浜マリンカントリーの青野さんの証言が中心で、唯一の物証は、三億円の受領書のコピーだった。脇坂さんは、オレの報告書にはなかった証拠を入手していたんだ。こいつをいったいどこで手に入れたのか、まったくわからない」

「いまの電話、もしかして脇坂さん、ですか」

察した多英に、「ああ。本人にきいてみた」、君嶋はこたえる。

「なんておっしゃったんですか」

「役員でもない君には関係ないだとさ」

君嶋は短い笑いを吐き捨てた。

「通帳のコピーがどういう経緯で脇坂さんの手に渡ったのか。風間社長本人と近いところに情報源がない限り、こんなものを入手するのは不可能だ」

通帳の名義人は、カザマ商事社長、風間有也本人だった。

いくつかの定期預金を解約して集めた資金三億円が、現金で引き出されている。その経緯が明らかにされていた。

「どうなってるんだ、まったく」

君嶋は、プリントアウトした議事録をぽんと決裁済みの箱に放り入れた。「青野さんにでも聞いてみるしかないか……」

「青野さんの連絡先、おわかりになるんですか。退職されたときいてますが」

青野はすでに新たな職場へと移っていた。

「連絡先は聞いている。そもそも新しい職場を紹介したのは、オレだ」

君嶋は早速、その番号にかけた。


「風間社長の通帳のコピーが？」

電話に出た青野の声は、怪訝なものを含んでいた。

青野の新たな職場は、都内の自動車部品メーカーだ。トキワ自動車の子会社で、青野はそこの製造管理の職についている。君嶋がかつて関わったことのある会社で、事情を話して頼んだところ、「帝都大学ラグビー部のあの青野なら」と採用を決めてくれた。社長はトキワ自動車からの転籍だが、かつてラグビー部だった男である。

「最初にカザマ商事が買収を持ちかけたとき、風間社長が脇坂さんに挨拶くらいはしたと思いますが、それ以上のことはわかりません。御社とのやりとりは代理人を通していましたし」

青野の言う通りで、M&Aの場合、当事者同士が直接やりとりするのではなく、様々な手続きや交渉は、間に入っている代理人が行う。M&Aを扱っている金融機関や専門業者がそれだ。

カザマ商事買収にあたり、トキワ自動車が代理人として指名していたのは、中堅のM&A専門業者、東京キャピタルだった。

東京キャピタルは、君嶋も経営戦略室時代に何度か使ったことのある会社で、スマホには、いまでも社長以下何人かの連絡先が登録されている。

青野との電話を終え、次にかけた相手は、東京キャピタル社長の峰岸飛呂彦《みねぎしひろひこ》であった。

「ごぶさたしてます、君嶋さん。横浜工場に行かれたと聞いたときには驚きましたよ。お元気ですか」

峰岸は根っからの商売人で腰も低いが、本音の見えない男である。

「ああ、お陰様で。ちょっとききたいことがあって連絡したんだが、いまいいかな」

「はい、どうぞどうぞ」

どこかの駅のホームにいるのか、電話の向こうで発車音が聞こえた。

「カザマ商事の件、今回もお宅がウチの代理人だったんだよな」

「いやあ、成立すると見込んでましたから痛いですよ。まさかあんな直前のタイミングでブレークするとは。ホント、勘弁してもらいたいです」

ブレークとは、要するに破談だ。

「その件できききたいことがあるんだが。脇坂と風間社長が、直接やりとりしたことは

「例の取締役会での一件ですね。風間社長の個人的な情報まで把握していたという」

峰岸は商売人らしく察しのいいところを見せた。峰岸にしても、成立すると思ったM&A案件を土壇場でひっくり返されたのだから、おもしろくないに違いない。これが成立していれば、少なくとも数億円単位の手数料が転がり込んできたはずである。

「何かきいてるか」

「私も後で知って不審に思いまして。それで、風間社長に直接問い合わせてみたところ、少々意外な話を聞いたんですよ」

「意外な話？」

「電話ではお話しできることではないので、直接お話しさせてもらっていいですか」

「そっちに顔を出すよ。今日明日でどこか空いてないか」

峰岸からは、「今日の午後七時」、という返事があった。

「了解。じゃあ後で」

短くいって通話を終えた。

5

東京キャピタルの本社は、浜松町にあった。駅を降りて新橋方向に五分ほど歩いた雑居ビルの三階から五階までがオフィスだ。

雑居ビルといっても同じビル内には弁護士事務所などが入っており、雰囲気は落ちついている。東京キャピタルのようなM＆A業者にとっては、事務所の〝見てくれ〟も信用のうちだ。

「どうも、ご無沙汰しております」

丸テーブルがある会議室に通されると、ほとんど待たされることなく峰岸が現れた。峰岸の正確な年齢は知らないが、君嶋と同世代で、元はどこかの証券会社に勤務していたはずである。

やたらに腰の低い対応ぶりはその証券会社時代に身についたものだろうが、若くして会社を成長させただけあって、商売は上手《うま》い。相手の懐《ふところ》に飛び込むタイプだが、利に敏《さと》く、いままで取引した経験からいうと、状況判断に優れている印象だ。つまり、トキワ自動車が雇う代理人としての素質は備えている。

「それで？」

テーブルの反対側に峰岸がつくと君嶋は問うた。「意外な話ってなんだ」

「脇坂さんの学歴ってご存じですか」

答えの代わりに、峰岸は質問を寄越した。

「たしか、神奈川国立大学じゃなかったかな」

「いえ、大学じゃなくて、高校ですよ」

「いや、そこまでは知らない」

答えた君嶋に、

「それが——明成学園大学附属高校なんですよ」

峰岸は声を落として含みを持たせた。

「明成？」

最初、君嶋の脳裏を過《よ》ぎったのは、滝川の顔だった。明成学園でカザマ商事の風間有也とはクラスメイトだったはずだ。だがそれは大学での話である。

「滝川さんが明成に入ったのは大学からです。一方の脇坂さんは高校時代に明成に在籍していて風間社長と同級生だったんです」

「高校時代に？　大学はどうして明成じゃないんだ」

「高校三年のとき、脇坂さんの実家が経営していた工場が傾いたため、エスカレーター式ではあってもカネのかかる明成学園大学へは行かず、勉強して神奈川国立大学に進んだということでした。そして、ここからが重要なところですが、高校時代の同窓会に出た風間社長に、滝川さんの情報を教えたのは、他ならぬ脇坂さんだったそうです。酔った勢いで会社を売却したいといったところ、それなら滝川に話を持ち込んでみろと」

その事実は、少なからず君嶋を驚かせた。カザマ商事買収に関して、当時君嶋は高すぎることを理由に否定的な見解を示していたが、それについて脇坂はどっちつかずの態度であった。そもそも事の発端を作ったのが脇坂なら、その曖昧《あいまい》な態度にも合点がいく。

「脇坂と風間社長に面識があることを、滝川は知ってるのか」

「いえ、脇坂さんからは黙っていてくれといわれたそうです」

峰岸は意味有りげにこたえた。「話せば社内で面倒なことになる、自分たちが判断する立場だからと」

風間と親交があるのなら社内で明らかにするのが本来の姿で、脇坂には他意がある。

「最初から、裏で脇坂さんが風間社長にいろいろアドバイスをしていたらしいんですが、風間社長が欲張って一千億円を提示したのは誤算だったようです。脇坂さんからは価格を下げろと言われたそうなんですが、欲の皮が突っ張ってしまって聞き入れなかったと風間社長はおっしゃってました」

実際、それがネックとなり、最初のときは、話がまとまらなかった。

「風間社長によると、森下教授の買収や、結局会社の売値をトキワ自動車の許容範囲まで下げたのも脇坂さんのアドバイスだそうです。でも脇坂さんは最初から、風間社長を利用する目的だったんじゃないですか」

峰岸にそういわせるのは、商売人の嗅覚《きゅうかく》だろう。「脇坂さんが、そこまでして風間社長を助けるとは思えないんですよね。脇坂さんは風間社長を救おうとしたわけではない。単に、自分の道具として使っただけなんじゃないですか。滝川さんを陥れるワナとして。最初から買収を成功させるつもりなんかなかったんです。ただそのためには、買収に反対するだろうあなたがいては邪魔だった。だからあなたを横浜工場に飛ばしたんでしょう」

君嶋の異動後、ふたたびカザマ商事の買収事案が持ち上がり、今度は正式な買収方針が決まった。脇坂の計画が成就《じょうじゅ》する見込みがついたのだ。そうなってしまうと今度は、経営戦略室の力不足が気になったというわけだ。だから一旦は切り捨てた君嶋に、戻ってこないかと声をかけたのだろう。都合のいい話である。

重苦しい沈黙のあと、峰岸はいった。「ここだけの話、脇坂さんは、本当の悪人ですよ」

悪人、か。

「その悪人と、あんたは仕事してるじゃないか」

「いいえ、もうしません」

驚いたことに峰岸は首を横に振った。

「どうして」

「脇坂さんから、トキワ自動車への出入りを禁止されましたから。要するに、口封じですよ」

「なるほど。だとすれば、脇坂さんは最後にやり方を間違えたな」

君嶋はいった。「出禁にせず、お宅を使い続ければ、この秘密はたぶん守られただろう。あんたは、自分の会社さえ儲かればそれでいいという考えだ。その意味では、あんたも悪人だ」

「その通りです」

少しも悪びれることなく、峰岸は認めた。「でも、商売なんてそんなもんです。綺麗事ではカネ儲けはできませんから。ところで君嶋さん、どうされるんですか、この話」

峰岸は興味を隠せずにきいた。

この男の考えていることはわかっている。

「もちろん、きっちりカタを付ける。ただし、伝聞だけでは弱い。証拠が必要だ。頼まれてくれるよな」

「見返りは、トキワ自動車さんとの取引復活でよろしくお願いします」

案の定、峰岸は乗ってきた。

6

峰岸からひと通りの「証拠」が君嶋の元に届けられたのは、その翌々週のことであった。

カザマ商事を巡る一連の問題が君嶋に教えたのは、人間の多面性なのかも知れない。

天敵と思っていた男には理解があり、親しかったはずの元上司には秘密があった。

善と悪が入れ替わるというより、人間の感情は本来、二元的なものではなく、色でいえばグラデーションに近いのかも知れない。その細かな傾斜や配分は、様々な環境や出来事によって色合いを変え、その人ならではの、独自の色調へと変化していくのではないか。

誰もが常に善人でもなく、また悪人でもない。

だから人は変われるし、組織だって変われないことはないと思う。

脇坂賢治という男をただ追い落とすためだけに、この事実を使うことの空虚さを君嶋はわかっているし、場合によっては、自分の掴《つか》んだ事実を脇坂にそっと示すだけでいいのかも知れないとも思う。そして自らの処し方を自ら決めるべきだと忠告する方法だって、あるだろう。

だが、そうしたグラウンド外の出来事に囚《とら》われている間も、時間は過ぎ、アストロズの戦いは続いていた。

ゼネラルマネージャーとしての君嶋の本業は、アストロズの勝利に全力で貢献することであり、社会人ラグビーの在り方を変えていくことに他ならない。

その意味で、君嶋が、到底我慢ならない状況に直面したのは、九月第三週の土曜日のことだ。

観客動員数の低減である。

その土曜日、アストロズが試合を行ったのは、神戸にあるポートスタジアムであった。

相手は、神戸を拠点とするアサヒ電気サンウォリアーズだ。

サンウォリアーズは万年低位を行き来しているチームだが、今年は比較的調子がよく、この第三節までに一勝一引き分けの成績を上げてきていた。

このサンウォリアーズを、アストロズは四十三対十三と撃破。無傷の三連勝を上げた。

それはいい。

君嶋が我慢ならなかったのは、この試合の観客動員数だ。

収容人員二万五千人に対して、入場者数はわずかに二千八百人。スタンドはガラガラであった。

実はその前週の試合も観客動員数は四千人を少し上回る程度で、一万五千人を集めたトキワスタジアムの試合からすれば、まるで練習試合でもやっているくらいの客入りだったのである。

「いったい、どういう集客をしてるんですか」

君嶋が嚙みついたのは、その翌週開かれたプラチナリーグ連絡会議でのことだ。プラチナリーグの各チーム代表者、協会側からは専務理事の木戸、そしてプラチナリーグ担当部長の片桐が出席している場である。

「プラチナリーグの規定で宣伝集客は協会側の責任でやることになってるでしょう。なんでしっかり集客しないんです」

「試合の運営は、地域協会に委託しておりますので、そちらの都合であると認識しております」

「都合じゃなくて結果を認識してくださいよ」

まるで他人ごとの片桐の言い訳に、君嶋の怒りは収まらない。「ホームなら満員にできるウチの試合で、たった三千人弱しか集まっていない。他会場にはもっと少なかったところもあると聞きます。日本蹴球協会には管理責任があるでしょう。委託したから知らぬ存ぜぬではなく、もっと積極的に関与して集客してもらえませんか。全く納得がいかないんですが」

君嶋の剣幕に、片桐が青ざめた。その横で、専務理事の木戸は、タックルでもしてきそうな憤りを滲《にじ》ませた表情でこちらを睨み付けている。

「プラチナリーグとはいえ、あくまでアマチュアスポーツです。以前にも申し上げた通り、金儲け最優先での運営はしておりませんし――」

「金儲けどころか、損してるじゃないですか。やればやるほど損するなんておかしいでしょう」

片桐の発言に、君嶋が嚙みついた。「会社によって差はあるものの、ここにいる全てのチームは維持するのに巨額のコストがかかっているんですよ。その金は、それぞれの企業の従業員が汗水たらして稼いだカネで賄《まかな》われている。一銭たりともムダにできないカネなんです。プラチナリーグだ、トップ水準のラグビーだとぶち上げ、毎年千五百万円もの参加費まで集めていながら、これはないでしょう」

「じゃあ、どうしたいんですか」

木戸が喧嘩腰で問うてきた。「ここは本来連絡会議の場であって、こんなことを話し合う場じゃない。簡潔におっしゃっていただけませんかね」

「簡潔どころか、すでに以前、提案書を出してるじゃないですか。昨年のうちに手を打てば、こんなバカげた状況は避けられたはずだ。もう一度、真剣に検討してくれませんか」

「ああ、あれね」

木戸はせせら笑った。「それについてはすでに回答済みだ。富永会長が激怒されましてね。ラグビー精神を汚すものだと」

怒りで、君嶋は頭が真っ白になった。木戸はなおも続ける。「ラグビーというスポーツは高潔で、神聖なものです。世界に冠たる大企業の皆さんの献身的な志によって支えられている貴族のスポーツですから」

「あなたたち、貴族なんですか」

もはやバカバカしくなって、君嶋は問うた。「いまの日本のラグビーは、大企業のお恵みにすがってなんとか生きているに過ぎないスポーツだ。貧乏人が金持ち面《づら》して分不相応なことをしている。もっというと、アマチュアといいながら、プロの真似事をして失敗している。しかも、もっとうまい運営方法があるはずなのに、何も努力しない。危機感もなく、怠慢で、しかも傲慢だ。我々大企業が、喜んで予算を出していると思っているようですが、こっちは社内でいつも大議論になってるんだ。おそらくここにいる全てのチームがそうでしょう。まっとうな経営感覚なら、当然のことですよ。いまはどんな大企業でも、生き残るために真剣に戦わなければならない時代なんだ。なのに、あなた方はそんなことは知らぬ顔で、カネを出させてやっているぐらいの気持ちでいる。こんな浮き世離れした運営を続けていたら、いつか日本のラグビーはダメになりますよ。それでいいんですか。ラグビーのために人生を賭《と》している選手たちが可哀想だ」

鋭く意見する君嶋に、木戸は針のような目を向けてきたが、まともに答える気はなさそうだった。

「ま、それについては後ほど。本日は、後半戦の試合運営についての連絡会議ですから」

無反省な男に、もはや何をいってもムダである。

それを悟った君嶋は淡々と流れていく議事を茫然とやり過ごすしかなかった。

7

十月第三週。快進撃を続けたアストロズは、第六節の大一番を迎えようとしていた。

アストロズがトキワスタジアムに迎えたその相手は、成績上位の常連、中央電力サンダースだ。

全勝同士の一戦で、第七節の相手がお互い格下のチームであることを考えると、この試合での勝者が実質、ホワイトカンファレンス一位となることはほぼ確実であった。

カンファレンスでのリーグ戦終了後に行われるプレーオフで優勝をかけて激突するのは、各カンファレンスの一位と二位を集めた計四チームだ。初戦はホワイトカンファレンス一位とレッドカンファレンス二位、レッドカンファレンス一位とホワイトカンファレンス二位の対戦になり、各試合の勝者が決勝戦に進み、敗者が三位決定戦に回る仕組みである。

レッドカンファレンスは実力優位にあるサイクロンズの一位通過が濃厚で、アストロズもサンダースも、プレーオフ初戦でサイクロンズとは当たりたくない思惑は同じである。

そのためには、この一戦を勝利し、カンファレンスを一位通過するしかないのだが、アストロズには不安要因があった。

第六節とあって、中心選手が疲労、或いは怪我に見舞われ、ベストの布陣が組めないことだ。

柴門の決断は、思い切っていままで戦ってきた中心選手をスタメンから外すことだった。ほぼ出ずっぱりだった佐々と七尾、さらにプロップ友部までもリザーブに回したのである。

代わりに、スタメンに浜畑を投入、若手中心だったそれまでのチーム構成を変え、暑い季節には温存してきたベテラン勢を多く起用する布陣だ。

「十分勝てる力はあるが、そう簡単ではない」

とはスタメン発表後に君嶋がきいた柴門の言葉だ。

その言葉通り、この試合は――苦戦した。

開始わずか数分で、ハンドリングエラーのこぼれ球を拾われてトライを奪われ、コンバージョンキックも合わせて七点を献上すると、地元ファンで満員のトキワスタジアムの上空に暗雲が立ち籠《こ》めたような気がした。

「ベテラン勢のスタメンは久しぶりですからね。試合勘みたいなものを掴む前にやられちゃった感じです」

とは隣のシートでビデオを回している多英のコメント。鋭い出足のサンダースの守備にてこずり、相手陣内に蹴り込もうとしたキックをチャージされてトライを奪われたのは、さらに五分後のことである。

不幸中の幸いなのは、コンバージョンキックを外してくれたことだが、それでも開始十分ほどで十二点を献上したのは痛かった。

見ている君嶋の方が、胃が痛くなる展開である。

ゼネラルマネージャーになる前、君嶋はラグビーに何の関心もなかった。それなのに、いまはどうだ。ビハインドの場面では、子供の真剣勝負を見守る親さながらの気分だ。

君嶋だけじゃない。このスタンド全員が、アストロズの勝利を祈り、逆転を期待している。

待望の反撃が始まったのは、前半二十分過ぎだった。

相手の反則で得たペナルティキックを、難しい角度から慎重に浜畑が決めたのだ。

さらに前半三十五分、その浜畑を起点とした攻撃で完璧なトライを奪い、コンバージョンキックも決めて十対十二にまで詰め寄ったところで、ハーフタイムの笛が鳴った。

重苦しいため息が一斉に吐き出されるような前半終了である。

柴門が足早にスタンドを降り、ロッカールームへと消えていく。

「心臓に悪い展開ですね」

晩秋だというのに、多英は額の汗を拭《ぬぐ》った。

「後半、もしかすると佐々か七尾を投入してくるかもな」

だが、君嶋のその予想は外れ、柴門はフォワードの選手を三人、そしてなぜかバックスの選手をひとり入れ替えただけであった。

その後半も、先制したのは、サンダースの方だった。後半十分過ぎ、ディフェンスの穴を突かれてトライを許して十対十九とリードを広げられると、君嶋の胃はますます痛み、胸を締めつけられるような重たいものを感じた。ところが——。

その辺りからアストロズの攻撃の歯車が次第に嚙み合いはじめたのである。君嶋の目にもボールの支配率が高くなったのが明らかだった。

インカムを通して、柴門がずっと指示を出し続けている。

「相手の3番と、バックスの11番の選手がちょっと弱いと見てるようです」

何が起きているのかわからないでいる君嶋に、アナリストの多英ならではの指摘があった。「そこを突いてチャンスを広げてるんだと思います。ほら、スクラムが押せるようになったじゃないですか」

ハーフウェイライン付近でスクラムが組まれていた。

相手ボールスクラムであるにもかかわらず、ボールが入った途端、アストロズのスクラムが怒濤《どとう》のプッシュを見せている。

スクラムがくの字に曲がり落ち、レフリーの長い笛が鳴ったのはその直後だ。

浜畑が慎重にペナルティキックを相手陣内へ蹴り込み、マイボールのラインアウトを選択する。

「行けますよ、これ」

と多英。マイボールをキープしたアストロズの、鋭い攻撃が始まった。

サインプレーを重ねて右から左へと展開していき、素早いパスワークで相手ディフェンスを崩していく。数回の連続攻撃の末、相手ゴール右隅に飛び込んだのは、フルバックの岬であった。

「さすが、浜畑さん」

さらに、難しい角度からのコンバージョンキックを決めた浜畑を、多英が賞賛した。「キックの精度はまったく衰えてませんね。距離も出るし、まだまだ現役行けそうです」

後半も二十分が過ぎている。十七対十九。ここまでくると、たった二点差はあって無いに等しいといっていいだろう。

アストロズは攻撃の突破口がどこにあるかを摑んでいた。

後半三十一分。

相手のラックからボールが出た。

パスを受け取ったのはマークしていた11番の選手だ。

待ってましたとばかりアストロズの強烈なタックルが決まり、あっという間にフォワードが突進してボールを奪い返す。攻撃を途切れさせることなく、最後にボールをもってインゴールに飛び込んだのは、浜畑であった。

ゴール中央付近への逆転トライに、トキワスタジアムが揺れんばかりの大歓声が上がったのはいうまでもない。コンバージョンキックも決まり、二十四対十九とついに逆転し、五点のリードに変わった。

なんとか再逆転しようと必死の猛攻を仕掛けてくるサンダースに立ち向かい、ディフェンスを固めて守る時間が続く。

最大のピンチは残り時間三分のところで訪れた、自陣ゴール前での相手ボールラインアウトだ。

「――守れ。守り切れ」

君嶋は握り締めた両の拳《こぶし》を膝において、いつのまにかそう声に出していた。

多英が息を呑んで、グラウンドを見据えている。

切迫した気配がスタンドに張りつめる中、投げ入れられた相手ボールめがけてアストロズが競《せ》っていく。

長い守備の始まりだった。たった三分なのに、感覚的には十分にも二十分にも匹敵する重みがある。この間、君嶋が何度電光掲示板の時計を確認したかわからない。一万五千人の観客全員が手に汗握る試合展開を見つめている。

死闘にピリオドが打たれたのは、相手チームのノックオンの反則だった。そこで連続攻撃は途絶え、フルタイムを告げる笛を聞いたのである。

ずっと緊張し、強ばっていた体が、一気に弛緩《しかん》していく。

「このメンバーでサンダースに勝ったことに意味があります」

興奮に震える声で多英がいった。

その通りだと、君嶋も思う。アストロズの選手層の厚さを証明し、改めてチームのレベルの高さを証明した試合でもあった。

――優勝を争うチームと、本当に優勝するチームにはかなりの差がある。

かつて、柴門はいった。

たしかに、去年のアストロズは単に優勝を争うだけのチームだったかも知れない。

だが、今年は違う。

メインスタンド前で一列に並んだ選手たちの何と誇らしげなことか。

カンファレンス一位を強力に引き寄せた大きな一勝だ。

その後にはいよいよ、日本一を決めるプレーオフが控えている。

一時《いっとき》も気を抜けない真剣勝負だ。しかし――。

アストロズと君嶋にとっての〝事件〟が起きたのは、その二週間後、トキワ自動車本社で開かれた、ある会議の席上でのことであった。

8

総務、経理および広報部による連絡会議は毎週月曜日に開かれるのが恒例であった。

目的はスケジュールの情報共有で、総勢十名ほどが出席する実務会議である。

この日、いつものように午前九時から開かれていた会議に突如《とつじょ》緊張が走ったのは、思いがけない人物がふらりと現れたからであった。

この三部を統括する役員、脇坂賢治である。

立ち上がりかけた部下たちを手で座るように制した脇坂は、

「突然で悪いね」

自分も椅子を引いてかけると、「実は次の取締役会で、来期のラグビー部の在り方について提案したいと思ってる」、やおらそう告げたのである。

「具体的なお考えはあるんでしょうか」

そう尋ねたのはラグビー部を管轄《かんかつ》している総務部の副部長で三原《みはら》という男である。

「予算を、少なくとも今の半分に圧縮したい。どうだろう」

しばしの沈黙が挟まった。

「脇坂常務、もしそうなった場合、アストロズはプラチナリーグから離脱することになりますが、よろしいんでしょうか」

事情に詳しい三原が尋ねた。

「離脱するかどうかは考えなくていい」

脇坂はいった。「取締役会に提案する叩き台を三原君に頼みたい。やってくれるか」

「かしこまりました」

といいつつ、三原は唇を噛んだ。

三原だけではない。誰もが俯《うつむ》いたり、腕組みをして考え込んだりしているのは、この提案の重みがわかっているからだ。

「先週、ホワイトカンファレンスでの一位が決まりました。今年、優勝するかも知れませんが、よろしいのでしょうか。アストロズの快進撃が話題になりつつあります」

かろうじて発言したのは、広報部次長の廣瀬《ひろせ》だ。広報部はアストロズに関する取材窓口を兼ねている。アストロズへの世間の関心がどう推移しているか、本社内で一番敏感に把握しているのは廣瀬に他ならない。

「優勝を花道にできれば、それでいいじゃないか」

脇坂は意に介さず、言い放った。「予算縮小が承認されるかどうかは取締役会次第だ。だが、アマチュアスポーツに過ぎないラグビー部に十六億円も使うのはどう考えてもおかしい。賛同する取締役も少なくない。この辺りできっちり対応を決めないとな。書類の準備、抜かりなく頼むぞ」

そう言い置いて脇坂は連絡会議の場を後にしたのである。

脇坂は、いよいよ本気でラグビー部を切るつもりだ。

後に残されたのは、この提案に対する戦《おのの》きと、重苦しい吐息だけであった。


この件が君嶋の耳に入ったのは、連絡会議の終了直後のことである。

「こんな議案を出さないよう、脇坂さんを説得した方がいいと思う。取締役会で万が一承認されようもんなら、アストロズは終わりだ」

知らせてくれた三原は先輩だが、本社勤務のときにはフロアが同じだったこともあって、たまに呑みにいく間柄であった。普段冷静な実務家が、あからさまな危機感を滲ませて連絡を寄越すこと自体、状況がいかに危機に瀕《ひん》したものかを物語っている。

電話を切った後、君嶋はすぐに、脇坂との面談のアポを入れた。

脇坂のことだ、拒絶されるかも知れないと思ったが、そうはならなかった。

「常務がお会いするそうです。明日の午後三時でしたら、三十分ほど空いています。ご都合はいかがですか」

「伺います。よろしくお伝えください」

秘書に告げた君嶋は、静かに受話器を戻して長い吐息を漏らした。

9

「お時間をいただき、ありがとうございます、脇坂さん」

「いやいや。私のほうからも、ちょうど君と話したいと思っていたところだ」

脇坂は余裕の表情でデスクを回ってくると、手振りで応接セットのソファを勧めた。

「どうだ、横浜工場の仕事は。順調か」

「ええ、なんとか」

君嶋はこたえた。「アストロズも七戦全勝でカンファレンス一位となり、ファンの皆さんにも大変喜んでいただいています」

「それはよかったな」

口先でこたえた脇坂は、「それで、今日の用向きは？　世間話をしに来たわけじゃあるまい」、と話を促す。

「実は、脇坂さんが、次の取締役会でラグビー部の強化費削減を提案されると聞きました。それで、あらためてアストロズの活動内容について説明に上がった次第です」

「これはまた耳が早いな」

脇坂は面白そうにいい、「実は、私が話そうと思っていたのもその件でね。君の耳にも入っていたんなら話が早い」、肘掛け椅子の背から体を離すと、改まって君嶋の目を覗き込む。

「担当役員として、これ以上、ラグビー部に資金を投ずるのはいかがなものかと思ってね。いくらなんでも十六億円は高すぎる。相応の額にまで縮小したい」

「十六億円が高いかどうか、という問題ではありません」

君嶋は静かに反論した。「問題はコストにあるのではなく、リーグの運営方法にあると考えます。そのために、日本蹴球協会には新たな改革案を提案しています」

君嶋は、日本蹴球協会に提出した改革案をテーブルに差し出したが、脇坂はそれを手に取ろうともしなかった。代わりに、

「それで、変わったのか」

結果を尋ねてくる。「君がひとりで騒いだところで、変わらなきゃ意味がない。違うか」

「アストロズの試合での観客動員数は、地域密着の取り組みが奏功し、飛躍的に伸びています。特にトキワスタジアムで開催した試合は満席になりました。ほぼ全席を買い付けて販売し、数千万円のチケット販売収益も得ています」

「それで？　日本蹴球協会は、重い腰を上げたのか」

「残念ながら、そこまでには至っていません」

君嶋は認めざるを得なかった。「ただ、アストロズは成功事例として認知されつつあります。今後は他のチームもウチのやり方を参考にするでしょうし、すでに企業努力で、一万人を超える平均観客動員数を誇るチームもあります。社会人ラグビーの将来性を理解していただけないでしょうか」

「将来性なんかどこにあるんだ」

脇坂は冷ややかにいった。「そもそも、日本蹴球協会のやっていることは、世界の強豪の仲間入りをするという割には中途半端じゃないか。海外の相手はプロだろ。なのにこっちは、相も変わらずアマチュアという立場を崩そうともしない。アマチュアがプロに勝てるわけがない。まぐれで勝てることはあっても、実力差は明らかだ。私の見たところ、結局、日本蹴球協会はそれがわかってるんじゃないか。自分たちが海外勢には到底及ばないということが。いまのレベルと人気でプロ化すれば、自らの首を絞めるだけだ。だから彼らは、プラチナリーグのようなものを作ってお茶を濁している。それに我々が付き合わされているということだ。くだらないじゃないか」

「一所懸命、ラグビーをやってる連中がいるんですよ」

君嶋は訴えた。「それを応援してくれる地元ファンもいまは大勢います。アストロズは、横浜では次第に市民権を得てきているんです。強化費を削れば実力のある選手たちの多くは、他のチームへ移籍しようとするでしょう。それはアストロズにとって廃部も同然です。ファンの期待を裏切ることになります。一企業として、すぐに結論を出すのではなく、長い目でラグビー界全体を変えていくわけにはいきませんか」

「それに何年かかるんだよ」

脇坂は短い笑いを吐き出してきいた。「十年か、二十年か？　そもそも日本蹴球協会はどう思ってるんだ。彼らはこのままでいいという考えなんじゃないのか。そんなのに付き合ってカネを出し続けろというのか。いいか、君嶋」

脇坂は怒りの表情を浮かべ、改まって君嶋と対峙した。「私だって、ラグビー界が変わろうとするのなら、こんな提案はしない。だが実際は違う。私たちがカネを出し続ける限り、ラグビー界はそれを当然のこととして受け止め、変わろうとはしないだろう。それは間違っていると思う。君だって、そう思っているはずだ」

「私は、アストロズのゼネラルマネージャーです」

君嶋はいった。「日本蹴球協会に対しては言うべきことをこれからも言い、変えていこうと努力していきます。ウチの業績が悪化しているのならともかく、現時点で、強化費を削減するといった施策は取らないでいただけませんか」

脇坂に響いた様子はなかった。

「君はいつから建前をいうようになった。本音で話そうじゃないか」

脇坂は、冷たく君嶋を見据《みす》えている。「ラグビー界に将来はない。私が見たところ、十年たっても人気は回復しないし、日本のレベルも上がりはしない。不人気のスポーツが辿《たど》るのは衰退の道だからな。ところが、いまのラグビー界はあまりにも無策であるだけではなく、協会の幹部たちは自らの地位に固執し、置かれた状況を顧みようともしていない。こんな腐ったスポーツにカネは出せない。出せるはずがない」

「ラグビーが悪いんじゃないんです」

君嶋は訴えた。「日本蹴球協会という不幸な組織が管理していることが問題なんです。サッカーにせよバスケットボールにせよ、スポーツの改革成功事例は多くあります。そこに必要なリーダーが現れれば、日本のラグビー界は必ず変われる。きっと強くなれる。そう思います。目先のコストではなく、ラグビーというスポーツの本質にご理解をいただけませんか。我々はいま本気で優勝しようと頑張ってるんです。お願いですから、将来を閉ざさないでください。この通りです」

立ち上がった君嶋は、深々と頭を下げた。

「君もヤキが回ったな」

出てきたのは嘲《あざけ》りの言葉だ。「いつか改善するなどという話が通用すると思うのか。そんなものは経営じゃない。ラグビーというスポーツが素晴らしいなら、アマチユアらしく、草ラグビーでもやればいい。どこかの学校のグラウンドでも借りて、同好の者たちがスクラムを組んで遊べばいいじゃないか。気に入らなければ他の社会人チームに行けばいい。いま日本には、能天気にラグビーに巨額を投じている企業が十数社もあるからな。結構なことだよ」

小馬鹿にした口調で、脇坂は言い放った。「そういう会社が日本蹴球協会の体たらくにどこまで付き合うか、見物だ。しかしウチは、そんなオンボロで、どこに行くかもわからない乗り合いバスからとっとと降りることとしたい」

「考え直していただく余地は、無いんでしょうか」

君嶋は膝《ひざ》を詰めた。「なんとかお願いします、脇坂さん。せめて私がゼネラルマネージャーでいる間だけでも、今まで通り存続させてください」

「いつからそんな甘い男になった、君嶋」

脇坂は聞く耳持たずだ。「納得のいかないものとは徹底的に戦う。それが君のやり方だったはずだ。横浜工場のぬるま湯で、自分の流儀を見失ったか」

別に流儀を見失ったわけではない。現に君嶋はラグビー界の抜き難い体質と戦っている。

脇坂の口にする理屈はどれももっともだと思う。だが、ある意味予定調和でもある。ラグビー部を潰すという結果のために、様々な要素が寄せ集められ、都合よく組み立てられている。

そこに経済合理性はあっても、ラグビーに対する愛情は欠片《かけら》もない。

君嶋は、大勢の部員とスタッフを抱えている現実の中で、ラグビー界の有るべき将来を模索してきた。

たしかに日本蹴球協会は腐った組織だ。しかし、それとラグビーとは違う。日本蹴球協会に納得できないからといってラグビーそのものを見放してしまうのは、絶対に間違っている。

「ラグビー界が発展するために、みんなで知恵を出し合っていきたい。私はそう考えています。そのために、戦っているんです。ご理解いただけませんか」

「論外だ、君嶋」

脇坂は言下に切り捨てた。「まったく君もよくいうよ。いままでラグビーになんか、興味の欠片もなかっただろうに」

おかしくてたまらないとばかり喉をひくつかせた。その笑いがふいに収められたかと思うと、冷酷な表情に切り替わり、

「最終的に、ラグビー部は廃部だ」

容赦ない口調だ。「私は気に入らないものは、全て切り捨ててきた。それが私のやり方だ。私は自分の流儀にはこだわるタイプでね」

「考え直していただけませんか」

「断る」

断固たる口調の脇坂を、そのとき君嶋は静かに見据えた。どれだけそうしていただろう、

「わかりました」

君嶋は静かに立ち上がった。「ならば私も、自分の流儀でやらせていただきます。そして必ず、アストロズを守る。どんな手を使ってでも」

第五章　ラストゲーム

1

十二月初旬の土曜日。プレーオフ初戦の会場は、東大阪市花園ラグビー場であった。

からりと晴れ上がった冬空の下、冷涼な風がスタンドを撫でていく。

ホワイトカンファレンス一位のアストロズ対レッドカンファレンス二位東京電鉄ブレイブスの戦いだ。ブレイブスのカンファレンス成績は六勝一敗。唯一の敗北は、サイクロンズ戦で喫したもので、しかもそれはかなりの接戦であった。

ブレイブス有利の下馬評もあるほどで、拮抗《きっこう》したスコアの好ゲームになるだろう。アストロズが前半風下のサイドを取ったのも、後半勝負になることを予測したものに違いない。

だが誰もが信じた試合展開は、前半であっさりと覆された。満を持してスタメン出場した佐々と七尾のハーフ団が次々と繰り出すプレーが、相手ディフェンスを圧倒したのだ。

キレのあるパス、クロスやループといった小技をきかせた攻撃がおもしろいように決まっていく。前半だけで三トライ目を奪ったとき、君嶋はまだ信じられない思いでグラウンドを見つめていた。

後半になってそのハーフ団を下げ、先週まで二週連続でスタメン出場していた浜畑らが出ても、攻撃のリズムは変わらなかった。

「今日はすごいですよ。もの凄くテンションが上がってる気がします」

大量リードのまま後半三十五分を過ぎても手を緩めない戦い振りは、多英をして驚嘆させるほどだ。

最終スコアは、四十五対七。戦前予想を完全に覆し、実力の差をこれでもかと知らしめた会心の勝利であった。

選手たちがグラウンドから引き上げるのを追い、君嶋たちも、ロッカールームに続く通路を足早に急いだ。

快勝に沸く選手たちの中に入り、真っ先に握手を求めたのは柴門だ。ところが、

「来週、取締役会に呼ばれてるんだってな」

その一言に、君嶋は思わず返答に窮した。

「ついに、アストロズの存廃が判断されるそうじゃないか」

お互いに握手をし合い健闘をたたえ合っていた選手たちだが、柴門のその一言を待っていたかのように全員が君嶋を囲むように集まってきた。

アストロズの強化費削減を議論するため、取締役会に招集されたことを、君嶋は黙っていた。

選手たちの集中力を削ぎたくないという思いからだ。そのために、多英や岸和田といった、身近な部下にも話さなかった。

「お前ら──知ってたのか」

君嶋は驚きに目を見開き、そう問うた。

背後を振り向くと、真剣な表情を浮かべた多英たちスタッフもいる。

「すみません、部長。いらっしゃらないときに、本社の総務部から連絡があったんです」

多英が申し訳なさそうにいった。「黙ってようと思ったんですが」

「いや、いい」

君嶋は首を横に振り、「みんな、よくやった」、そう改めて選手の活躍を祝福する言葉に力を込めた。「ナイスゲームだった。勇気を──もらった。ありがとう」

選手もスタッフも、アストロズが窮地に立たされているということを知っていて、この試合を戦ったのだ。その精神力と集中力は並大抵のものではない。チームは、君嶋が思っていた以上に成長していたのだ。

「今度は君嶋さんの番です」

そう応じたのは岸和田だ。「オレたちは社会人チームです。だから会社の方針に左右されることもあるでしょう。でも、以前君嶋さんがいったように、安穏とした環境なんかどこにもない。その中で全力で戦うことがオレたちのラグビーだ。そう皆で話し合いました。勝つことで、自分たちの存在をアピールしようって。今度の取締役会、オレたちのために、君嶋さんも全力で戦ってきてください」

「もちろんだ」

君嶋は自分を見つめる約五十人の選手、そしてスタッフ全員に向かっていった。

「前にもいったよな。オレは持てる力の全てを投じ、このアストロズを、お前らを守る。だから、お前らはサイクロンズ戦の準備に集中してくれ。絶対に負けるな。そして、勝て」

君嶋は渾身《こんしん》の力を込めて言い放った。「ラグビーと違って、オレの戦いにルールはない。結果が全てだと思ってる。お前らのラグビー人生を預かってるんだ。そのためにオレは、命を懸ける。お前らひとりひとりのために、応援してくれるファン全員のために、オレも絶対に――勝つ」

固く右の拳を握り締めた君嶋を、選手とスタッフ全員が上げる雄叫《おたけ》びが包み込んだ。

2

君嶋が、取締役会に呼ばれて本社に向かったのは、翌週木曜日の朝のことであった。

運命の一日である。

この日予定されていた議案は、全部で五つ。議事は淡々と進行していき、三つ目の議案が決議された後、短い休憩になった。午前十時半を回った頃だ。それまで別室に控えていた君嶋が、総務部の三原の案内で会議室に入ったのは、その十五分後のことである。

入り口脇の壁に並べられた椅子のひとつにかけた君嶋は、静かに会議の再開を待つ。

「さて、次は本日最大の懸案だな」

そんな島本社長のひと言で、脇坂が立ち上がり、趣旨説明が始まった。

「アストロズを維持するため、毎年この取締役会の場で厳しい議論の末に年間予算を承認しているのは皆さんご存じの通りで、その金額は年間十六億円にも上ります。そのうち日本蹴球協会にはプラチナリーグ参加費として千五百万円。試合は全て日本蹴球協会の主催となっており、チケットの販売、宣伝広告など集客に関する仕事は、協会が一手に握る特殊な事業です。最初に申し上げておきますが、私はアストロズおよびラグビーというスポーツについて否定的に考えているわけではありません。しかし、プラチナリーグ発足以来、プラチナリーグの在り方を観察し、諸事情を勘案するに、看過できない問題を抱えていると判断するに至りました。そこで今回は断腸の思いで——」

そこを脇坂は強調するのを忘れなかった。「この議案を提出し、皆さんの判断を仰ぐに至った次第であります」

トキワ自動車の取締役は全部で二十一人だ。

事前に君嶋がひそかに感触を探ったところ、態度保留がこのうちの半分。この議論が多数決で結着するとは思えないものの、脇坂の論陣に慴伏《しょうふく》され、強化費削減へと雰囲気が傾斜する可能性は大いにある。経済合理性を前面に出す脇坂の根拠には首肯《しゅこう》せざるを得ない説得力があるからだ。

「皆さん驚かれると思いますが、昨シーズンのプラチナリーグの平均観客動員数は三千数百人程しかありませんでした。プラチナリーグ規約によると、集客によって分配金が支払われるとなっていますが、過去十六年間、つまりリーグ創設以来、一度も支払われたことはありません。我々は、たった三千数百人の観客のために年間十六億円もの貴重なコストを投入していることになります。こんなことを看過していいのでしょうか」

脇坂の語調に力が籠《こ》もった。「問題なのは、日本蹴球協会が、こうした事態をまったく改善しようと考えていないことです。そこにいる君嶋君が、アストロズを代表して協会に改革案を出しましたが、結果は、こんなものは話にならないのひと言で一蹴《いっしゅう》されたと聞きます。お手元の資料に、君嶋君が提出した改革案の写しがありますが、実に合理的で説得力のあるものです。日本蹴球協会は長い間、一部の既得権益にしがみつく理事によって私物化され、いまもなおその支配下にあります。彼らには、改革を断行する力も、意思さえもありません。プラチナリーグは現在十六チームが存在し、二部リーグに八チームがあります。これだけラグビーの観客数が激減し、人気が衰え、ラグビー人口が減少する中、プロ野球よりも数が多いチームをそもそも維持できるわけがない。プラチナリーグにまず必要なのは、チーム数を削るリストラです」

脇坂は、自分の言葉が浸透するのを待つようにテーブルの取締役たちを見回した。

「伝統だ慣例だといっていては、改革は進みません。本当に日本のラグビーを強くしたいんなら、まずリーグ戦のレベルを上げ、チーム内の競争を促し、観客を呼べる土台を作る必要がある。私は今回、ラグビー部の強化費削減をここに問いました。これによって、他チームでも通用する選手は、他のチームへ移るでしょう。そこで新たな競争が生まれる。〝一粒の麦、地に落ちて死なずば、ただ一つにすぎず。死なば多くの実を結ぶ〟――我々はいま一粒の麦になりましょう。アストロズというラグビー部は残します。そしてアマチュアらしい在り方を探ればいい。理事の理不尽や専横が蔓延《はびこ》る協会に将来はありません。我々が付き合う相手ではないとはっきり申し上げたい。アストロズは、私の責任下にある重要案件ですが、もはやこれ以上、閑却《かんきゃく》を許さぬ状況です。過去十六年、総額二百五十億円以上を投じて、リターン無し。これが現実です。今回の議案、なにとぞ皆さんのご賛同をいただきますよう、お願い申し上げます」

脇坂が発言を終えると、声もなく、重苦しい吐息がその場に折り重なるのが目に見えるようであった。

思い思いに投げ出され、思案に暮れた視線が向く先は、社長の島本だ。

それが正しいかどうかは別にして、島本こそ、ラグビーの精神を愛し、長くアストロズを支えてきた庇護者だからである。もし島本がいなければ、アストロズの命運はとっくの昔に潰《つい》えていたに違いない。

だがいま——その島本は難しい顔をして腕組みをしたままであった。憮然《ぶぜん》としている様は、脇坂の論陣の周到さに、容易には反駁《はんばく》をし得ない悔しさがあるのかも知れない。

難しい顔で沈思黙考の島本の態度に、事態の危急を察した君嶋は、

「社長。発言を許可願えますでしょうか」

気づいたときにはそう声を上げていた。

「現場の意見を聞こうか」

島本に発言の許可をもらって、君嶋は立ち上がった。

「ゼネラルマネージャーの君嶋でございます。アストロズは組織上総務部の管轄にあたり、その上長である脇坂常務からの議案について、私が反論を述べるのは些《いささ》かスジが違うだろうことを承知の上で、意見を述べさせていただきます」

君嶋は丁重に前置きした上で、おもむろに続ける。「アストロズは地元密着型のチームを目指し、昨年二月からすでに延べ二百回を超えるボランティア活動に従事し、またイベントを開催して参りました。たしかに、プラチナリーグの平均観客動員数は低迷し危機的状況にありますが、アストロズのホームともいえるトキワスタジアムに関していえば、今季二戦、満員のファンをスタジアムに迎え、今季アストロズはここまで八戦全勝で、さらに来週には宿敵サイクロンズとの優勝決定戦に挑むところでご

ざいます。相手は強豪ですが、必ずや勝利し、日本一の報告ができるよう、選手スタッフ一丸となって戦って参ります。そんな中、今回の議案の提出は、我々アストロズにしてみれば死活問題であり、痛恨の極みです」

君嶋は正直に内心を吐露した。「ジュニア・アストロズというチームがあります。昨年、ご承認いただいた追加予算で創設したアストロズのジュニアチームで、小学校高学年から中学生までを対象にしたチームです。いま、ここには百五十名もの参加者があり、毎週日曜日、試合翌日にもかかわらずアストロズの選手たちが指導し、ラグビーの普及に努めてまいりました。彼らにとって、アストロズの選手たちは良き先生であり、人生の先輩であり、もしかすると生涯にわたる友人になるかも知れません。ラグビーでのつながりとはそういうものです。子供たち、そしてその保護者たちも同時に、アストロズを支える心強いファンでもあります。昨年同時期に発足したアストロズのファンクラブは、どんどん加入者数を伸ばし、現在二万五千人をゆうに超える大所帯となりました。アストロズのSNSは、選手たちによって毎日何らかのメッセージや情報が発信され、十万人を超えるフォロワーがいます。我々の分析によると、構成は二十歳未満が二十パーセント、二十歳から三十五歳が四十五パーセントと半数以上を占め、女性の比率も四割近くに上ります。これはアストロズ・ファンクラブと同じ構成で、地域密着型を目指す我々のメッセージがターゲットとした若年層に確実に届いているものと考えております。このファン層の裾野の広がりを背景に、アストロズではトキワスタジアムの全チケットを協会から買い取り、アストロズ・ホームページなどで販売し、ただ満員になるのではなく、誰がどの席を購入したかといった個別データから、今後、協会に対してシートの値段などについて合理的な金額を提示していく考えでおります。同時に、ファンクラブの皆さん、ラグビー場に足を運ばれた皆さんからは様々な声が寄せられています」

君嶋は、持参した資料を取締役に配付した。「ここに寄せられたのは、そのうちの一部です。感謝されることもあれば、厳しいものもありますが、我々はその全てに耳を傾け、改善点を徹底的に洗い出し、連絡先がわかる顧客には個別に対応し、ファンを最優先する我々のスタンスを理解していただいております。寄せられた声の中には、トキワ自動車が好きになったとか、今度買い換えるときはトキワ自動車にするといったものも少なくありません。一方で、トキワスタジアムでの試合増を望む声も少なくなく、協会に対してはホームアンドアウェーなど、現在の枠組みの大幅見直しを求めているところであります」

寄せられた様々な投稿、要望は、この一年半の間に数千に上る。その全てをまとめ、項目を作って、具体策を検討してきた。そこに手抜きはないと、君嶋は自信を持って断言できる。

「アストロズをコストという一面で切り取り、協会の問題を指摘されれば、まさにその通りです。ですが、アストロズはいま多くのファンに支えられ、地元で愛されるチームになりました。学校でイベントを行い、病気で苦しむ子供たちを見舞い、老人ホームを慰問し、街の清掃作戦に積極的に参加しております。アストロズは数字の集まりではなく、人の集まりです。いまや地元のファンにとって、アストロズは勇気や元気をもらえるチームに成長しております」

君嶋が説明しているのは、アストロズの存在証明に他ならない。

コストでは測ることのできない、プライスレスの価値だ。もちろん、それが企業にとっていかほどの意味があるのか、受け取る側の考え方に大きく左右されることもわかっている。

そこに価値を見出すだけの懐《ふところ》があるか無いか——。

いま問われているのはアストロズというより、トキワ自動車という組織の真価だ。

「先ほど指摘のありました、日本蹴球協会とは、激しくやり合い、戦いを挑んでおります。いまだ結果は出ていませんが、本当の意味で日本のラグビーの発展につながるよう、日々諦めず、声高にプラチナリーグ改革を叫んでいくつもりです。ラグビー部はカネがかかるといわれてしまえば、たしかにそうです。でも、やりようによってはきちんと採算を取っていくこともできる。少なくともその可能性があります。私たちは、いまそれに向かって全力で邁進《まいしん》しているところです。どうか、いましばらく見守っていただけないでしょうか。皆様の慧眼《けいがん》をもってご理解賜《たまわ》りますよう、お願い申し上げます」

一礼とともに君嶋が発言を終えると、満座の注目を浴びて島本がついに口を開いた。

「まず、私から礼を言うべきかもしれん。君嶋君、ありがとう。君のおかげで、アストロズが愛され、広く支持されるチームになった。そしてトキワ自動車という名前を冠しながら、同時に地域に密着したチームになるという難しい挑戦が実を結びつつある」

脇坂が険のある表情で天井のあたりを睨み付けていた。島本は改めて、テーブルを囲む取締役に問いかける。

「脇坂君の意見もわからんではない。だが、私はあえて、君嶋君の挑戦を、いやアストロズの挑戦を応援してやりたいと思う。組織を憎んでラグビーを憎まず。ラグビーは一度失ったら二度と手にできないだろう。だが、組織などいくらでも変えられる。変えていくよう、私もプラチナリーグに参加している経営者仲間と共に働きかけていくつもりだ」

島本の言葉を噛みしめ、君嶋は静かに脇坂を見ていた。

正面に顔を向け、憤然としている元上司は、君嶋が配付した手元の資料をぽんとテーブルに放り投げた。

「おかしいですよ、こんなのは」

そう吐き捨てた。「十六億円ですよ、十六億円。それを稼ぐのがどれだけ大変か、わかってるじゃないですか」

「アストロズの維持費が高いのは誰もが承知だ、脇坂君」

島本はいった。「だが、少なくとも我々は間違った方向には進んでいない。我々は営利目的の組織であると同時に、社会的存在でもある。世の中の皆さんとつながり、共に喜び合える何かが必要だ。そのためにアストロズが受け皿になってくれるのなら、こんな嬉しいことはないじゃないか。皆さん、どうだろう」

島本の問いかけに、拍手が起きた。

脇坂は顔を真っ赤に染め、唇を嚙んでいる。納得できない表情で取締役たちに援軍を求める眼差しを向ける。だが、脇坂の案を支持する声は最後まで上がらなかった。

脇坂が提出した議案は、かくして――退けられたのである。

「さて、そういうことで、本日最後の議案に移ろうと思う」

島本は、なおも厳しい表情のまま宣言した。

議題を記載したペーパーには、「コンプライアンス問題に関する報告」という漠然としたタイトルが付いている。

脇坂が、ふとその表情を君嶋の方へ向けたのはそのときだ。議事が進行し、議案が変わっても退出せずそこにいたからだ。

「君嶋、もう終わったんだよ」

不機嫌に脇坂が言い放った。「さっさと出てけ」

「いや、君嶋君にはまだここにいてもらう用事があるんだ」

思いがけないひと言だったのだろう、脇坂がきょとんとした顔で島本を見た。「最終議案は、実は彼から私に提案されたものだ」

「君嶋からの？」脇坂は訝《いぶか》しげだが、島本がそういうからには引き下がるしかない。

「それでは、君嶋君、引き続き頼む」

「かしこまりました」

ふたたび立ち上がった君嶋の合図で、新たな資料が取締役全員に配付された。

どよめきが起きる。

中でも一番驚いたのは、他ならぬ脇坂本人だったろう。ひび割れた表情で顔を上げた脇坂は、さっきまで真っ赤だった顔を青ざめさせている。

君嶋は続けた。「本年一月、この取締役会で否決されましたカザマ商事買収事案について、新たにコンプライアンス上の問題が惹起《じゃっき》されましたので、ご報告させていただきます」

君嶋が説明したのは、東京キャピタル社長の峰岸からの情報提供によって明らかになった事実であった。

脇坂とカザマ商事社長風間有也との関係。ブレーンとしてバンカーオイル品質の隠蔽工作を教唆《きょうさ》し、価格引き下げによる再売却を提案した経緯である。それらは全て、風間本人からの書簡という形で配付した書類に添付されている。結果的に脇坂に利用されただけと知った風間の、いわば意趣返しだ。

十数分に及ぶ発言で全ての経緯を語り終えた君嶋は、ようやく間をおき、取締役会のテーブルを囲むひとりの男を凝視した。

「脇坂さん、これがあなたの真実です。何か間違っていますか」

「冗談じゃない。なんだこれは」

色をなした脇坂が、君嶋に人差し指を突きつけた。「私は聞いてないぞ、ふざけるな」

資料をテーブルに叩き付ける。「こんな報告をする前に、なんで私にきいて確かめないんだ。一方的過ぎるだろう」

「君がそれを言える立場かね」

島本の皮肉が割って入った。「意見があるなら今、ここで聞こうじゃないか。今の話が事実なのか、君の意見を聞かせてくれ。実はこの後、風間社長と面談することになっている。君が答えなくても、風間社長が話してくれるだろう。時間はたっぷりある。さあ、どうぞ」

思わず立ち上がり、言い訳の言葉を探していた脇坂から感情が抜け落ちていく。

それは、風見鶏といわれた男が、風を読み違えた瞬間であった。

3

トキワ自動車の取締役会が開かれていた同じ頃、飯田橋《いいだばし》にあるホテルの一室でも、ひとつの会議が開かれていた。

日本蹴球協会理事会、である。

二ヵ月に一度開かれる定例会議には、会長の富永重信と、二人の副会長、さらに専務理事、事務局長を始め、三十人近いメンバーが顔を揃えていた。

午前十時に始まった会議は、今シーズンのプラチナリーグの日程報告に始まり、各地域協会からの運営報告など多岐に亘るが、大抵は午前中の二時間で議事を終えるのが恒例であった。

この日も――大方予想されていた通り議事は淡々と進行し、午前十一時四十分を回った頃には、議題をひとつ残すのみとなっていた。

「最後は、木戸専務理事からです。お願いします」

議長からの指示で木戸が立ちあがると、補佐役として詰めていたプラチナリーグ担当部長の片桐らが素早く資料を配付しはじめた。

「プラチナリーグ改革案」と簡単に題された五十ページを超える大部《たいぶ》である。

「なんだこれは」

一覧した富永が不機嫌な声を上げ、非難の眼差しを木戸に向けている。

「現状のプラチナリーグの運営に対して、参加チーム側から強い要望がありました。それをベースに、抜本的改革案をまとめたものです。骨子は、ふたつに分かれているカンファレンスを統合し、チームを減らした上でホームアンドアウェーのリーグ戦にすること、チケット販売の一元化などによるマーケティングの強化、地域密着型チームとしての再生です」

「プラチナリーグのチーム数を減らす？　冗談じゃない」

さわりの部分を耳にした富永は鋭く反発した。「あぶれた企業はどうなる」

「二部リーグに降格することになります」

「そんなことをしても意味ないだろう」

「意味はあります、会長」

木戸の案は、トキワ自動車の君嶋が提出してきた改革案をベースにしたものだ。地域密着の成功例としてトキワ自動車アストロズの観客動員数の推移も付け、それによって主催試合の採算がいかに改善するかをシミュレートしている。

プラチナリーグ連絡会議では君嶋と対立した木戸だが、ここでは逆だった。

専務理事という立場上、君嶋に対しては理事会の意向通りの対応をせざるを得ないが、悔しいことに木戸個人は君嶋の意見に全く同感であった。今までの木戸であれば理事会でこんな提案はしなかっただろう。ただ粛々と富永らの長老政治に従っていたに違いない。だが、今日この一歩を踏み出したのは、認めたくはないが君嶋の影響によるところが大きい。

「これは、ラグビーの将来を救うための改革です」

理事たちに、というより不機嫌に黙り込んでいる富永会長に向かって、木戸はいった。「現状のままでは、日本のラグビーに将来はありません。ラグビーという競技の素晴らしさを若い人たちに理解してもらうためにどうすればいいか。もはや一刻の猶予もなく、考え、対策を練るべき時期に来ていると自分は考えます」

「こんなものはくだらんよ」

富永は断じた。「君はいったい何をしたいんだ。金儲けか？　日本のラグビーは、海外リーグと違ってアマチュアだ。故に素晴らしい。ラグビーの精神を踏みにじるつもりか。こんなものはラグビーに対する冒瀆《ぼうとく》だ」

「プラチナリーグに参加している企業は、十五億から二十億円という巨額のコストを払っているんです。我々は、ホームの試合や物販で収益を得、それを配分することがリーグ規約上の約束になっているはずです。つまり、主催者として観客動員を増やす義務があるということです。それについてアマチュアかどうかは関係がありません。アマチュアだからといって、客が来なくてもいいという理由にはならないはずです。いまの社会人ラグビーは企業業績に大きく依存し、それに左右されるものになっています。リーグの基盤をより強固に確立するためにも、この依存関係を徐々に修正していき、プロ野球やサッカー、バスケットボールのように自立したものにしていく必要があります」

「だから大企業に参加を許してやってるんじゃないか」

富永の発想が如実《にょじつ》に表れたひと言であった。富永にとって、日本蹴球協会はラグビーの総本山であり、すべてのラグビーチームは自らの意のままに動くコマに過ぎない。

「参加を許してやっている、という発想はいかがなものかと思いますが」

木戸のひと言に、富永は色をなした。

「我々が主催者で、彼らはプレーヤーに過ぎない。決めるのはあくまで我々だ。そして我々が守るべきは、日本のラグビーが守ってきた歴史と伝統なんだよ。それを理解した上で、企業は我々のリーグに参加しているんだ。イヤなら出ていけばいいことだ」

自身、大企業の会長職を歴任してきた富永にとって、部下に意見されるなどまったく許容できることではないのだ。

「あなたが守っているのは、ご自分の地位なんじゃないですか、富永会長」

眼光を鋭くした富永は、「失礼だろ、君」、と低く言い放った。

「私がいつ自分の地位に恋々《れんれん》としたというんだ。言ってみたまえ」

「協会の規定では、会長職は七十歳までと決められています。それを自ら延長して居座られているじゃないですか」

木戸にとって、まさに覚悟を背負った指摘である。

「私は、ここにいる全員に慰留され、仕方なく残り少ない余生をこの日本蹴球協会のために捧げてるんだ。君はそんな私を侮辱するのか」

「侮辱するつもりは毛頭ありません」

木戸はラグビー界の領袖《りょうしゅう》として長く君臨してきた男を見据えた。

いままで、富永が廃してきた新たな提案、挑戦がどれだけあったろう。その全てを、この男は伝統とアマチュアリズムというお題目を掲げて退け、権勢を誇ってきた。

この男の根幹にあるのは、選民思想だ。

ラグビーとは貴族のスポーツであり、選ばれし者たちだけが価値を分かち合える。下々の者どもにあえて門戸を開くことはなくても、大企業の経営者に多くいる賛同者によって支えられ、つねに財政は潤い、困ることはない。旧套墨守《きゅうとうぼくしゅ》たるこの男のために、ラグビー界が払った代償は計り知れない。

「皆さん、私はここに新たな動議を提案したいと思いますが、いかがでしょうか」

その木戸のひと言は、富永にではなく、その場に出席していた理事たちに向けられていた。

「専務理事の分際で、勝手なことをするな!」

富永が一喝したが、もはや木戸は聞く耳を持たなかった。

「私はここに、富永重信日本蹴球協会会長の解任を提案いたします。賛成の方は起立をお願いします」

「貴様! なにをふざけたことをいってるんだ。身の程を弁《わきま》えろ」

立ちあがった富永が、怒りに禿頭《とくとう》を真っ赤にして頰を震わせた。そのとき、

「賛成!」

テーブルから声が上がったかと思うと、ひとりの理事がさっと立ちあがった。かと

思うと、たちまちテーブルを囲んでいた出席者が次々と起立していったのである。

「こんなことが許されると思うのかっ！　なんのつもりだ。こんなことをしてタダで済むと思うなよ」

富永はその一人ずつを指さして恫喝《どうかつ》してみせる。だが、いまや誰ひとりそれに動ずるものはいなかった。

「私がいままでこの日本蹴球協会にどれほどの貢献をしてきたと——」

「賛成多数で、富永重信氏の会長解任が承認されました」

一際大きな声で議長が遮《さえぎ》ると、厳しい眼差しを富永に向けた。「富永さん、退場願います。ここにはもう、あなたの居場所はありません」

「こんな無礼なことをされたのは初めてだよ、木戸！　お前ら、必ず後悔させてやる。オレの背後に誰がいるのかわかってるんだろうな」

与党の有力政治家、野本広大《のもとこうだい》と富永との関係は誰もが知っているところだ。

「野本先生は、この結果に満足されるでしょう」

冷ややかに木戸がいった。「この計画を説明したとき、諸手を挙げて賛成していただきましたから」

「なんだって」

怒り狂っていた老人の目から、感情がすり抜けた。「まさか」

「あなたは長くやりすぎたんですよ、富永さん」

木戸は冷ややかにいった。「いまのあなたは、裸の王様だ。もうこれ以上、老醜をさらすのはやめませんか。一介のラグビー人に戻るべきだ――いまがそのときです」

4

十二月第三週の土曜日。その朝、東京の気温は、十度近くまで下がった。

雲ひとつない快晴の空が秩父宮ラグビー場の上空に広がっている。斜めに降り注ぐ冬の太陽光線は、スタンドの影に切り取られ、くっきりとしたコントラストとなってグラウンドの芝を二分していた。

メインスタンドから見下ろすグラウンドの左から右へ、風が吹いていた。応援旗をほぼ真横に吹きさらすほど強い風だ。

先ほどまで行われていた三位決定戦が終わり、そのときはまだ残っていた空席のほとんどが埋め尽くされようとしている。

指定席は、一週間前に全席売り切れ。自由席も三日前に販売を打ち切って、わずかな当日券を求めて長蛇の列が出来たほどだ。

今シーズンのプラチナリーグを牽引した全勝チーム同士の激突に、心を熱くしないラグビーファンはいないだろう。今朝は久々に、プラチナリーグの一戦を報ずるニュースがスポーツ紙の一面を飾った。

スタンドを埋め尽くす観衆の存在が放つ熱気は、どこからともなく涌き出て渦巻く奔流のようだ。ピッチサイドに立つだけで気圧《けお》され、呑み込まれてしまいそうな迫力がある。

サイクロンズ対アストロズ——。

間違いなく、これぞ争覇戦に相応しい顔合わせであり、舞台だった。

キックオフまであと十五分だ。関係者専用の通路に入った君嶋は、記者たちがたむろする取材エリアを抜け、柴門と選手たちのいるロッカールームへと足早に向かう。

君嶋が着いたとき、柴門は通路に立っていた。開け放されたロッカー内では選手たちが思い思いのやり方で、試合までの集中力を高めようとしている。

——試合前のこの時間は、柴門のいうところの、〝選手たちの時間〟だ。

しかし、この日はひとつだけ、サプライズが用意されていた。

サロメチールの匂いの充満するロッカールームに入った君嶋は、

「みんな、ちょっと集まってくれ」

選手たちに声を掛けた。普通、試合前の大事なこの時間に、君嶋がこんな風に話し掛けることは、まず有り得ない。「今日の試合のために、ファンからのビデオメッセ

だった。
手たちの前に登場したのは、アストロズの応援旗を持っている三人組の若い女性たち
ロッカールームに運び込まれた大型モニターのスイッチを入れる。集まってきた選
ージを預かってきた」

——今日の決勝戦、絶対に、絶対に勝ってください！　私たちもスタンドから精一杯、応援します！

次の映像では、グラウンドに集まった百人ほどの小学生が、大きな横断幕を広げていた。そこには、〝優勝めざせ、アストロズ！〟、とある。

「あ、これ大倉山《おおくらやま》小学校だ」

岬が声を上げた。以前、アストロズが訪問してラグビーを教えた子供たちである。

——アストロズ、がんばれ！

「おお、がんばるぞ」

選手たちから声が上がる。「すげえな、横断幕まで作ってくれたのか」、そんな感嘆の声とともに拍手も起きた。それがすっと止んだのは、画面が切り替わり、病院の一室に転じたからだ。以前、アストロズが訪問した病院の小児病棟だ。

ベッドに横たわっている子供は、橘 賢人《たちばなけんと》君。このとき心臓の病気で入院していた賢人君に直接ボールをプレゼントした友部祐規は、病状を心配してその後何度も見舞

いに訪れていた。友部は黙っていたが、母親からのお礼の手紙で、君嶋はそのことを知っていた。

――祐規おにいちゃん、いつもぼくのことを応援してくれてありがとう。

横になったままボールを抱えている賢人の声は、すこし弱々しいが、一所懸命だ。

――ぼくも今度の手術がんばるので、祐規おにいちゃんも、今日の決勝戦、がんばってください。

目を真っ赤にした友部が、何度もうなずいている。

次に登場したのは、商店街の馴染みのひとたちだ。

――アストロズのみんな、いつもありがとな！　今日は絶対に、勝ってくれよ。商店街でライブビュー観戦してるから。みんな盛り上がるぞ。勝ったら優勝セールだ。アストロズガンバレ！

周りのオバサンたちの「おー！」とお茶目に右手を突き出す映像を、全員が食い入るように見つめている。

おばあちゃんが登場した。浜畑や岸和田たちが、何度か訪れている老人ホームのお年寄りだ。

――ハマちゃん、テツちゃん、アストロズのみなさん、いつもありがとうね。今日は精一杯、力を出してがんばってね。

名前を呼んでもらった浜畑と岸和田のふたりは、真剣そのもので唇を一文字に結んでいる。

次に映ったのは、見慣れたオフィスの光景だった。

「あれっ、これウチの会社じゃねえか」誰かがいった。

――七尾くん。

呼びかけているのは、海外事業部の藤島レナだ。――がんばって。またラグビーが出来て、本当によかったね。怪我しないでね。夢がかなって、本当によかったね。本当に――。

レナは最後のところで言葉に詰まったが、最後までがんばって言い切った。――私、スタンドで応援してるから。がんばれ。

七尾は瞬《まばた》きすら忘れ、心打たれた表情でモニターのレナを見据えている。冷やかす者はいない。誰もが七尾の挑戦を知っているからだ。

メッセージの締《し》め括《くく》りは、ジュニア・アストロズの元気で明るい子供たちだ。

――アストロズ、絶対優勝するぞ！

せーの、で全員が投げたボールが、雲ひとつない空にいくつも舞い上がり交錯する。

選手全員が涙を流していた。選手だけではない。柴門も、スタッフたちも、そして君嶋も同じだ。

「以上だ」

万感の思いを胸に、君嶋が最後の声を振り絞る。「がんばれ、みんな。熱い応援にこたえよう！　勝つぞ」

つんざくような雄叫びが重なり、ロッカールームに気が満ち満ちた。

時間になり、選手たちが次々とロッカールームを飛び出していく。グラウンドに選手が出たのだろう、通路にいる君嶋の耳に、スタンドにつめかけた二万人の大歓声が聞こえてきた。

5

選手たちの動きが、表情が、かつてなく引き締まっている。

キックオフは午後二時。

日本モータース・サイクロンズの濃紺のジャージーに対して、アストロズは目にも鮮やかな深紅のジャージーだ。

メインスタンドから左方向にある電光掲示板にスタメンが発表されはじめた。

ベストの布陣といっていいだろう。フォワード第一列の友部祐規、ナンバーエイトでキャプテンの岸和田徹、超攻撃的と称されるハーフ団はスクラムハーフ佐々一とスタンドオフ七尾圭太、その背後に控えるのは運動量と俊足を兼ね備えたバックス陣だ。怪我もなく、最高の陣容をこの一戦に当てられたのは大きい。

一方のサイクロンズは、十五人中七人を日本代表経験者で固めた布陣であった。注目は今年アストロズから移籍したスクラムハーフ里村亮太。その里村と組むスタンドオフ富野賢作は日本代表でも組んでいるハーフ団だ。フォワードに三人、バックスに二人の日本代表、あるいは元日本代表をずらりと揃えるサイクロンズの布陣は、その名前だけなら間違いなく社会人チーム最強メンバーといえるだろう。率いるのはもちろん、名将と呼ばれ、城南大ラグビー部ＯＢ会を牛耳る津田三郎だ。

電光掲示板の時計の針が、試合開始時間を指していた。

風は相変わらず、その電光掲示板方向から吹いている。前半、風下に展開しているのはアストロズだ。

ボリュームのスイッチを捻《ひね》ったようにスタンドが盛り上がっていく。歓声と熱気がひとつの塊となって、ラグビー場の隙間という隙間まで埋め尽くして息苦しくさせるほどだ。

「いままでの試合と、まるで緊張感が違いますね」

興奮と緊張で震える多英の声が、声援の中で君嶋の耳に届いたとき、試合開始の笛が鳴って、選手たちが一斉に動き始めた。


サイクロンズのキックオフだ。キッカーは10番を背負った富野。浅いキックがふわりと上がり、濃紺のジャージーが一斉にアストロズ陣内になだれ込んでくる。

死闘の、始まりであった。

6

これほどまで息詰まる攻防を、いままで経験したことがあっただろうか。

この二年間、君嶋はゼネラルマネージャーとして、練習試合も含め数多くの試合を観てきた。胃を捻り上げられるような緊張する展開も、ひりひりするような点の取り合いも、ビハインドを背負った中で、たったひとつのミスすら許されない攻撃で勝利をもぎ取った戦いもある。

だが、この日の試合は、君嶋がいままで見守ってきたどの試合とも違う。

——この試合は、特別だ。

攻め込まれていた自陣から、アストロズのフルバック、岬が蹴ったボールがハーフウェイライン付近に着弾し、ワンバウンドして外に出た瞬間、スタンド上空の紺碧《こんぺき》の空を見上げて君嶋はふうと大きく息を吐き出した。

まだ五分も経っていないのに、この濃密さと重厚感はケタ違いだ。

心臓は早鐘《はやがね》のように鳴り響き、神経が研ぎ澄まされているのがわかる。まるで自分自身がこの芝のグラウンドにたち、相手と組み合っているかのようだ。選手たちの息遣いを耳元で聞いているかのような臨場感に貫かれている。

「最初のラインアウトです」

ボードを膝に載せている多英がいった。

ラインアウトやスクラムといったセットプレーは、まさに白刃《はくじん》で斬り結ぶような瞬間だ。

そこには様々なものが出る。戦略、スキル、経験、そしてメンタル――。複雑なサインプレーを駆使するサイクロンズは今シーズン、得点の八割をラインアウトやスクラムといった、意図して攻撃を組み立てられるプレーを起点としていた。

投げ入れられたボールをふたりがかりで高々とリフトしたサイクロンズのフォワードが危なげなくキャッチし、スクラムハーフの里村にパスする。

里村から10番の富野へ。富野の背後からダミーの選手をひとり走らせて攪乱《かくらん》し、背後からループして回り込んできた里村に再びボールが渡った。

細かなサインプレーを織り交ぜ、今度は外側から内へ、クロスに走り込む選手にボールを持たせて鋭い突破を図ってくる。

サイクロンズが得意とする多彩な連続攻撃だ。

ボールに目を凝らしていても、人が交錯するたび誰に渡ったかわからなくなる。

「フェーズ、エイトです」

スクラムやラックなどを起点に、八次にわたる攻撃が続いている。ラックからサイクロンズ側へボールが出たとき、多英が告げた。

アストロズは献身的にディフェンスしているが、じりじりと自陣に後退し、いまは22メートルライン上での攻防を余儀なくされていた。

そこで再び密集戦になり、サイクロンズボールのラックが出来る。浅い位置取りのアストロズのディフェンスラインがいつでもタックルにいけるように身構えている。

あっ、と君嶋が思わず口にしたのは、小さなキックがふわりと上がったからだ。意表をつく里村のプレーだった。ディフェンスの頭上を越えたボールに両軍の選手が突進し、濃紺と深紅のジャージーが入り乱れた。

ラグビーには、フィフティフィフティで競り合うこうした場面が少なからずある。そこに大いに影響を与えるのは、常に——運だ。楕円《だえん》のボールが織りなす、予測不可能な動きである。

運はどうやらサイクロンズに味方したようだった。

不規則にバウンドしたボールが濃紺の11番、トライゲッターのウイングの腕にすっぽりと収まったかと思うと、乱れたディフェンス網を突き、あっという間に抜けていったのである。

先制トライだ。

耳を聾するほどの歓声にかき消され、君嶋は鋭く舌打ちした。前半十分を過ぎたところである。重圧のかかる大事な試合だけに、本来なら先制して楽になりたかった。

そのとき、

「君嶋さん、見てくださいよ、彼らを」

多英から声がかかり、ゴールポスト付近に集まっているアストロズの選手たちに目をやる。君嶋はそこに次元の違うものを見た気がした。冷静そのものの、選手たちの姿だ。

引きつった顔もなければ、悲愴《ひそう》な表情もない。大舞台の中でも、先制点を許しても、いつもと変わらぬ、普段通りの表情を浮かべた彼らがそこにいる。

ゴール正面からの相手のコンバージョンキックなど見向きもせず、岸和田を中心に輪になって何かを話し合っている。

フィジカル、サインプレー、ゲームプラン――。

ラグビーには試合前の準備が欠かせず、チームとして機能するためには規律も必要だ。その多くは監督の柴門が計画し、チームに授けるものだが、一旦試合が始まってしまったら監督は観客席に引っ込み、グラウンド内で起きることは選手たちの判断に委ねなければならない。

観客席から眺めた試合の流れ、相手の弱点を柴門は常にインカムを通して指示しているが、それをどうゲームの中で消化するのか、あるいは柴門も気づかないコンタクトの中でしかわからない情報をどう処理していくか、考えるのはあくまで選手たちだ。

全てが計算できる試合はない。ラグビーで重要なのは、グラウンドで起きていることを正確に観察し、自分で考え、こたえを出す力に他ならない。

浮き足立つこともパニックになることもなく、ひたすら冷静な選手たちを見ていると、ひとり取り乱していた自分が恥ずかしくなる程だ。

これがチームの成長なのだろう。

いまのアストロズは、自分たちの力と方向性に確信と自信を持っている。

これこそが、柴門が作ったチームなのだ。

岸和田がぱんぱんと二度手を叩くと、再び深紅のジャージーがグラウンドに散開していった。

試合再開のキックを、七尾が相手陣内に深々と蹴り込む。キャッチした相手のフルバックが蹴り返してくるが、これはミスキックになった。意図したものよりも明らかに浅過ぎ、アストロズの反撃が始まった。

フォワードにボールを持たせて前進を繰り返し、相手陣内に入っていく。

佐々から七尾へボールが渡った。七尾からさらに右へ。センターの12番、13番、ウイングの14番と順目に展開させていき、右サイドで出来たラックから今度は逆目にパスを回していく。中央付近で再びラックにしたのは、おそらくサインプレーだろう。

今度はアストロズが連続攻撃を積み重ねる番だった。

だが、そう多くの手数を掛けることはない。サイクロンズのトライは、手の込んだサインプレーからだったが、アストロズの仕掛けはもっとシンプルだ。そして強い。

タックルされながらもフォワード友部が上手いパスを出し、七尾が抜け出す。たちまち、相手ディフェンスが七尾に突進していく。鋭いステップで最初のひとりを振り切り、もうひとりをハンドオフで倒した後、背後からトップスピードで走り込んできたフルバックの岬に絶妙のタイミングでパスを通した。どこでどう渡したかわからないほど、素早くトリッキーなパスだ。

ゴールポスト右側に走り込んだ岬のトライは、七尾への相手チームの執拗なまでのマークを逆手にとった、計算通りの展開といっていい。

「ナイストライ」

君嶋は右の拳を握りしめた。

7

前半の二十分が過ぎていた。

七対七。気を抜くところのない拮抗《きっこう》したゲームだ。

「ボール支配率はいまのところ五分五分ですね」

多英の分析が、印象を裏付けている。

同時に、マイボールになったときの展開に、チームカラーの違いが見てとれた。

アストロズは、フィジカルの強さと選手個々のアイデアを生かした戦い方が身上《しんじょう》だ。相手との競り合いを恐れないボール回しやパントキックなど多彩な攻撃にそれが表れている。

一方のサイクロンズは、どちらにボールが渡るかわからない不確実性を極限まで削り、可能な限り意図したようにボールを支配し、着実に前進していく。

いま——サイクロンズボールのラインアウトになった。アストロズ陣内、22メートルラインの外側だ。

えっ、と多英が小さくいったのは、アストロズのディフェンスラインが整ったか整わないかのうちに、ボールが投げ入れられたからだ。そのまま流したのは、レフリーの微妙な判断だった。

　里村にボールが回ると、めまぐるしいほどのスピードで背後から疾走してきたバックスに渡るまであっという間だ。アストロズのディフェンスが裁《た》ちバサミで切り取られたかのようだった。

　悲鳴と歓声が入り混じり、空へ突き抜ける中、サイクロンズのトライが決まった。コンバージョンキックも決まり、七対十四。

「いまのラインアウトはちょっとないですよ」

　多英が不満そうにいったが、判定は覆らない。

　グラウンドでは七尾が天を仰いでいる。

　見れば柴門は怫然《ふつぜん》たる様子でグラウンドを睨みつけていた。レフリーのレベルアップも、プラチナリーグの抱える大きな課題のひとつだが、それが重大な場面で出たことになる。

　岸和田が手を叩きながら、選手たちを鼓舞した。

　思わぬきっかけから、形勢が、じわりとサイクロンズに傾斜した瞬間であった。

　サイクロンズのスタイルがゲームを支配しはじめている。

　一方のアストロズは、七尾が徹底的にマークされて攻撃がつながらない。

　ラグビーのパスは、タイミングが命だ。同じ精度のパスでも、コンマ一秒の違いで生きもし、死にもする。相手ディフェンスのプレッシャーで球出しが遅れ、そのタイミングが微妙にズレて、いつもの七尾らしさが発揮できないのだ。サイクロンズは出足の速いディフェンスでアストロズの攻撃を封じ、ボールを奪い取っていく。

何かが狂いはじめていた。アストロズのディフェンスが、徐々にズレはじめ、一旦ボールを取られると、その攻撃をなかなか断ち切ることができない。

「サイクロンズ、次で二十フェーズ目です」

多英がいった。ひたすら耐えるラグビーをアストロズは強いられている。

そして、ついに予想された結末を迎えたのは前半三十五分過ぎのことだ。

ゴール前五メートルでのスクラムを起点に、ナンバーエイトがボールを抱えて飛び出し、絶妙のタイミングで９番里村に渡すと、里村がそのままインゴールに飛び込んだのである。いわゆる、ハチキュウ（８―９）というプレーだ。

コンバージョンキックも決まり、七対二十一と点差が開いた。

ため息に歓声、そして悲鳴。様々な感情が渾然《こんぜん》一体となってグラウンドに投げ出されていく。

――お前ら、どうするんだ。

――勝てるのか。

――このままどんどん差をつけられるのかな。

——負けだな、この試合。

いまこの瞬間、選手たちは孤独になり、何かを試される。

自分を信じられるのか。仲間を信用しているか。勝利を疑っていないか。逆転の時がくると、心から思えるか。

自分が果たして何者であるかを見つめ、葛藤に打ち勝つ。そのエネルギーを持つ者だけが勝負に勝てる。人間同士が戦う以上、どんなフィジカルも、メンタルの上にしか成立しない。感性と肉体は表裏一体である。

劣勢にあるときこそ、真の力が試されるのだ。

肩を叩き合い祝福の輪を作る濃紺のジャージーとは対照的に、アストロズの選手たちが浮かべているのは、どこか釈然としない表情だ。

流れが、悪い。

その後のアストロズの追加得点は、前半終了間際に敵陣で得た、ペナルティキック一本のみであった。

この戦況を柴門がどう見たかはわからない。何か気づくたびにインカムに話しかけ、スタッフと情報を共有し、タイミングを見つけてピッチレベルから選手たちに指示を出す。

だが、そうした指揮官の分析と対応をも、サイクロンズの作戦が上回ったといえるのかも知れない。

ハーフタイムを告げる笛が鳴った。

十対二十一——スコア以上にアストロズ劣勢であった。

8

レフリーの笛を聞いたとき、レナは呼吸すら忘れて試合に見入っていた自分をスタンドの片隅に発見し、深い吐息を漏らした。

「十一点差か」

隣では理彩がスコアボードを見上げている。「やっぱり、サイクロンズは強いな。ディフェンスの穴を見逃さないし、ミスも少ない。さすが日本代表をずらりと揃えてるだけあるわ」

最初のトライはアストロズのディフェンス裏へのパントキックからだった。

サイクロンズはフィフティフィフティになるような——つまり競り合いでどっちに転ぶかわからないような展開を嫌う。ところがアストロズのディフェンスの出足が鋭く、苦し紛れに上げたパントが奏功した印象だ。

その後のサイクロンズは、タッチを狙って大きく蹴り込むキックはあっても、キックでバックスを走らせるような展開はなく、いつも通りの堅実な試合運びが目立った。

「それにしても、ウチは良いところなかったなあ」

理彩はそういって残念がった。「七尾君もマークされて、思うようにやらせてもらえなかったし。最初のトライのときは、相手のマークをうまくズラしたんだけどな」

「あのトライ以後、七尾くんに三人がかりでタックルにいったりしてたよね。マークがきつくなって身動き取れなかったな。それにしても――」

レナは首を傾げた。前半の七尾はいつもと何かが違った気がしたからだ。攻撃よりも守備で貢献する場面が目立ち、自分が囮《おとり》になって敵を引き付けるプレーを徹底していた気がする。そうやって出来た隙をつけなかったのは、残念ながらバックスのタレントが不足していたからだ。

「浜畑もスタメンで出すべきだったんじゃないのかな」

理彩がいった。「でもそれだと、この試合で後半までもたないかも。前半勝負になっちゃうよね」

「もしかしたら、そういうことかもね」

ふと、レナは思った。

「そういうことって？」

「この展開自体が、ある程度柴門監督のゲームプランかも知れないってこと。サイクロンズの最初のトライはまぐれだったとして、それ抜きで考えると前半は十対十四で四点差でしょ。風下で相手に押し込まれても、これぐらいの点差ならまあまあってところかも知れない。逆に後半は風上に立って攻めることができるし」

「そういわれてみれば、いつもの攻撃パターンじゃなかったかも」

理彩も思い出しながらいった。「ディフェンスの裏に蹴るパントも少なかったし」

この前半には、点差だけではわからない裏があるような気が、レナにはした。そこに隠されていた何かが、後半に表れるのではないか。

試合は前後半、各四十分――試合は八十分を戦って点数の多い方が勝つ。アストロズが前半風下を取ったのも、勝負どころが後半にあると見込んでのことに違いない。

ハーフタイムを終えた選手たちがグラウンドに現れた。

アストロズはフォワードの三人が交替し、戦力がリフレッシュされる。

スタンドが沸いたのは、選手交替で浜畑譲の名前がアナウンスされたからだ。

「えっ、七尾と交替じゃないんだ」

理彩が驚くのも無理はない。七尾はそのままで、浜畑は12番の選手との交替であった。

スタンドのどよめきが、この交替への興奮をダイレクトに表現していた。

——アストロズが勝負を賭けてきた。

ここからが、本当の勝負なんだ。

レナは両手を握り締め、グラウンドを一心に見つめている。

その熱い視線の先に、七尾がいた。

二度、三度とボールを地面に弾ませ後半開始の笛を待っている。

レフリーの笛は歓声とともに冬空に響き渡り、高く蹴られたボールは、柔らかな曲線を描いて相手陣内へと落ちていった。

アストロズの選手たちがグラウンドを駆け上がっていく。

反撃の始まりであった——。

9

「勝負ですね」

多英が大きく深呼吸した。浜畑と七尾、どちらかがスタンドオフの位置に入れば、一方がセンターのポジションに変わる。これで七尾に対するマークをうまく外し、攻め手を広げる作戦だ。

敵陣で、サイクロンズボールのラックができている。

里村がテンポよくボールを捌《さば》き、スタンドオフ富野に渡した後、背後に回り込んだ里村が再びボールを受けた。この日何度か、ふたりで見せている〝ループ〟だ。日本代表同士でのサインプレーにスタンドが沸く。またサイクロンズがパスを回し始めた。

アストロズも出足は鋭く、タックルで潰すものの攻撃はなかなか切れない。

「サイクロンズ、やっぱりブレイクダウンがうまいなあ。球出しも速い」

戦況を見つめながら、多英は悔しそうだ。「このリズムを断ち切りたいんだけど」

岸和田の鋭いタックルが決まったのはそのときだった。闘志溢れるプレーに、たまらずサイクロンズ選手の手からボールが前にこぼれ落ち、ノックオンの反則になる。アストロズファンの拍手が起きた。

後半開始後、五分が過ぎ、ようやくアストロズに攻撃のチャンスがやってきた。

後半のファーストスクラムだ。

「がんばれ」

思わずつぶやき、レナは拳を握り締めた。

サイクロンズのディフェンスが前半よりも深めに守っているのは、ディフェンスライン裏側へ落とすキックを警戒しているからだろう。

「バインド！」

レフリーの声が聞こえる。「――セット！」

ウォッという獣の息遣いと共に、平均体重百十キロの男たちの肩同士が激しく組み合った。骨と肉の軋《きし》む音が聞こえてきそうだ。

アストロズボール。佐々が入れたボールをスクラム最後尾、ナンバーエイトの岸和田がキープする。

意図したものか、スクラムが左へ回り始めた――岸和田がボールをピックアップして突進していく。

サイクロンズのディフェンスに鋭い楔《くさび》を入れ、怒濤のごとく殺到するアストロズの選手たちが相手選手を捲《まく》り上げるように引きはがしていく。ラックから、佐々が放った鋭いパスは、七尾にではなく、浜畑に出された。

浜畑からフォワードへパスが回り、再び突進。再び同じように佐々がボールを背後に供給する。

今度、それを受けたのは七尾だ。浜畑と七尾がめまぐるしくポジションを入れ替わっている。

いかにも七尾らしいパントキックが出たのはその直後であった。

サインプレーだ。計《はか》ったようにバックスがするすると上がり、相手ディフェンスとボールを奪い合う。

混沌とした戦況が創出され、ボールの奪い合いが始まった。

バウンドしたボールを押さえたのは、サイクロンズの選手だ。それも束《つか》の間、アストロズのフォワードが猛ラッシュをかけ、ボールを奪い返す。

この攻撃に大歓声が弾け、スタンドの興奮がいやが上にも増していくのがわかる。

七尾から、クロスして外から走り込んできた浜畑にパスが投じられた。相手ディフェンスの乱れを突く絶妙のパスだ。

浜畑らしい華麗なステップでディフェンスをひとり抜き、背後にサポートにきた岬にパスが出たとき、もはや突進を阻む者は誰もいなかった。

ゴール左側に飛び込んだトライ。さらに七尾のコンバージョンキックも決まり、十七対二十一。四点差。これで一気に試合はわからなくなった。

「あとワントライ!」

隣で理彩が両手を握り締めて祈っている。決まれば逆転だ。

攻防が激しさを増してきた。

何度もお互いのゴールまで押し込みながら、得点できない。

猛然と突進するフォワード、背後から虎視《こし》眈々《たんたん》とディフェンスの穴を狙い、鋭く突進するバックス。ラインアウトでの胸を締め付けられるほどの駆け引き。複雑なサインプレーでの応酬に、息を吐く暇もない。

密集でのやりとりでヒートアップし、選手同士の小競り合いもあり、ラグビー場全体が微熱に浮かされ、集団ヒステリーに近い興奮状態に陥っていく。

「冷静になれ」

レナはいった。お互いに攻めあぐね、ここぞという場面で攻撃を摘み取っているのは、逆にいえばお互いの戦術を研究しつくし、対応できているからに他ならない。サイクロンズにとって最大の誤算は、七尾と浜畑というふたりの選手がグラウンドに同時にいることだった。

攻撃の起点が分散し、ディフェンスの対応が難しくなっている。

次第に、サイクロンズの動きに遅れが目立つようになってきた。前半飛ばした分、疲労が蓄積しつつあるからだろう。それが僅《わず》かな出足の差になり、七尾や浜畑へのマークがズレはじめている。サイクロンズはたまらずフォワードの選手を交替させたが、一旦アストロズに傾いた流れは容易に変えられるものではなかった。

七尾は自分を囮《おとり》にして浜畑をうまく使い、浜畑もまた七尾をうまく利用する。

風上に立ったことも有利で、七尾らしい煌《きら》めくようなパスが随所に出始めた。息を潜めていたアストロズの攻撃が華麗に彩られようとしている。

いままた佐々から七尾にパスが出た。七尾から浜畑へ。再び背後から回り込んだ七尾へ。見事なループに相手ディフェンスが翻弄される。

ゲームをコントロールできない焦りがサイクロンズにはあったかも知れない。

それは、七尾からバックスへパスが放たれる直前に起きた。

タックルされオフロードパスを投げようとしていた七尾の首のあたりに、またひとりサイクロンズのフォワードが強烈なタックルを仕掛けたのだ。

長い笛が吹かれ、プレーが止まった。倒れ込んだまま、七尾は動かない。相手選手の完全な反則に見えたが、イエローカードは出なかった。

「七尾！」

レナは、思い切り声を張り上げた。自分が何をしたいのかわからないまま立ち上がっている。

チームドクターが駆け寄っていった。

場内放送が、ＨＩＡ（Head Injury Assessment）を告げたのはその直後だ。脳震盪《のうしんとう》の検査のための一時的な退場である。代替の選手が投入されるが、ドクターの診察次第では、このまま試合に出られない可能性もある。

七尾が退場しリザーブの選手が入る。

「サイクロンズにイエローカードが出されるべきなのに」

理彩がレフリーへの不満を口にする。もしそうなら、いま危険なタックルをした選手は十分間のシンビン——出場停止になり、アストロズに数的優位が生まれる。

だが、そうはならなかった。選手への注意だけで試合が再開され、ペナルティキックがタッチに蹴り出される。アストロズボールのラインアウトになった。

敵陣22メートル付近。チャンスのはずなのに、レナが感じたのは得体《えたい》の知れない、胸騒ぎだ。

この死闘の中、アストロズは徐々に劣勢を跳ね返し、試合の主導権を握ろうとしていた。

なのにどうだろう。いまアストロズの選手はどこか頼りなげに見える。七尾という司令塔を突如《とつじょ》欠き、その喪失感を埋められないでいるように見えるのは気のせいか。

案の定——ラインアウトのマイボールを、サイクロンズにスチールされた。

アストロズ陣内へ絶妙の長いキックが蹴り込まれ、形勢が塗り替えられていく。

再びアストロズボールのラインアウトになったが、それがサイン通り味方に届くことはなかった。

またスチールされ、攻守が一転する。

そこからのサイクロンズの攻撃はまさに完璧であった。鋭く切り込むフォワード、分厚いサポート。為《な》す術《すべ》もなくディフェンスラインが突破されていく。痛恨のトライを奪われたのは、その直後のことであった。

コンバージョンキックの二点も追加され、十七対二十八。

サイクロンズ選手たちのガッツポーズを、レナは虚しく眺めやるしかなかった。

10

敗色濃厚のこの場面に、七尾はいない。

「あいつがいれば、なんとかしてくれるのに」

悔しさに唇を噛んだレナは、スコアボードの時計をみやった。

後半も三十分を過ぎている。

七尾が退場して、もう五分ほど経過しただろうか。

「帰ってこないのかな、七尾」

理彩が心配そうにつぶやいた。

レナは返事もなく、無言でグラウンドを見つめている。

浜畑のキックで、再び試合がスタートした。サイクロンズとの攻防が色褪《あ》せて見えるが、そのとき——。

どこかで歓声が沸き上がった。

「見て、レナ」

理彩が指さす方向を見たレナは、どういうわけかこみ上げてきた涙をどうすることもできなかった。

タッチライン近くに立つ、10番を背負った深紅のジャージーをそこに見つけたからだ。

「七尾！」

レナは声を張り上げた。「がんばって！」

アストロズ応援団から、七尾コールが湧き上がる。

帰ってきたのだ。

チームのために。私たちのために。

プレーが切れ、主審が手振りで七尾に戻るよう指示した。

ピッチに入る七尾が振り返り、背後にある電光掲示板が表示する時間を確認したのがわかった。

「もう時間がないよ、七尾」

レナは心の中で語りかける。「なんとかして。君なら出来るでしょ」

ハーフウェイライン付近でのマイボールのスクラムだ。佐々がボールを入れ、すぐに七尾に渡った。

走り込んできたバックスに投げたパスは、一瞬のうちにタイミングを計った見事なロングパスで、もう少しで相手のディフェンスを抜くところであった。

密集戦から、佐々が再び七尾に出し、攻撃が組み立てられていく。

浜畑と七尾のパス交換があり、フォワードの素早い集散で、相手の守備ラインが整ってしまう前に動かそうとする意図が見える。

時間はない。

だけど、焦ってもいない。

七尾の組み立てる攻撃は、流れの中から、虎視眈々とチャンスを狙っている。

右へ、右へ、パスが回っている。フォワードが突進して楔《くさび》を打ち込み、素早く反対方向へ戻すようにパスを回し始めた。

佐々から七尾、七尾から浜畑。さらに七尾へ――。

22メートルライン付近だ。相手ディフェンスが整然と並び、穴はないように見える。

――どうするの。

レナが胸の中で問うたのと、ボールを持っていた七尾の右足が一閃《いっせん》したのは同時だ。

ふわりと柔らかなボールがディフェンスの裏へと上がった。

ゴールラインの向こう側に落とす絶妙なキックだった。

慌てて走る相手ディフェンスと、疾走するアストロズのナンバーエイト、岸和田が競走になる。

インゴールに落ちたボールが、大きく右へ跳《は》ねた。

猛然とそれに向かって飛び込んだのは、岸和田だ。押さえ込んだ瞬間、大歓声が上がり、スタンドは騒然となった。観客は総立ちだ。

ゴールほぼ正面からのコンバージョンキックを、七尾が慎重に決めると、トキワコールが始まった。

二十四対二十八。再び四点差に詰め寄った。

「がんばれ、七尾！　がんばれ！」

声の限り、レナは声援を送った。ひりひりするような時間が過ぎようとしていた。

後半三十八分。キックオフされたボールを自陣でキャッチしたアストロズが支配している。もはやミスが許されない時間帯になりつつあった。確実にフォワードに持たせて走らせ、ハーフウェイライン付近まで陣地を回復していく。

ラックが出来、佐々から七尾、さらに浜畑へとパスが流れていった。パスが渡るたびに、歓声が一段ずつ大きくなっていく。

その浜畑がバックスへ投げたパスが相手にインターセプトされたのはそのときであった。

「うわっ」

隣で理彩がのけぞったが、信じられないことが起きた。

ボールを持ったサイクロンズの選手に、猛烈なタックルが決まったのだ。

——七尾だ。

レナが拳を握り締める。ボールが相手選手の腕からこぼれ、背後に転がっていく。

「取れ！」

理彩が叫んだ。両チームの選手が殺到する。一旦、サイクロンズの選手が押さえたかに見えたが、アストロズのフォワードの猛ラッシュは、まさに雪崩《なだれ》を打ったかのようであった。アストロズのバックスが斜めに下がり、アタックラインに変わっていく。

「奪い返した！　すごい！」

興奮した理彩の声が震えている。

「七尾！」

レナも叫ぶ。頭の中の全ての単語を掘り返しても、いまはその二文字しか浮かばなかった。

スタジアム全体が異様な雰囲気に満ちあふれていた。多くの観客が立ちあがり、この試合の成り行きに息を潜めている。

手を叩きながらのトキワコールが次第に大きくなってくる。

レナも必死でコールを繰り返す。

後半四十分を告げるホーンが鳴った。

ラストワンプレーだ。

この攻撃が途切れたとき、試合が終わる。

まさに、死闘の掉尾《ちょうび》を飾る、最後の猛攻であった。

佐々から七尾にボールが出された。まるで、そっと手渡すような丁寧なパスだ。

七尾から浜畑へ。そのボールを浜畑が確実にフォワードへ渡し、右へ走らせる。守勢にまわるサイクロンズも必死だ。鉄壁の防御網を張り、ネズミ一匹通さぬ勢いで目を爛々《らんらん》と輝かせて横一列のディフェンスラインを敷いている。

ラックから佐々が出したボールを、七尾が右へパスした。

「右か」

理彩がいう。グラウンドの左サイドは大きく空いているのに、七尾が選んだのは、狭いスペースの方だ。そこには選手が密集して抜けられるだけのスペースはない。

スタンド全体が最高潮に盛り上がり、両チームのファンによる声を嗄《か》らしての応援が続いている。

ひとつのミスも許されない中、再びラックが出来た。横一列のサイクロンズの選手たちがラックから飛び出す選手を潰そうと待ち構えている。

そのとき、素早くスタンドオフの位置に浜畑が入り、七尾がポジションを下げるのをレナは見た。パスを受けたときにプレッシャーを受けないようにするためだろうか。いや、違う――。

裏に蹴り込むつもりだ。

瞬時にレナが理解したとき、佐々から浜畑へパスが出た。浜畑はダミーパスをかませ、相手フォワードの目先を変えてから、後方に位置取りしていた七尾にパスを出す。

そのとき――

「嘘でしょ」

レナは自分の洩らした声をきいた。

七尾が選択したのは、レナの予想した通り、やはりキックだった。だが、蹴られたボールは、前にではなく、とんでもない方向に向かって低い放物線を描いたのである。

ほぼ真横に蹴られた、キックパスだった。

いわば、サッカーのクロスに近い。グラウンド右サイドから左サイドへの、ロングパスだ。

ラグビーのグラウンドは幅七十メートルある。その大半を横切るようなキックパスが、右サイドから左サイドに向かって飛んでいる。糸を引くような無回転のボールだった。

これにはサイクロンズも、いや二万人の観客全員が度肝を抜かれた。

右サイドの攻撃で手薄になり、裏へのパントキックを警戒していたサイクロンズの、完全に裏を掻《か》く——いや、想像を絶する左サイドへのキックパスだったからだ。

視界に、ひとりの男が飛び込んできたのはそのときだった。

ウイングの位置に走り込んだフルバックの岬である。

数十メートルもの距離を正確に通したキックパスが岬の懐《ふところ》にすっぽりと収まったとき、スタンドの歓声はまさに爆発したかのようであった。

「走れ、走れ、走れーっ！」

もはやレナは絶叫していた。理彩もだ。弾け飛びそうになる意識の中で、なにかとんでもないことが起きようとしていることだけはわかる。

いまやスタンドは総立ちで、スタジアム全体が熱狂の渦に呑み込まれ、溶けてしまいそうな興奮の中に放り出されている。

サイクロンズの選手たちが、岬に突進していた。いまにもタックルされそうになった岬のフォローに回ったのは、キックと同時に猛ダッシュした七尾だ。その七尾にパスが出たとき、レナの耳にはもはや何も聞こえなくなった。色彩が弾け飛び、頭の芯が痺《しび》れたようになって目に映る光景はスローモーションのようだ。

ゴールライン直前でサイクロンズのフルバックが、渾身《こんしん》のタックルを仕掛けてきた。

それをハンドオフで一瞬にして地面に叩き付けたとき、勝負は決まった。

逆転のトライだ。

絶叫とともに理彩が両手の拳《こぶし》を天に突き出している。このとき――。

レナの心に訪れたのは満たされた静謐《せいひつ》であった。

スタンドを埋める大歓声、悲鳴、狂喜と落胆が激しく入り乱れる渦中で到達したのは、温かい万感の思いだ。

錯雑《さくざつ》とし、激しく翻弄された感情の起伏から解放されてみると、ただどうしようもなく涙が溢れ出してきた。

――七尾、ありがとうね。

いま冷静にコンバージョンキックを決め、歓喜の輪の中に見えなくなった10番を、この瞬間を目に焼き付けようと、レナは瞬《まばた》きすら忘れ見つめ続けた。

そのとき、君嶋は不思議なものを見た。

フルタイムを迎えたグラウンドには、時として残酷な明暗が存在するものだ。抱き合い、肩をたたき合い、歓喜の雄叫びを上げている勝者の背後には、地面に崩れ落ち力尽きた敗者の姿がある——はずであった。

だが、このときは違った。

アストロズの歓喜の瞬間が去ると彼らは、力尽き、グラウンドに膝をついたサイクロンズの選手たちの手を取って立ちあがらせ、握手をし、お互いの肩を叩いて言葉を掛け合ったのだ。フルタイムまでの八十分、両チームが過ごした濃密な時間が過ぎ去ったことを惜しみ、ここに人生の尊い一瞬を見出した者同士の融和が生まれようとしている。

——これがラグビーか。

そのとき君嶋は思った。これこそ、ノーサイドの精神そのものだと。

終わってしまえば勝者も敗者も無い代わり、終わるまでは徹底的に勝利にこだわって技術と体力、知略の全てを尽くす——その相反する現実を許容するだけの精神性こそ、ここに証明されているものだ。

さざ波のようにスタンドから贈られる歓声と拍手は、決して勝者にだけ向けられたものではない。

「やってくれたな、君嶋くん。——すばらしい試合だった」

目を赤くして新堂工場長が手を差し伸べてきた。「素晴らしい選手たちだ。そしてどうだい、これは。アストロズを誇りに思うよ」

いま、アストロズとサイクロンズの選手が一緒になって円陣を組んだところだ。シナリオにはないドラマがまたひとつ生まれようとしている。

その輪の中に柴門が加わり、いまサイクロンズの津田も加わった。スタッフたちもだ。

「私たちも行きましょう」

多英にうながされ、君嶋もピッチへ続く階段を駆け下りていく。

スタンドからは、惜しみない拍手がいつまでも降り注いでいる。秩父宮のグラウンドに斜めに射し込む西日が深紅と濃紺のジャージーを眩しいほどに輝かせ、両チームの健闘を祝福しているかのようであった。

ノーサイド

君嶋が、二年数ヵ月に及ぶ横浜工場勤務から、経営戦略室長のポストに異動したのは、アストロズが優勝を果たした十二月の激戦から四ヵ月後のことであった。

これに伴い、トキワ自動車内ではささやかな組織改編が行われた。

それまでは横浜工場長がアストロズの部長職を兼務するのが慣例であったが、その年の三月末、新堂工場長退職とともに、その重責を君嶋が引き継ぐことになった。

それだけではない。前年の〝クーデター〟で抜本的な改革に乗り出した日本蹴球協会専務理事の木戸から理事就任の打診があったのもこの頃で、君嶋はそのオファーを受けた。

「ぜひ経営のプロに入って欲しい」

そう誘った木戸の言葉が本物だと思ったからだ。危機感さえあれば、変われない組織はない。

君嶋に代わってゼネラルマネージャーになったのは、昨シーズン限りでの引退を表明した浜畑である。アナリストとしてデータでチームを支える佐倉多英は、地域貢献やイベントの企画担当として、このオフの期間も忙しい日々を送っている。それまではヒラ社員だった多英を、実力相応に係長に昇格させたのは君嶋の置き土産だ。

アストロズには、柴門琢磨という名将に憧れ、また、実力と人気を兼ね備えたチームカラーに惹《ひ》かれ、多くの若い才能が集結しつつある。浜畑を始めベテラン勢の抜けた穴を埋める逸材もそこから生まれてくるに違いない。

五月、「練習試合をしないか」、とアストロズに申し入れてきたのは、サイクロンズの津田だった。それをトキワスタジアムで開くファン感謝デーのメインイベントに据えてはどうかと提案したのは多英である。

その五月の爽やかに晴れ上がった日の午後、一万人を超えるファンが集まったスタジアムのメインスタンド側で、君嶋は眩《まぶ》しく照り輝く芝の上でウォーミングアップを続ける選手たちを見ていた。

「元気そうだな」

背後から声がかかって振り向くと、滝川桂一郎がそこに立っていた。半袖のシャツに明るい色目のパンツ姿は、職場での滝川と別人に思える。

「また勝手にチケットをお求めですか、社長」

滝川はいま、金融子会社の社長として、大車輪の活躍を見せていた。その実績を携《たずさ》え、いずれ近いうちにトキワ自動車に戻るだろう。そのときは、島本の後任として社長の椅子に座るのではないかと君嶋は読んでいる。

「チケットを買って怒られるとは心外だな、君嶋。私は君たちの収益に寄与してるんだ」

「まあどうぞ、お掛け下さい。ここ空いてますから。特等席ですよ」

そういって君嶋は自分の隣席に滝川を招いた。

シートに座った滝川は、初夏を思わせるような風を受け、気持ち良さそうにグラウンドを見下ろした。

「先日、風間と会ったよ」

選手たちの動きを眩しそうに目で追いながら、滝川がいった。「会社は法的整理の方向で動いているようだ。早晩、裁判所に申立をするらしい」

あらかた予想していたので、君嶋に驚きはない。白水商船に真実が知れたとき、風間や横浜工科大学の森下らはなんらかの刑事罰を問われることになるだろう。

一方、トキワ自動車も脇坂賢治の役職を解き、この一連の動きを裏で牽引していた事実を重く見、特別背任で告訴すべきか顧問弁護士との調整に入っているところだ。

「中味のない奴が一時の栄華を誇ったとしても、所詮、泡沫《うたかた》の夢だ」

「それは脇坂さんのことをおっしゃってるんですか」

君嶋が問うと、「すべてだよ」、という答えがあった。

「君も私も、このチームも、そしてトキワ自動車という会社も、さらにいえばこの日本という国も、あるいは世界のすべてがそうだ。最後には道を過《あやま》たず、理に適《かな》ったものだけが残る。逆にいえば、道理を外れれば、いつかしっぺ返しを食らう。自浄作用がなくなったとき、そのシステムは終わる」

その意味で、日本蹴球協会は土壇場で息を吹き返したといえるかも知れない。

「だが、もっと大きなところで、どんどん理不尽がまかり通る世界になっている。だからこそ、ラグビーというスポーツが必要なんだろう。『ノーサイド』の精神は日本ラグビーの御伽話《おとぎばなし》かも知れないが、いまのこの世界にこそ、それが必要だと思わないか。もし日本が世界と互角に戦える強豪国になれば、きっとその尊い精神を世界に伝えられるだろう。それこそが君に与えられた使命だ」

思いがけない滝川の言葉に、君嶋は言葉を失った。

その通りだと君嶋も思う。

必要なことは、現状を打破し、日本のラグビーが本当に強くなるための仕組みを作ることだ。

そのための一歩は、すでに始まっている。

拍手に迎えられ、出場選手たちがグラウンドに姿を現した。

キックオフの笛が鳴った途端、アストロズの選手たちが一斉に駆け上がる。スタンドの大歓声が天空へと舞い上がった。

解説――池井戸潤の二〇一九年の小説

村上貴史（文芸評論家）

■これまでと同じく

　本書『ノーサイド・ゲーム』で主人公を務める人物は、その名を君嶋隼人《きみしまはやと》という。大学卒業後トキワ自動車に入社して二十五年、妻と二人の子供があり、本社の経営戦略室の次長という役職にある。

　その君嶋は、常務取締役営業本部長の滝川《たきがわ》が強力に推進する一千億円の企業買収計画に対し、否定的な意見書をまとめた。そして翌週、買収案件は取締役会で、滝川の意に反して否決された。その席上で滝川は、君嶋の上司である経営戦略室長の脇坂《わきさか》をもの凄い形相で睨んだという。脇坂によれば、滝川は〝根に持つタイプ〟とのこと。それから三ヵ月が経ち、君嶋に異動の内示が下った。本社の経営戦略室次長から、横浜工場総務部長への異動。明らかな左遷人事であった……。

　というこのプロローグは、多くの読者にとってなじみ深い池井戸潤の世界である。

君嶋の正論と、強引な社内権力者のバトルという構図だ。今回もまたその熱さで、読者をあっという間に魅了してしまう――のだが、それはわずか十ページにも満たない。第一章から先は、だいぶ毛色の違う物語が待ち受けているのだ。

■これまでとは異なり

二十二年ぶりに本社を離れ、横浜工場に総務部長として赴任した君嶋。彼は同時に、社のラグビーチーム・アストロズのゼネラルマネージャーに就任することになる。総務部長が兼務するというしきたりなのだ。かくして君嶋は、ラグビーについては全くの素人でありながら、チームを運営していくことになる……。

さて、本書が発表されたのは二〇一九年のこと。二〇一九年には、様々な出来事があった。元号が平成から令和に変わり、消費税は八％から十％に上がった。そして年末には、中国湖北省武漢で原因不明の肺炎が発生した。そんな二〇一九年で記憶に残っていることの一つが、日本で初めて開催されたラグビーワールドカップだ。

　ラグビーワールドカップは、九月二十日の日本対ロシアに始まり、十一月二日のイングランド対南アフリカ共和国の決勝まで続いた。日本チームの快進撃もあり、日本各地のスタジアムを観客が埋め尽くしていた。『ノーサイド・ゲーム』は、そんな年の六月、ワールドカップ開幕に先立って刊行された。

君嶋がゼネラルマネージャーに就任したアストロズには、多くの問題があった。社会人ラグビーの最上位リーグであるプラチナリーグに属してはいるものの成績は芳しくなく、一方で年間の運営費は十六億円に及ぶ。重役の中には、その支出に否定的な者もいて、社長のラグビーへの想いがなければ、存続も怪しい。しかも、現在の監督が退任するにもかかわらず、後任は未定だ。候補者は一応はいるものの、決め手に欠く……。

君嶋は、予想だにしなかった左遷の結果、こんな難題を抱えたチームの運営を担当することになった。後任の監督の採用、会社にとって余技（あるいは金銭面だけ考えればお荷物）であるラグビー部の社内プレゼンスの向上、さらにはチーム強化――半《はん》沢《ざわ》直樹《なおき》が闘った敵とも、『下町ロケット』の佃航平《つくだこうへい》が直面した危機とも異なる難題に、君嶋隼人は挑むことになるのである。だからこそ、読者としては愉《たの》しい。新鮮なワクワクドキドキを堪能できるのである。実際のところ君嶋の前には、数行前に列挙した難題に加えてさらにいくつもの難題が積み上がるのだが、彼は、それに対して知恵を絞り、そして誠心誠意取り組み、解を探していく。そんな姿を読むと、こちらの心は否応《いやおう》なしに動かされる。そして危機の一つを乗り越える毎に、気持ちが高揚していくのだ。

そうした難題解決が、君嶋の個人プレイではない点も嬉しい。ゼネラルマネージャーとして活動するなかで君嶋は、ラグビー部の選手たちや職場の仲間などをはじめとして、様々な人と信頼関係を築いていく。そしてその人たちの力も借りて、問題解決を進めていくのだ。池井戸潤によるそれらの人物や人間関係の描写が極めて的確であるため、読者は、難題解決をまさに我が身に起きたこととして体感し、君嶋の一喜一憂を自分のものとして味わうことになる。なんとも充実した読書体験だ。

個々の登場人物についていえば、主人公を別格にすると、後任の監督が個性的で、かつ、人としての魅力も抜群だ。そんな人物の過去を本書はきっちり描いているのだが、それに加えて、監督と君嶋の信頼関係に基づいた役割分担、すなわち、お互いに自分の専門分野においてはプロとして全力を尽くす姿でも読ませる。さらに、監督と選手たちの関係の描き方もまた巧みであり、監督が一人ひとりの選手にいかにきちんと目を配っているかが伝わってくる。リーダーとしての適性に納得させられてしまうのだ。

そうしたゼネラルマネージャーと監督を得て、アストロズは輝く。二人のリーダーたち、選手、そしてチームスタッフや選手の同僚、さらには横浜工場の近隣の人々までを含めて、池井戸潤は人を誠実に描き、人と人との関係をきちんと本書で綴《つづ》り、そうした人々のなかでアストロズを語っているのである。この『ノーサイド・ゲーム』

において、アストロズは単にプラチナリーグで相手チームと戦うだけではない。チームとして変化し、企業のなかで変化し、企業の枠を超えて変化していく。そして成長し、躍動していく。もちろん彼等の試合もまた熱く描かれているのだが、チームが多くの人を巻き込んで前進していく姿に、心は強く動かされるのである。

とことんベタな表現ではあるが、〝感動〟がここにはあるのだ。それも、深く、熱い感動が。

■これまでと比べて

この『ノーサイド・ゲーム』をひもとく際、池井戸潤が企業スポーツを題材にした小説として『ルーズヴェルト・ゲーム』を思い出す方も少なくなかろう。熊本日日新聞（二〇〇九年四月三日から一〇年二月二十七日）他に連載され、一二年に刊行された作品だ。

『ルーズヴェルト・ゲーム』で描かれていたのは、青島製作所野球部という社会人野球チームである。彼等には、成績が振るわず、コストの観点から廃部が噂されているなど、本書のアストロズとの共通項がいくつもあった。

そんな先行作と本書との最大の相違点は、バランスである。

『ルーズヴェルト・ゲーム』においては、青島製作所野球部も存亡の危機を迎えていたのだが、青島製作所そのものもピンチに陥っていた。結果として『ルーズヴェルト・ゲーム』の読者は、青島製作所自身の闘い（ライバル企業との闘いもあれば、思わぬところに潜んでいた〝敵〟との闘いもある）と、そして野球部の闘い（こちらも敵役がクッキリとしている）の両面を堪能することになる。その二つの闘いが、二本柱として互いに関連を持ちながら『ルーズヴェルト・ゲーム』を動かしていたのだ。

それに対して本書『ノーサイド・ゲーム』は、アストロズの物語を重視した一冊だ。なので、本書をこれから読もうという方にお伝えしておくのだが、野球をラグビーで置き換えただけ、などという誤った先入観は捨てて愉しんで戴ければと思う。

とここで余談。池井戸潤がラグビーという題材を選んだ動機について少々想像してみる。明確な根拠があるわけではなく、状況証拠を並べてみるだけだ。まず、彼が慶應義塾大学に在学中の一九八五年のこと、慶應義塾體育會蹴球部《たいいくかいしゅうきゅうぶ》（ラグビー部だ）は、トヨタ自動車を破って日本選手権優勝という輝かしい結果を残している。おそらくこれが記憶に残っていたのではなかろうか。さらに、このチームには、後に『半沢直樹』などの池井戸潤原作のＴＶドラマを演出した福澤克雄《ふくざわかつお》も在籍していた。縁の深い人物である。ワールドカップ日本開催というタイミングだけでの選択ではなかろうと考える次第だ。ちなみに本書刊行直後の七月から放送を開始したＴＶドラマ『ノーサイド・ゲーム』の演出を担当したのも、この福澤克雄であった。

閑話休題。

『ノーサイド・ゲーム』はアストロズ重視の一作と述べたが、企業ドラマの側面が皆無かといえば、そうではない。池井戸作品のファンが大好きであろう企業内での暗闘もきちんと書かれているし、さらにラグビー界における組織のドラマも複数の切り口で描かれている。これらの企業や組織のドラマを通じて池井戸潤が浮き彫りにするのは、旧態依然とした考えを変えようとせず、同時に既得権益を死守しようとする人物や組織であり、さらに、自分の欲望のために他者の痛みを顧みない卑劣漢だ。君嶋がそうした人や組織、あるいはマインドといかに闘うか、アストロズの闘いほどページ数は費やされていないが、こちらもまた読み応えがある。

■これまでとこれから

本書の後に池井戸潤が世に送り出した作品は、二〇二〇年に発表した《半沢直樹》シリーズ第五弾の『半沢直樹　アルルカンと道化師』、そして《民王》シリーズ第二弾の『民王　シベリアの陰謀』（二一年）、そして『ハヤブサ消防団』（二二年）である。

ここで注目したいのは、本書と同じくノンシリーズ作である『ハヤブサ消防団』だ。中部地方のU県S郡、山々に囲まれた八百万《ヤオロズ》町を舞台にしている。〝明智小五郎賞〟を受賞してミステリ作家としてデビューしたものの、その後ヒット作を出せていない三馬太郎《みまたろう》は、亡くなった父親が住んでいたこの町に東京から移住してきた。この地で作家活動を続けるのである。移住後ほどなく、地元の人々に誘われて消防団に参加した太郎は、予想だにしなかった出来事に巻き込まれる。連続放火、そして不審な死体……。

田舎の風物やコミュニティを語る筆致も魅力的だし、ミステリとしても魅力的というこの『ハヤブサ消防団』は、推理作家の登竜門である江戸川乱歩賞を『果つる底なき』で受賞して一九九八年にデビューした池井戸潤の出発点を、再度思い起こさせる作品である。そしてこの新作は、表面的にはまるで別ものなのだが、『ノーサイド・ゲーム』との共通点も見出せるのである。

まずは、スポーツという観点から。作中で太郎を含む消防団の五人組が消防操法大会「小型ポンプ操法」種目に向けてトレーニングを重ね、競技に挑む姿は、だいぶレベルは異なるものの、アストロズの姿に重なって見える。

居酒屋で人間関係が育まれる点もそうだ。本書であれば「多むら」、『ハヤブサ消防団』であれば「△」(サンカクと読む)である。ここでの会話が物語を動かしていくという構図は両者共通だ（そういえば半沢直樹もよく酒場に顔を出していたっけ）。ちなみに『ハヤブサ消防団』の「△」では、この土地ならではの料理がいくつも提供されている。これもまた魅力的だ。

そしてなにより人である。例えば、本書で君嶋は監督採用にあたって経歴ではなく人を重視した。人を重視して選んだ監督は、前述のように選手一人ひとりをきちんと見る。『ハヤブサ消防団』において主人公である作家の太郎は、判断に迷ったとき、やはり人を見る。池井戸潤の小説に共通する特徴なのだが、中心人物たちは人を見て行動し、それが物語を動かしていくのだ。

という具合に振り返ってみると、『ノーサイド・ゲーム』以降の著作では、次々と新たな場で主要人物たちが活躍を始めていることが感じ取れる。《半沢直樹》シリーズ第五弾の『半沢直樹　アルルカンと道化師』にしても、半沢直樹の過去を描いた作品であるし、実は、絵画を題材とした芸術家の物語でありサスペンスであるという一冊だった。『民王　シベリアの陰謀』は、もともと第一弾の『民王』が企業が舞台というより政治の世界が舞台だったわけだが、その続篇として総理大臣親子を登場させつつ、シベリアを舞台とした活劇もたっぷりと盛り込んでいる。『ハヤブサ消防団』の舞台は田舎町だ。

本書に先立って刊行した『下町ロケット　ゴースト』『下町ロケット　ヤタガラ

ス』（いずれも一八年）が佃製作所という東京は大田区の企業を舞台とした作品であったことと比べると、本書を起点として、池井戸潤は、変化しつつあるようだ。二〇一九年が前述のように日本や世界にとって大きなターニングポイントとなった年であることと『ノーサイド・ゲーム』刊行が重なったのは偶然か必然かは不明だが、こと池井戸潤という作家の創作活動においては、二〇一九年の本書が節目だったように思われる。

そんな池井戸潤は、どんな次の一手を打つのか。人を重視したミステリか、はたまた企業に戻ってなにか新たな企みを仕掛けるのか、あるいはなんらかの続篇か。どんな小説が池井戸潤の筆から生まれてくるか皆目見当が付かないというのは、実に愉しみなことである。

それにしても、だ。

君嶋の姿を見ると、やる気が出てくる。未経験の立場であっても、君嶋は難題に、そして難敵に敢然と立ち向かうのだ。気合いと根性だけでなく、データを必死にかき集め、ロジックを組み立てて。旧態依然とした思考に囚《とら》われず、既得権益にしがみつかず、君嶋は動く。

二〇一九年末を起点とするパンデミックで世の中が変化し、その変化に更なる変化

（もしくは収束）が感じられる今、『ノーサイド・ゲーム』は、改めて読みたい一冊である。

本書は二〇一九年六月、ダイヤモンド社より単行本として刊行されたものです。

|著者| 池井戸 潤　1963年岐阜県生まれ。慶應義塾大学卒。'98年『果つる底なき』で第44回江戸川乱歩賞を受賞し作家デビュー。2010年『鉄の骨』で第31回吉川英治文学新人賞を、'11年『下町ロケット』で第145回直木賞を受賞。主な作品に、「半沢直樹」シリーズ（『オレたちバブル入行組』『オレたち花のバブル組』『ロスジェネの逆襲』『銀翼のイカロス』『アルルカンと道化師』）、「下町ロケット」シリーズ（『下町ロケット』『ガウディ計画』『ゴースト』『ヤタガラス』）、『空飛ぶタイヤ』『七つの会議』『陸王』『アキラとあきら』『民王』『民王 シベリアの陰謀』『花咲舞が黙ってない』『ルーズヴェルト・ゲーム』『シャイロックの子供たち』『ハヤブサ消防団』などがある。

ノーサイド・ゲーム

池井戸《いけいど》 潤《じゅん》

講談社文庫
定価はカバーに
表示してあります

2022年11月15日第1刷発行

発行者──鈴木章一
発行所──株式会社 講談社
東京都文京区音羽2-12-21　〒112-8001
電話 出版 (03) 5395-3510
販売 (03) 5395-5817
業務 (03) 5395-3615

KODANSHA

Printed in Japan

デザイン─菊地信義
本文データ制作─講談社デジタル製作
印刷───凸版印刷株式会社
製本───加藤製本株式会社

ISBN978-4-06-529910-4

講談社文庫刊行の辞

二十一世紀の到来を目睫に望みながら、われわれはいま、人類史上かつて例を見ない巨大な転換期をむかえようとしている。

世界も、日本も、激動の予兆に対する期待とおののきを内に蔵して、未知の時代に歩み入ろうとしている。このときにあたり、創業の人野間清治の「ナショナル・エデュケイター」への志を現代に甦らせようと意図して、われわれはここに古今の文芸作品はいうまでもなく、ひろく人文・社会・自然の諸科学から東西の名著を網羅する、新しい綜合文庫の発刊を決意した。

激動の転換期はまた断絶の時代である。われわれは戦後二十五年間の出版文化のありかたへの深い反省をこめて、この断絶の時代にあえて人間的な持続を求めようとする。いたずらに浮薄な商業主義のあだ花を追い求めることなく、長期にわたって良書に生命をあたえようとつとめるところにしか、今後の出版文化の真の繁栄はあり得ないと信じるからである。

同時にわれわれはこの綜合文庫の刊行を通じて、人文・社会・自然の諸科学が、結局人間の学にほかならないことを立証しようと願っている。かつて知識とは、「汝自身を知る」ことにつきていた。現代社会の瑣末な情報の氾濫のなかから、力強い知識の源泉を掘り起し、技術文明のただなかに、生きた人間の姿を復活させること。それこそわれわれの切なる希求である。

われわれは権威に盲従せず、俗流に媚びることなく、渾然一体となって日本の「草の根」をかたちづくる若く新しい世代の人々に、心をこめてこの新しい綜合文庫をおくり届けたい。それは知識の泉であるとともに感受性のふるさとであり、もっとも有機的に組織され、社会に開かれた万人のための大学をめざしている。大方の支援と協力を衷心より切望してやまない。

一九七一年七月

野間省一

講談社文庫 最新刊

伊兼源太郎
〈地検のS〉
Sが泣いた日
次期与党総裁候補にかかる闇献金疑惑の証拠をつかめ！ 最注目の検察ミステリー第二弾！

矢野 隆
〈戦《いくさ》百景〉
本能寺の変
天下の趨勢《すうせい》を一夜で変えた「本能寺の変」。信長と光秀の、苛烈な心理戦の真相を暴く！

決戦！シリーズ
決戦！忠臣蔵
栄誉の義挙か、夜更けのテロか。日本人が愛し続けた物語に、手練《てだ》れの作家たちが挑む。

田中慎弥
完全犯罪の恋
「私の顔、見覚えありませんか」突然現れたのは、初めて恋仲になった女性の娘だった。

菅野雪虫
〈予言の娘〉
天山の巫女《みこ》ソニン 巨山《コザン》外伝
北の国の孤高の王女・イェラがソニンに出会う少し前の話。人気王宮ファンタジー外伝。

菅野雪虫
〈海竜の子〉
天山の巫女《みこ》ソニン 江南《カンナム》外伝
温暖な江南国の光り輝く王子・クワンの凄絶な少年期を描く。傑作王宮ファンタジー外伝。

ジャンニ・ロダーリ
山田香苗 訳
うそつき王国とジェルソミーノ
少年が迷い込んだ王国では本当と嘘があべこべで……。ロダーリの人気シリーズ最新作！

講談社タイガ

友麻《ゆうま》 碧《みどり》
〈輝夜《かぐや》姫《ひめ》の恋煩《こいわずら》い〉
水無月家の許嫁《いいなずけ》2
コミカライズも大好評連載中！ 天女の血に翻弄《ほんろう》される二人の和風婚姻譚、待望の第二巻。

講談社文芸文庫

蓮實重彥
フーコー・ドゥルーズ・デリダ
解説=郷原佳以
はM6
『言葉と物』『差異と反復』『グラマトロジーについて』をめぐる批評の実践=「三つの物語」。ニューアカ台頭前の一九七〇年代、衝撃とともに刊行された古典的名著。
978-4-06-529925-8

古井由吉
楽天記
解説=町田康　年譜=著者、編集部
ふA15
978-4-06-529756-8
夢と現実、生と死の間に浮遊する静謐で穏やかなうたかたの日々。「天ヲ楽シミテ、命ヲ知ル、故ニ憂ヘズ」虚無の果て、ただ暮らしていくなか到達した楽天の境地。